Réjean Ducharme

# Dévadé

Gallimard

Réjean Ducharme est né en 1942 au Québec. Il vit à Montréal. Il est l'auteur de plusieurs romans.

Arriver sur la terre, un jour, et entrer dans un grand restaurant, regarder les gens bouger entre les tables, et dire :

* zkpptqlnph !

Ce qui se traduirait à peu près :

« C'est drôle de voir tous ces gens debout se plier en deux et s'asseoir sur leurs derrières ! »

LE LIVRE DES FUITES

Ce n'est pas pour me vanter mais ce n'est pas une vie. Mais ce n'est pas de ma faute, je fais de mon mieux, le plus mal possible, goguenard et égrillard. Mais la patronne a beau dire, elle ne casse rien non plus dans son fauteuil roulant. J'aime que ça cesse quand c'est fini. Quand ça recommence ça me scie. Quand elle m'a fait remettre le Quatuor en sol majeur de Mozart, j'étais déjà à cran. Elle m'avait forcé de me priver de bière pour ne pas gâter mon souper au champagne, et la pression de tous mes besoins, tous contraints, s'échappait dans le sifflement de mon petit train, enroulé dans son nid au bout de la ligne, en proie au danger de mort de n'avoir personne à bord, avec un trou à la place de son passager confisqué, trop content d'être trop piégé pour bouger. Alors j'ai manqué de cigarettes... Elle m'a jeté les clés de l'auto comme on se jette à l'eau ; elle se méfie, c'est une manie.

« Tu reviendras un dimanche qu'il fera beau... »

Je suis sorti du Marché Soir avec une grappe de six canettes ; le temps de rembrayer, j'en avais deux dans le corps. Quand j'ai eu le feu vert aux Quatre-Coins, j'avais muté, j'étais l'homme que j'aime : le Mouvant perpétuel, le Fou fuyant, Monsieur le Prince de Per-

11

sonne, qui passe ou qui casse, que ça geigne ou que ça saigne, qu'elles pleurent ou qu'elles meurent, toutes autant qu'elles sont. Il y avait du requin, de l'épaulard dans le capot noir qui luisait, dans la plongée horizontale de l'Oldsmobile qui défonçait le luxe de la neige transfigurée par la lumière orangée des lampadaires. Il n'y avait pas d'enfer assez assuré pour m'empêcher de descendre à Montréal. Le pire n'était plus à craindre puisque je le faisais, à quatre-vingts milles à l'heure sur l'autoroute glacée. Sans broncher, sans déraper, je laissais tomber la patronne, je la plantais là avec son gigot d'agneau pour aller fêter mes trente ans ailleurs, faire le joli cœur à une autre avec le chandail qu'elle m'avait tricoté en secret.

Ma princesse est du Haut Atlas ; elle est tombée bas mais elle descend de la Cahina d'Ouarzazate, qui s'est unie aux Berbères du pacha El Glaoui pour lutter de ses propres mains contre l'invasion musulmane. J'aime son nom de drogue et de malédiction : Juba Caïne. Je ne veux que la voir, la regarder le temps d'une injection, la toucher une fois, ne fût-ce que du bout des doigts. Je ressortirai aussi vite, aussi heureux que si j'étais mort avec elle après avoir aimé toute ma vie avec elle. Je m'en tirerai en deux heures, facilement justifiées par une histoire d'embardée dans le fossé du boulevard des Hauteurs. La patronne n'en croira pas un mot, mais il en restera bien quelque chose...

Juba (ça se prononce *Jiva*) est la seule enfant de mon âge qui veut jouer avec moi. Déficient social crasse, ivrogne trépignant, elle me prend comme je suis, et comme si la sale gueule que je me suis faite pour me rassembler ne chassait pas ses mauvaises pensées, effet que je leur ai toujours fait, toutes autant qu'elles sont, les boudins les premières. On se débat, on veut partir, mais elle a des yeux dont on ne sort pas ; ils ne vous retiennent pas mais ils sont trop noirs, on ne trouve plus la sortie. Elle a des yeux de houri et puis elle a huit bougies plantées dans un lustre de flasques et de flacons groupés sur sa table de nuit. C'est son Hanuka : le Miracle des Lumières tel qu'elle le fête avec Ottla de Galicie, la tante qui l'a recueillie quand elle s'est fait avorter et que son clan séfarade l'avait bannie, maudite et abominée. Alors on a parlé toute la nuit. De son premier amant, un porc qu'elle voulait métamorphoser par un baiser et qui exploitait jusqu'aux sévices sa trop bonne volonté. De ses problèmes avec mon meilleur ami Bruno, Doctor No comme le surnomment les musiciens du groupe rock qu'il camionne. Des sentiments qu'elle nourrit pour lui et qui la révoltent : une autre passion qui s'est laissé humilier et grandir par l'humiliation, comme le feu d'une plaie rongée... Mais elle se plaît si bien à croire que c'est tout ce qu'elle mérite qu'on se dit que c'est tout ce qu'elle mérite en effet... Ce qui la met dans nos prix.

« C'est une bête !... Et je suis une conne ! »

Je lui cachais l'heure. Quand elle l'a vue, elle n'en a plus pu. Elle s'est mise à genoux dans le lit, elle a joint les mains, elle m'a supplié.

« Va-t'en, fous le camp, ah laisse-moi dormir... »

J'en ai profité. Je l'ai rançonnée. Elle a payé de sa bouche, jusqu'à ce qu'elle ne puisse plus souffler. Je lui faisais accroire que c'était elle qui m'empêchait de partir, en retenant ma main, qui aussitôt qu'elle l'a eu lâchée s'est précipitée sous la veste de son pyjama. J'ai fait comme le singe lubrique qu'elle s'amuse à dessiner à mon image. J'ai accédé à <u>tâtons à la connais</u>sance. Je le dis comme je le pense. La chaleur de ces <u>chairs</u> d'animaux naissants m'est sautée au cerveau.

La patronne m'a logé dans le bureau de Léon, le chef de cabinet qui s'est envolé. Je couche dans le lit où dormait la petite Francine, qui ne me pardonnera jamais d'avoir pris sa place d'infirmière à tout faire. A neuf heures, sans faute, le grincement des portes coulissantes me réveille. Puis, quand il y a de quoi, le choc brutal des butoirs me rachève. Car je suis tombé peu à peu, peur à peur, par la force des choses et la faiblesse des sentiments, dans le service à plein temps ; on a juridiction sur tout mon territoire. Mais la patronne m'apporte tellement mon café, sur un plateau d'acajou tellement posé sur ses pauvres genoux, qu'on jurerait que c'est la grande estropiée qui sert le petit satyre découcheur, le taré tordu par la trotte.

« Bottom, tu as battu ton record. Tu as franchi la barre du jour...

— Je culmine ! A trente ans, c'est le temps ou jamais. »

Que je lui réponds, sur le même ton. Elle n'éclatera pas ; ça ne se fait pas où ils l'ont faite. Elle est équipée pour rentrer son juste courroux de façon qu'il ne paraisse pas d'une part, et que je n'en perde rien d'autre part. Son petit numéro consiste à ne pas me faire de numéro. Ça tombe bien, c'est ce qui me tue le plus. N'empêche qu'elle a raison ; le tour du cadran pour aller chercher de quoi fumer aux Quatre-Coins, c'est un exploit.

« Il y en a qui partent pas, d'autres qu'on revoit pas, d'autres qui s'en mêlent pas. Tu paies, choisis dans le tas. »

Elle ne me signale pas que c'est à ses frais et périls automobiles que je vadrouille. Même pas. Elle me regarde en pleine face avec deux grands yeux fixes où de l'eau se glace. C'est tellement plus efficace. J'avoue j'avoue, je suis un bourreau. Mais si c'est moi le bourreau, comment ça se fait que c'est moi qui me sauve ? Si c'est moi qui torture, comment ça se fait que c'est moi qui étouffe ? Si c'est moi le terroriste, comment ça se fait que c'est mon système qui explose, se déchiquette comme un trop gros poisson pourri, projette des arêtes qui se vrillent dans mon ventre, dans ma tête ?... Coupable encore, évadé débilité par les remords je me déshonore encore, je me remets encore entre les mains de la justice, et c'est la justice qui pleure !... Au secours, on me vole mon malheur !... C'est la gueule de bois qui me fait déparler. Je ne peux plus me taper mes six bières sans devenir gâteux. Je ne me rappelle même plus ce que j'ai fait du flacon d'eau de Cologne que Juba m'a offert, si je ne me le suis pas tapé aussi, pour lui montrer mes grosses capacités, ce qui expliquerait pourquoi je n'ai jamais senti si bon dans de si mauvaises conditions.

« J'ai la poisse. Comme le nez au milieu de la face. Mais boude, fais la grimace, la grande désappointée. Comme si tu m'avais pas regardé quand tu m'as gardé !... Comme si t'avais pas eu ce que t'as trouvé quand tu m'as vu !... »

Je sortais de prison. J'avais un petit camion de « contracteur indépendant ». Je tondais le gazon chez les voisins. Elle m'a demandé de tondre le sien. Je l'ai contentée. Elle m'a redemandé. Pour émonder ses arbres, débroussailler l'accès au lac, peinturer. La classe qu'elle avait me tombait dans l'œil. Sourire dans un fauteuil roulant, porter à tout prix un visage qui lui, ça m'émouvait, ça m'épatait. Mais c'était aussi de naissance. Elle était la petite-fille des premiers skieurs, les fameux Carbo qui se sont ruinés en ouvrant le boulevard des Hauteurs. Je suis entré à fond dans ses bonnes grâces quand j'ai sauvé son chat.

15

Il était disparu depuis deux jours et Francine abandonnait les recherches. Il chassait parfois dans le bois, d'où il ramenait des tamias à moitié égorgés que je devais rachever. Je l'ai repéré à la cime d'un frêne, j'ai grimpé avec ma tronçonneuse, j'ai scié la branche au bout de laquelle il se cramponnait comme un taré.

« Vous auriez pu vous tuer!... Tous les deux!...

— Qu'est-ce que je ferais pas pour vos beaux yeux? »

Elle m'a pris aux mots, bien pesés.

« Feriez-vous le ménage? »

Puis j'ai fait le lavage, le repassage, la cuisine. J'ai appris. De même qu'à masser ses jambes, stimuler les muscles en danger de dépérir. Et Francine, la petite coiffeuse désœuvrée qui transcendait ses tâches en passion thérapeutique, a piqué une attaque d'autorité. Elle s'était donné trop de compétence en relevant Madame de ses trois opérations pour se réduire à faire sa toilette... Elle ne revient plus qu'en grande visite, avec des fleurs.

« Elle voulait me guérir malgré moi. Je guérirai quand ça me chantera. »

Ce n'est pas tombé dans l'oreille d'un sourd. Tant qu'elle se vouera à la désobéissance physique, à la résistance assise, elle restera à ma portée.

« Et si on se plaisait en petite voiture! Et puis, on vaut tellement plus cher en petite voiture. On peut terroriser Léon en petite voiture. Rançonner les assurances puis partir en Italie, en petite voiture... »

Puisque c'est elle qui commande et que c'est elle qui le dit.

Même si elle a pris son bain avant de se coucher, elle reprend dans la matinée. Ça me dépasse... Je me sens comme si, en la massant, je l'avais toute resouillée avec mes mauvaises pensées. Je la porte dans la

16

baignoire, je lui frotte le dos avec le gant de crin, puis je retourne la cueillir une fois que j'ai jeté, sale pas sale, son linge de la veille dans la machine, et rhabillé son lit au complet, en pliant le coin des draps comme au pensionnat Maria Regina : bien serré sur l'arête du matelas... Elle se censure en passant un bikini pour se faire immerger, puis en s'enroulant dans une serviette pour se faire repêcher. Mais elle n'est pas obsédée... Comme je n'avais jamais pris une femme dans mes bras, et que ça me faisait respirer fort, elle a pris mon trouble pour des scrupules hiérarchiques.

« Si on se tutoyait... »

Et j'ai peu à peu perdu mon Lady Chatterley's Laveur complex. Encouragé à lâcher la bride à l'énergumène que je suis, je lui faisais subir en brouette la tournée d'inspection des haies et des gazons, couronnée par un galop jusqu'au lac, dans ça d'épais d'eau... Une course poussée jusqu'au frêne de Clarinette à travers les ronces, les coups de fouet de la viorne et le frisson des fougères lui avait donné le goût de défricher un sentier, bien sinueux, que nous fignolions le soir jusqu'à ce qu'il fasse noir. Puis je l'arrimais sans façon dans la brouette avec les derniers fagots du monceau dont nous faisions un feu de boyscouts au bord de l'eau... La vie était d'autant plus belle que je pouvais, en toute innocence, toute simple jouissance de la propriété qu'était ma liberté, sauter dans mon pick-up et aller perpétuer la fête à l'hôtel. Un coup soûl, j'appelais Juba, je me figurais qu'elle agonisait quand elle se plaignait que Bruno la négligeait. Je fonçais aussi raide à sa rescousse, je fauchais les piquets du parapet, je roulais un tonneau par-dessus le ponceau. Perte totale !... Je m'en suis miraculeusement tiré avec une couture sur le nez.

« Il y a un bon Dieu pour les ivrognes ! »

A grogné ma mère... Mais il n'y aurait plus de mère

pour les fils sans allure, sans cœur et sans dessein, tant que je ne lui aurais pas rendu le dernier sou de l'argent que je lui avais carotté pour m'équiper, et dont je ne lui avais pas rendu le premier. Elle a tenu parole. Je n'ai eu de carte à ma fête. Ni de sermon. Elle a compris... On verra bien si je ne saurai pas me débrouiller sans elle pour n'arriver à rien.

La patronne n'était plus respirable. J'ai planté là la vaisselle, je suis sorti pour pelleter. Ma journée proprement dite est pour ainsi dire terminée. Elle n'avale aucune nourriture après midi, comme Andrew son bhikku (guide spirituel). Et quand je la mets dans tous les états que je l'ai mise là, elle renonce à sa seconde grande toilette. Elle va prendre l'escalier du Samten Dzong (tour à bouddhin), je ne la reverrai plus avant demain, s'il y a une autre journée demain, si elle n'est pas décommandée pour une raison et pour une autre, aussi bonnes l'une que l'autre. Mais, alors que je déneige l'escalier avec ma tête sinistrée qui fait lanciner des sirènes d'ambulance, elle pousse la porte en se propulsant par-dessus le seuil, d'un seul élan retentissant qu'elle stoppe aux extrémités du perron, où elle se cramponne à ses roues, braquée comme pour plonger, me sauter dessus avec toute sa ferraille.

« Attrape la crève va, c'est bon pour sketa. »

Je crains qu'elle ne prenne froid quoi. Mais je m'énerve pour rien. Elle ne cherche pas à mattendrir, elle cherche les clés de l'auto. Je m'en fous ; mes sirènes s'éraillent, chauffent, scient, saignent, il faut que j'y aille, j'irai à pied, j'ai trop grelotté, trop mal, trop fait mal, trop faibli, trop forcé, trop traîné partout, trop de problèmes qui s'arrangent tout de suite avec trop de bière. Et une cabine téléphonique. Une solide. Pour contenir l'expansion créée par l'extrême importance du ton d'une voix de démon

18

touchée au téton. Qu'est-ce que ça lui a fait comme effet et est-ce que ça lui en fait encore, de plus en plus ?

La main dans le pyjama lui en a fait moins que la main courante. Je l'ai arrachée quand je suis parti, avec une grande partie du mur où elle était fixée. Juba me brosse un tableau saisissant de la zone sinistrée.

« Le plâtre est parti. Il a laissé un trou. On voit comment c'est construit par-dessous : tout en petites côtes maçonnées. On dirait un thorax défoncé, avec la peau arrachée... »

Que le cric me croque ! Je n'en reviens pas : je ne m'en souviens pas. J'ai des attaques d'absence. J'en perds des bouts, comme on dit. Les plombs sautent pour une raison ou pour une autre.

« Enragé, je dis pas... Mais content comme j'étais...

— Justement. Tu l'étais trop.

— Ça m'est tombé dans les bras... »

Comme à Popeye, qui ne piquera pas de sprint pour la rescaper quand la Coopérative de frais funéraires, sa propriétaire, lui tapera sur les doigts... Puis elle se tait. Et je presse la coquille sur mon oreille pour me confondre aux vagues de son souffle, répandues sur les sables trop chauds de notre île magique. Inhabitable. Elle me passe plutôt Bruno, qui rentre de Trois-Rivières et qui repart mercredi pour Chicoutimi... Chic.

« Quand on lâche pas la rampe, c'est la rampe qui nous lâche ; tu sauras ça, mon rada !

— C'est les arias de la vie de chien.. Quand qu'on casse sa chaîne, on est plus tenable. »

On est deux farceurs de Belle-Terre. Deux *radas*. Nos congénères cafouillent sur l'origine de leur sobriquet collectif, où on a mis du *radis* et du *rat d'haie* (dont on ne sait pas si ce n'est pas de la marmotte) pour désigner un petit cultivateur, un bas-du-cul terreux. Ce qui n'exclut pas la variété grand rada, dont Bruno

19

relève avec son demi-pied de plus que moi. Ça va?

« En rétrécissant. Ils me coincent... »

Il continue de traverser la crise d'identité où je ne le reconnais plus moi non plus. Il fait une réaction allergique à Crigne, la chanteuse folk qui s'est infiltrée dans le groupe rock où il est joueur de bras et qui a fini par l'annexer avec ses hits. Rongé par notre vieil orgueil de ne rien faire de bon, Doctor No ne se pardonne pas d'avoir pris le virage du succès... Mais ça roule trop vite. Au moment de sauter, de se laisser tomber de ses copains, le trac le prend, la chienne comme on dit.

« Mais j'ai réglé mon problème de dope. »

En redevenant alcoolique. Il s'y est remis ce midi, en culbutant un flasque de petit blanc (70 % proof).

« A jeun, ça fesse!...

— Ça assomme un bœuf. Mais pas un rada. Hé!... »

100 % d'accord, il se tord. Je lui fais dire à Juba que je l'embrasse. Trop tard, il reste plus de place. Qu'il me répond. Puis il se retord. Il rit surtout parce qu'il tient à l'idée qu'il se fait de nous : qu'on a bien ri ensemble. Il est comme ça, fidèle à tout prix à on ne sait plus trop quoi. Il n'y a rien qu'il ne jette pas, pour éviter de s'enrichir, s'asservir, se salir. Mais il n'y a pas de poisons qu'il ne fume pas, boive pas, baise pas, pas de défonces où il ne cherche pas à reproduire la démesure de l'amour, comme il l'appelle encore, amer et ressentimental.

« Tu salueras ton boss.

— Je sais pas si c'est bon pour skella. »

Je me retrouve seul dans le bar de l'hôtel, avec la serveuse, une nouvelle. Même si elle s'ennuie et que je suis tout ce qu'elle a, elle est trop fraîche, trop sûre de sa santé encore veloutée pour se frotter aux carencés de ma sinistre espèce. Sans lui laisser le temps de se retourner, pour être sûr de frapper le premier, je la

20

snobe. Mais il n'y a pas grand avenir là-dedans. A jouer tout seul, j'ai tout perdu, même la pitié, même la force de remonter le Boulevard à pied. Il n'y a qu'un taxi et il est parti. Je ne suis pas pressé. Je l'attends. Bien assis sur le perron glacé. Bien content de souffrir longtemps, pour bien culpabiliser sa femme, qui ne m'a pas invité à entrer. Si elle me connaissait, je comprendrais. Mais elle m'a jugé sur ma sale gueule elle aussi. Ma face de grenouille qui se fait marcher sur le ventre. Il n'y a pas de justice.

Je mange mon gigot froid, tout seul comme un chien qui a mordu sa maîtresse. Je me demande ce qu'elle bricole. On entendrait une mouche voler. Sa musique et ses livres, ses *vriesea splendens* et ses scalaires (qui ne changent plus de couleur depuis qu'ils ne s'embrassent plus), elle a tous ses jouets dans la véranda, transformée en living. Je me demande comment elle s'en tire toute seule là-haut, complètement livrée à son désappointement. Elle n'a même pas le téléphone, même plus son chat, descendu me faire une fête comme une espèce de traître aussitôt qu'il m'a entendu. Pour ne pas risquer de dormir trop dur quand il sonnera, je me couche avec le téléphone entre les bras. Juba a peur quand elle ferme la lumière. Et comme Bruno est toujours parti, en tournée ou en virée, c'est moi qu'elle appelle au secours. Parce qu'elle est ponctuelle et fidèle, et que ça me fait comme si elle me passait sur le corps quand elle passe tout droit, je l'appelle mon petit train d'onze heures. Et je n'ai jamais tant compté sur les pavillons blancs qu'il bat. Ils sont mon jugement en dernier appel, en Cour du Banc de ma propre Princesse. Si elle ne téléphone pas, si elle m'en veut elle aussi, je ne lutte plus, je me soumets à la Justice (la loi du plus froid), qui l'opprime elle aussi. Mais elle me pardonne tout à

21

mesure, si on peut dire ; car il faut tenir des registres pour les effacer, et elle n'en tient pas. Pas de karma... Une fois (une autre) que je l'aimais au-dessus de mes forces et qu'à propos de rien, en cadeau de nul anniversaire, je m'étais ruiné pour lui offrir une douzaine de roses moins une liées par un bracelet-montre sans aiguilles qui sifflait à onze heures, je lui ai piétiné tout ça sur place parce qu'elle m'embrassait sans desserrer les dents, au mépris des droits que me donnait une faveur récemment obtenue et qui ne me portait pas peu aux excès. Le soir même au téléphone, elle me refaisait l'amitié sans hésiter, ni me parler de ma gigue, ma danse du scalpé, sinon pour se payer ma tête.

Je décroche du premier coup : ma résurrection est liée au surgissement des deux petits boutons pressés par le combiné.

« Tchou tchou... »

C'est sa façon de s'annoncer, même quand ça ne roule pas rond rond.

« Attache ta ceinture, je vais te faire une crise de nerfs. »

Bruno touchait sa paie et il la sortait, en grand. Il l'emmenait faire les frais Chez son Père, puis les fous au Plexi. Ça y était, elle menait la vie de couple dont toutes les femmes rêvent comme des connasses. Pendant qu'elle se faisait une beauté, Badeau, le batteur du groupe à Crigne, s'est pointé. Pour édifier cet épais avec le sens maghrébin de l'hospitalité, elle a tiré une bouteille de la provision qu'elle avait constituée, sou à sou, pour le temps des Fêtes. Quand elle a été prête, ils avaient découvert sa cachette et le diable les avait emportés.

« Alors j'ai fait la connasse jusqu'au bout... »

En grand seigneur rassembleur de raseurs, Bruno a

ses bars. Et ses barmen, qu'il traite avec des égards restitués en crédit... Juba en a rejoint quelques-uns et elle leur a cassé les pieds un maximum, gueulant comme une souillon pour bien saloper sa réputation.

« Si tu l'aimes, retiens-moi, parce que si je lui saute à la face, je vais te l'esquinter.

— Contente-toi va, je l'aime pas tant que ça. »

On rit mais j'ai tout intérêt à le défendre, c'est le seul moyen que j'ai de me mettre au-dessus de lui.

« Il est cruel comme ça mais il a bon cœur dans le fond. »

C'est toi qui as raison, qu'elle me répond, toute remuée par mon zèle désintéressé, ma répugnance à profiter de la situation.

« Et puis ça me repose des foireux, les genres qui s'ennuient de leur mère quand elle est partie aux toilettes. J'en avais toujours un sur le dos quand j'ai connu Bruno... Lui au moins, il ramasse sa peau, il débarrasse la place. »

Je ne sais pas si elle fait exprès mais je me sens visé ; je sympathise avec les pauvres types qui s'agrippaient tant à elle, je les envie d'avoir réussi à enfoncer dans sa bonne chair leurs pauvres crampons.

« Tu te fatigues jamais de m'entendre geindre ?

— C'est de la musique. »

Je le dis comme je le pense. Je savoure sa voix d'enfant, ses retours d'accent, ses intonations de petite séfarade aux allumettes.

« Plains-toi, c'est ton tour. »

Je me plains de la patronne, qui a fini par me séquestrer, m'assigner à résidence avec son innocent chantage à l'infirmité.

« Pourquoi tu restes, qu'est-ce tu lui trouves ? »

Elle me loge, elle me nourrit, elle m'enivre...

« Puis elle me donne un rôle. C'est pas drôle pas de rôle.

— Je veux dire : qu'est-ce que tu lui trouves physiquement ?

— La partie de son anatomie que je préfère, c'est son Oldsmobile. »

Elle a entendu os mobile. Ça la laisse perplexe. Ça ne m'éreinterait pas d'expliquer mais j'aime mieux la laisser dans l'erreur, où l'on dit que le mal se répand. Elle me quitte là-dessus et sur cinq baisers bien sonores bien comptés. Elle me traite mieux quand on l'a maltraitée. Elle fait un extra. Il n'y a pas de petits profits.

\*

Ça tape, ça cogne, ça chahute, ça me réveille. Je me lève à tout hasard, pour limiter les dégâts. J'écarte mes portes, je vois ce que c'est : la patronne qui redégringole sur le parquet. Avec les béquilles, le tabouret et le sourire des honneurs de la guerre. Quand elle a bien réfléchi et décidé qu'elle ne peut plus compter sur personne, elle sort ses béquilles. Elle ne tient pas debout sur des béquilles et elle s'imagine qu'elle va marcher sur des béquilles.

« Qu'est-ce que tu me donnes si j'y arrive ?

— A te casser la gueule ? »

Je lui ai promis de renoncer à la boisson si elle réussit à traverser la cuisine ; c'est ce que me rappellent sa question rhétorique et l'attaque de ses yeux encore plus bleus avec leurs pupilles rétrécies pour percer mieux.

« J'étais soûl, je savais pas ce que je disais... »

Au hasard des efforts qu'elle déploie pour se hisser

24

sur le tabouret, son pull-over s'anime ; ça saille et ça remue, comme si ça naissait... Je la regarde pour voir si elle a vu que j'ai vu qu'elle n'a pas mis de soutien. Elle me regarde comme si elle se payait ma tête.

« Bottom, nos rapports pourrissent parce qu'ils se resserrent sans trouver leur sens.

— Que le cric me croque !... »

Mais elle insiste : elle a entrepris un gros travail d'introspection pour se définir au regard de moi et elle me propose un dialogue en profondeur sur mon problème de fugues, qu'elle s'engage à prendre comme elles sont : une conduite de crise, où elle a une grande part de responsabilité à démêler... Quand elle s'y met, il n'y a pas plus chochotte. Je me replie sous son tricot, pour ainsi dire.

« Ça a l'air bon, mettez-m'en une douzaine. »

C'est là que le téléphone a sonné. Deux fois. Le signal de détresse du petit train donzeur. Si actif que la patronne a vite compris le stratagème. Et cette façon de se faire traiter comme une importune, une femme jalouse, elle qui ne se mêle même plus d'être une femme, l'humilie d'autant plus que l'exaspération la fait entrer dans le jeu de Juba, qu'elle ne demanderait pas mieux que de traiter du haut de sa grandeur bienveillante. Ainsi, pour sauver Bruno, sommé de régler une liasse de contraventions, Juba lui a arraché deux cents dollars qu'elle n'entendait pas rendre. Elle l'a forcée à réclamer, harceler, menacer, perdre la tête, puis elle n'a plus daigné lui adresser la parole que pour demander à me parler, quand elle ne lui raccrochait pas carrément la ligne au nez. Juba l'a charriée ce qui s'appelle charrier. Comme la charrue qu'elle est. Je le dis parce que je suis porté à l'oublier, et ce n'est pas bon pour ce que j'ai.

« Vas-tu me donner mon bain, ou si sa crasse presse plus que la mienne ?... »

On n'a pas aussitôt recommencé à respirer qu'on recommence à se pomper l'air. Comme si ça se pouvait. Mais on sait que l'horreur dépassera nos capacités sans s'arrêter d'augmenter. Alors on se tait. On s'enferme l'un en dehors de l'autre pour mettre nos dernières ressources à l'abri l'un de l'autre.

Je lui frotte et lui pétris les jambes jusqu'à ce qu'elles plient toutes seules tout excitées. Je lui fais un shampooing même si elle n'en a pas besoin, mû par mon goût de lui faire du bien, toujours vivace au fond, et qui me démange toujours plus avec les palpitations du danger de lui faire encore tout le contraire... Elle aime à se faire jouer dans la tête, qui est son point chaud, comme elle dit pour rire, quand elle ne fait pas sa tête de cochon. Mais même si son sens de l'humour finit toujours par avoir raison d'elle, elle n'a pas l'effusion facile. Ou directe.

« Bottom, je t'aide. »

C'est le mieux qu'elle peut faire. Elle me l'a dit parce que j'avais le cafard, puis ça lui a plu comme formule et elle a pris le pli de me la répéter en m'embrassant, beau temps mauvais temps, le matin avec le café et le soir quand je l'ai bordée. J'ai fini par le lui rendre (« Je t'aide aussi ») et c'est devenu un petit jeu équivoque. Elle a été le plus loin, ou le plus près, en s'en servant pour demander grâce un jour qu'elle m'avait boudé pendant deux jours.

« Bottom, m'aides-tu toujours ? »

J'ai été ému, je le suis encore, mais le constat de la déchéance où m'ont fait tomber ces pièges est encore plus poignant. Je ne peux plus ouvrir la porte et aller où je veux, ouvrir la bouche et parler à qui je veux... Je profite de ce que la patronne barbote pour faire un homme de moi : dévaler l'escalier sur la pointe des pieds, répondre avec un filet de voix au S.O.S., toujours futile et toujours sacré. J'ai donné ma parole, comme dans les chansons : « Quand tu auras besoin d'un ami, sonne, à toute heure du jour ou de la nuit, sonne, rappelle-toi que ce dont j'ai besoin moi, c'est que tu aies besoin de moi, et sonne-moi ! » Ça s'appelle du service... Juba décroche puis Juba soupire, fume, renifle ; pas moyen de savoir ce qu'il y a. A moins qu'elle ne cherche elle-même. Ou qu'il n'y ait rien et que ce ne soit ça qui ne lui réussit pas. Au pire, elle a repincé Bruno avec le pot de colle à Nicole, ou quelque chose comme ça, et elle ne veut pas me le dire parce qu'elle est au-dessus de ça...

« Qu'est-ce qu'il a fait encore ?

— Est-ce que je sais, moi !... Je suis pas la police ici, moi ! »

La flèche à la patronne est bien décochée mais on n'est pas plus avancés. Alors elle se met à sangloter, du moins à haleter comme si.

« Combien ? »

Quand elle n'a plus de sous, elle fait des manières ; il faut la torturer pour qu'elle avoue... Ce n'est pas le cas, et elle n'en finit pas de répudier cette façon de la traiter. Ça commence à coller au fond quoi.

« C'est de ta faute. Tu me manques... un maximum. »

Elle a compris ; elle est convertie à ma théorie que c'est une maladie d'aimer ceux qui nous méprisent, et contagieuse, qui rend malades ceux qui nous veulent du bien... Elle est domptée. Elle aime normalement. Elle m'aime.

« Je voulais que tu le saches, et que tu me prennes au mot... »

Elle me tient par le bon bout. Pour ne pas me lâcher,

elle fait comme au cinéma quand ils gèlent l'image : elle raccroche.

L'équilibre des tyrannies m'a fait hésiter, et pelleter, tout l'après-midi. J'ai déblayé l'entrée jusqu'au garage puis je me suis retourné et j'ai vu que c'était tout à recommencer : la poudrerie avait tout remis où je l'avais pris. Un homme averti en vaut deux ; j'ai pelleté deux fois plus fort à des fins deux fois plus folles. J'ai creusé une tranchée jusqu'au lac puis, de plus en plus persécuté par le vent, j'ai continué de l'avant, et ouvert une patinoire dont enfin j'ai rehaussé les remparts. Mais je n'ai pour ainsi dire pas brûlé d'énergie. J'avais les bras aussi pleins de Juba, les mains aussi démangées de caresses. La patronne ne m'a rien demandé, surtout pas pourquoi je ne m'étais pas servi de la souffleuse, un jouet que je lui ai fait payer les yeux de la tête.

Avec son propre souci de se montrer bienveillante jusque dans l'hostilité, elle m'a mis du gigot à réchauffer. Ma vaisselle faite et rangée, elle me convoque dans la véranda, où elle est restée, tout occupée à ses petites affaires musicales et intellectuelles.

« Bottom, tu as le feu sous les pieds. »

J'ai gardé d'une mère tyrannique une tête qui se baisse toute seule. Ce qui l'insulte. Elle me rappelle à l'ordre en secouant comme une sonnette les clés de l'Oldsmobile.

« Bottom, tu prends tes désirs pour des réalités : personne ne t'accuse, ne t'opprime. Et ne t'enferme... Il ne faut pas compter sur moi pour t'empêcher de courir les moules. Et je ne mérite pas non plus que tu ne me fasses pas l'honneur d'avoir le courage de tes actes ! »

J'adhère au principe mais je bloque sur le mode

d'emploi. Je peux sortir à quelle heure, trotter combien de temps, et qu'est-ce que je déclare en partant, que je pars courir les moules?... Elle se figurait qu'elle me neutralisait en me vidant mon sac. Les mesquineries de ma contre-attaque la poussent sur un terrain où elle n'est pas intéressée à lutter. Elle lance les clés à terre, comme un défi qu'on ne peut pas ne pas relever. Je n'ai qu'à me baisser, je n'en demandais pas tant. Le diable me charrie déjà à travers les murs mous du nord de l'enfer. Je fonce sur les dunes avec le délire de défoncer, les délices de sauter avec les poudres percutées, flotter dans les voiles que je leur ai arrachés, qui restent accrochés aux pare-chocs, aux antennes, aux poignées. Exalté par le désespoir, je me couvre de gloire. Je *vole* au secours, comme on dit pour bien marquer que c'est celui qui le porte qui reçoit le plus puisqu'il lui pousse des ailes, jusque par-dessus les lampadaires de l'autoroute.

« Serre-moi fort... Plus fort encore... »

Plus je serre, plus elle sent bon. Ses cheveux les feuilles, sa peau les pelures, sa bouche les oranges elles-mêmes, le jus... Au moment où ma tête, qui s'est mise à tourner, ne va plus s'arrêter si je continue à serrer, ma princesse me repousse.

« Me casse pas, je suis tout ce que j'ai. »

On s'assoit sur l'éternel canapé. Elle s'entête à ronger ses ongles. J'en fais une affaire de courtoisie; elle en fait une question de souveraineté. Je ne lui ai pas aussitôt ôté un doigt de la bouche, pour m'y mettre, qu'elle en refourre deux ou trois de sa main libre et qu'elle me les grignote sous le nez.

« Je suis frustrée. »

Comme si je n'étais pas là pour ça. On se demande un peu.

« C'est drôle, les hommes. Ça vous tape sur les nerfs puis ça veut vous priver de vous énerver. »

La tête, l'épaule, la hanche, le genou, je prends tout ce qui me tombe sous la main, puis je la prends toute, avec ses doigts dans sa bouche et tout, et je la berce en lui tapotant le dos comme s'il s'agissait de lui faire lâcher un rot. Je ne fais rien qui dépasse nos limites, mais mon tact de forcené qui se retient, qui ne plonge pas dans le stupre en ouvrant la porte, ne la trompe pas. Au moment où mon cœur va battre trop vite, si vite que la mort ne pourra pas l'arrêter, elle se lève pour allumer la télé en se plaignant qu'il n'y a plus moyen de parler comme du monde avec personne. Alors je lui demande comment ça va.

« Extra. On refuse du monde.

— Moi qui m'imaginais que je serais tout sale avec toi... »

Elle ne comprend pas mon gag érotique mais c'est aussi bien ; elle n'aurait pas la force de rire, elle a trop faim. Elle a envie d'un souvlaki chez Sopho, un casse-croûte si petit avec ses quelques tabourets coincés entre le comptoir et la vue sur le trottoir qu'elle l'a adopté, ce que le patron lui rend en lui confectionnant avec un soin galant sa spécialité. Et pour le même prix, il lui fait jouer à tue-tête les sirtakis les plus chauds de son juke-box, auxquels elle se plaît à attribuer les mêmes origines orientales qu'elle...

« Je t'invite ! »

Elle n'a pas un sou mais elle y tient ; elle se débrouillera en chemin. Angle Bernard, elle se jette à la tête des passants, des clients du Pallas, des automobilistes qui attendent leur lumière. Les doigts rougis, la goutte au nez, elle ne les lâche pas avant qu'ils aient craché : trente sous pour appeler, cinquante pour prendre l'autobus, une piastre s'ils n'ont pas de monnaie... Quand elle grippe du gros, elle me fait des tatas. Elle se fait remarquer, quoi. Planqué dans la cabine téléphonique, bien à l'abri, j'ai l'air de quoi ?

Elle ne m'a pas encore adressé un mot et elle ne finit plus de jaser avec Sopho. Une vraie pie. Elle ne fait pas exprès ni rien. Elle est juste tombée, finalement, sur quelqu'un d'intéressant. J'ai assez fait le tronc, je vais faire de l'air. Elle me raccroche, par un revers de poche.

« Tu t'en vas toujours quand j'ai le plus besoin de toi...

— Pour passer ta mauvaise humeur sur moi ?

— Il y a de ça. »

Elle croque dans le pain pita de la barquette encombrée, ingouvernable, une bouchée qui fait déborder la crème sure sur ses commissures. Elle en fait une friandise dont elle cueille le plus gros avec la langue et déguste les résidus en suçant son doigt. Pour m'allécher ou me dégoûter. Elle ne le sait pas elle non plus... Qu'elle dit. Comme si plus ça la tenterait moins elle en aurait envie.

Dans l'Oldsmobile, où elle est montée en attendant que la chaleur monte et dégivre les vitres, elle continue. Elle a vu que ça me tue quand elle se tait, que ça me débilite, et elle en profite, elle en met un coup pour achever de prendre le dessus. Même pas. Elle me laisse prendre le dessous. Elle reste assise de son bord, à regarder dehors, où on ne voit pas encore, pendant que je fais tout le travail.

« Tu m'as bien eu... C'est tout ce que tu voulais ?...

— Et toi ?... Qu'est-ce que tu voulais que tu as pas eu ?... »

Elle pense à des cochonneries. Elles ne pensent qu'à ça.

« Je sais pas moi... Un café ? »

Elle me permet de monter si je lui promets de partir quand elle sera couchée. Je n'ai pas plus le goût de sa

31

lavasse instantanée que d'un grand coup de pied au cul, même s'il me ferait bien du bien. Pendant qu'elle ne met même pas d'eau dans la casserole, je fouille à tout hasard dans les bouteilles à Bruno. Il n'a laissé que des vides. Comme d'habitude. Puis elle passe... Elle va se brosser les dents, sans pantalon à son pyjama. Je l'arrête.

« As-tu un permis ? »

Elle me montre son nombril. Et pour la première fois de la vie impossible qu'elle m'a faite aujourd'hui, elle sourit. Je me glisse sous ses couvertures. Elle va s'installer en tournant le dos pour ne pas m'apercevoir et se trouver forcée de rouspéter... Si je ne me jette pas dessus, si je résiste cinq minutes, elle basculera ; elle se pelotonnera en ronronnant dans mes bras, comme si je rêvais, comme la femme qu'on dit qu'on a quand on dit ma femme... Ça fait partie de nos cérémonies, les fastes où je l'embrasse tout mon soûl pourvu que je reste en tenue de cambrioleur (tout habillé, tout chaussé) et que je ne la touche pas ici et là. Surtout ici et là.

C'est un langage où le goût du mal communie sous les deux espèces à mesure qu'il se confesse. Mais on n'a que du bon à se reprocher quand on se parle dans la bouche et on se le reproche encore pour se le reprocher mieux. Inflige-moi encore, que je te le rende, un meilleur châtiment, sanctifie-moi bien que je ne faiblisse pas, que je continue de fuir et de trahir, prendre le bien d'autrui, le saloper et me damner... Mais il n'y a rien dans les ressources de ce vocabulaire pour raisonner ma main. Il faut qu'elle la harponne et qu'elle s'y cramponne. Je veux toucher son cœur, je le dis comme je le pense ; je veux l'émouvoir, mettre le doigt sur la faiblesse dont il s'agit quand on dit qu'une femme ouvre son cœur... C'est à se taper le cœur par

32

terre, qu'elle trouve. Elle rit de si bon cœur qu'elle me crève le cœur et que la tête d'enterrement que me donne ma lubricité précieuse et ridicule alimente encore son hilarité. Mais sa cruauté a dépassé sa pensée et elle finit par demander pardon, en me faisant tirer des bouffées de sa cigarette. En me faisant prendre son pouls, comme prix de consolation, puis en justifiant son refus de me donner une meilleure prise sur ses fonctions vitales.

« Je tiens trop à toi pour risquer que ça tienne à si peu... »

Puis elle m'embrasse pour soutenir ce qu'elle avance... Puis comme je m'obstine à mon tour à garder mes distances, elle les dévore ! Elle ne prend plus ma main pour la chasser mais l'accueillir sur son ventre ! Elle me l'étreint, me la chevauche, me la presse, frottant ses doigts entre les miens, puis un seul, comme pour me faire un dessin. Elle n'a plus peur de me perdre, elle est tout désir de me perdre ! J'en profite un maximum, en résistant, en espaçant et prolongeant les petits chocs insupportables.

« Qu'est-ce tu fais ?... »

Je lui surmontais la main et la lui poussais trop loin en retraitant le long de son bras. A bout de souffle, je lui faisais traverser toute seule la limite après quoi je n'aurais pas pu retenir la chute verticale, totale, l'anéantissement accéléré, aspiré. Je gardais des forces pour remonter en enfer... C'était bien assez pour mon vertige qu'elle griffe et qu'elle morde et qu'elle gronde et que le monde essuie, pour la première fois de mon histoire, le tremblement de chair d'une femme.

Mais aussitôt après avoir fait éclater tant d'amour, elle répandait autant de méchanceté. Elle s'est jetée à coups de poing sur son oreiller, puis sur mon bonheur à coups de canif.

« C'est ça, ton gag?... C'est ça qui la fait rire, la mutilée?... Merci, trop peu pour moi! »

Elle crachait le feu et c'était moi qu'elle recrachait. Avec la boue du fossé où mes petites frustrations avaient précipité notre amitié. Et quoi encore... Toutes les horreurs qui lui passaient par la tête!

« Avoue que tu la tripotes. Qu'il lui manque des ressorts pour gigoter mais qu'elle a le cœur, comme tu dis, à la bonne place... Je ne veux plus que tu me touches! A aucune place!... C'est elle que tu sers, sers-toi d'elle!... A moins qu'elle te force. Que ça te dégoûte mais que tu te sacrifies. Ça te ressemblerait, tiens!

— On dirait que ça t'intéresse.

— Je cache mon jeu. C'est le fric mon truc. Le confort. Une petite villa dans le Nord.

— Ça y est, Christ. On est tombés dedans. On va s'en fourrer partout nous-autres itou. Plus de caprices, tous de la même couleur!...

— Tu te plains ou tu te vantes? »

J'étais décidé à foncer à travers le parapet du pont de la rivière des Prairies puis je me suis donné un sursis jusqu'au pont des Mille-Îles, mais j'avais trop de trafic dans la tête, quand j'y ai repensé il était passé. Je voulais lui laisser mon argent où ça lui ferait un maximum d'effet. Je l'ai mis sur le réservoir des toilettes. Puis je l'ai mis dans la cuvette. Puis j'ai tiré la chasse. Adieu veau vache truie, étouffe crève meurs. J'ai hâte qu'il soit onze heures demain soir, pour avoir décroché le téléphone. A part mourir, qui n'est pas dans mes prix, c'est tout ce que je peux m'offrir... Tu l'as dit, débouffi.

34

*

Ici commence la vie après Juba, qui était la vie. Ici commence la vie après la vie, au fond d'un trou d'où nul n'est sorti. J'ai la face affaissée et rôtie, la moitié des cheveux gris, l'autre moitié partie, j'ai vieilli vingt ans plus vite que moi. Il était temps que j'aie un accident. Je resterai écrabouillé ici, fixé dans mon âge d'or, l'âge de Juba. Je voudrais l'oublier mais à quoi vais-je passer mon temps, moi qui pensais à elle tout le temps ? Je n'ai pas le choix : je n'aurais plus de force si je n'avais pas la force de penser à elle. Je ne veux pas l'avoir oubliée, je ne veux pas devenir ce qui va rester, un sac vide qui oublie de se jeter, une enveloppe avec plus de lettre dedans, plus un traître mot d'amour.

Ça serre aux tempes, ça serre le cou, ça serre partout. Et il n'y a rien à faire pour que ça serre moins. Je n'ai que des moyens de rendre la douleur moins supportable. Me priver de boire, de fumer, de manger. Faire de la gymnastique, des exercices pour redresser la tête sans plisser le front. Prier, Notre Père qui êtes odieux, qui êtes le vide qui a horreur de la nature, la mienne plus que les autres. Repenser à Lucie, souffler sur les cendres glacées de nos amours disparates. Une chance qu'il continue de neiger, je peux continuer de pelleter. Une chance qu'il vente, je peux faire pousser mes cris par les arbres. Nos terres se touchaient. Nous sautions par-dessus le même fossé, grimpions à la même clôture. Je me suis épris de Lucie (et je le suis resté vingt ans), le matin où elle m'a donné la main pour se mettre sous ma protection. Bruno tombé malade, elle me faisait servir de frère

35

pour marcher à l'école, un mille plus loin. Elle avait six ans, moi huit. Elle était si frêle et si fragile que le vent du rang des Deux-Maisons l'aurait emportée si je ne l'avais pas tenue. Je ne me suis plus jamais fait donner autant d'importance. Pas même par ma mère quand mon père a péri, foudroyé sur son tracteur au milieu de ses labours. « A cette heure, c'est toi l'homme. » Il était trop tard déjà. Je n'étais plus du monde depuis que Lucie défaisait celui qu'elle avait créé, qu'elle n'avait plus de main que pour se protéger de moi. J'avais trop bien joué mon rôle fraternel. Avec la puberté, elle ne supportait plus que des liens d'extrême parenté.

Le samedi de mars de ses noces, il ventait encore plus fort. Et ça chavirait dur dans le jubé, où Juba, chargée de m'escamoter, m'empêchait de me vider le cœur par-dessus la balustrade... Nous avions ramassé Juba dans un des bars où nous avions expié toute la nuit, Bruno et moi, qui perdions tous les deux sa sœur après lui avoir fait l'honneur de perdre notre jeunesse. Lucie condamnait sa porte et c'était la dernière. On ne pouvait plus nulle part entrer se chauffer, manger, dormir, rêver qu'on s'en tirerait sans payer, rien qu'en aimant d'un amour assez pur. J'ai pris le cric dans notre bagnole et j'ai été massacrer la limousine enrubannée. Le juge n'a pas cru que j'étais sujet à des absences, dites black-out, mon entourage estimant de toute façon qu'une absence de quelques mois en prison ne ferait pas de tort à un asocial endurci.

Onze heures passées. Ça n'a pas sonné. J'aurais répondu, parfaitement gentil, pas un poil mouillé par son petit accès d'hystérie, puis je lui aurais demandé, comme une faveur, pour faciliter mes relations de travail, de ne plus téléphoner, de me laisser prendre l'initiative des communications. Ainsi, au lieu d'attendre de plus en plus qu'elle appelle, pour jouir Dieu sait quand de ne pas répondre, je pourrais jouir toute la journée de tous les jours que je passerais sans l'appeler.

Les premières semaines sont les plus dures, mais je serai plus dur qu'elles. Je n'ai pas de courage mais on peut s'en passer quand on a des ongles comme j'ai et qu'il s'agit de fouir, de creuser, de se réchauffer en s'enfonçant jusqu'aux braises de la terre. Cette pâmée ne fera pas de différence quand elle se penchera pour voir comment je crève dans mon trou et qu'elle verra que je m'en fous. Je ne suis pas un lion mais je suis un rada. Au cœur de cet hiver où les muscles des plus forts ne servent qu'à grelotter, je me pelotonne et je dors.

Je suis rentré en pleine nuit blanche. Toute la neige tombée sur le Boulevard remontait au ciel sur les marches des grands conifères. J'ai fait le tour de la maison pour voir et trouvé ce que je cherchais : la lumière de la patronne était allumée... Non, elle n'avait pas pu dormir pendant qu'on m'arrachait le cœur. Je me suis assis dans la cuisine et je n'ai plus grouillé. Elle m'a trouvé endormi sur la table, le blouson sur le dos, la tuque sur le nez, pathétique. Elle avait beau jeu de m'assommer raide. Elle s'est plutôt payé ma tête de noceur.

« Un peu d'entrain putain, ce n'est qu'un bon moment à passer ! »

Je grogne, ou quelque chose comme ça.

« Mais c'est qu'il a trop mal à la bête ! Ah mais ça change tout ! Vite un vétérinaire !... »

N'empêche, si elle trouvait un chat dans cet état, elle ameuterait le village. Je crâne encore, à tout hasard. Mais bientôt trop sensible à la générosité de ses propres efforts pour se dominer, encaisser, je me jette au pied de son fauteuil, je serre ses jambes dans mes bras, je la vole avec effraction pour qu'elle m'appréhende, me perquisitionne, me confisque, m'emprisonne, à vie.

« Tut tut tut... Coucher, coucher, va coucher !

— Si tu t'étends à côté de moi... Par-dessus les couvertures. »

Et quoi encore ?... Elle ne consent pas non plus à me tenir la main jusqu'à ce que je m'endorme, même si je l'étreins si fort qu'elle se plaint que je lui fais mal. Mais je ne lâcherai pas tant qu'elle n'aura pas compris, par osmose. Ou par impression, en portant les marques de mes plaies.

« Joue-moi du piano. C'est mon dernier mot.

— Je verrai. Quand tu seras couché. Oust !... »

Elle avait intérêt à me faire rentrer tranquille dans mon placard : elle attendait sa visite préférée, le vieux docteur qui a soigné grand-maman Carbo jusqu'à ce qu'elle meure, et qui se bouche le nez quand il flaire ma présence. C'est justement le morceau que son aïeule lui demandait le plus souvent qu'elle m'a joué : la valse insolente que Marlène Dietrich pianote avant de se faire fusiller dans *Dishonored*.

C'est un vieux shmok. Il lui prescrit des calmants. D'ordinaire, il lui laisse une ordonnance que la religion de la patronne lui fait aussitôt détruire. Là, il lui a apporté la dope en personne : une fiole emplie et rebondie qui trônait comme une vacherie sous l'abat-jour quand je suis monté pour la border, comme on enveloppe un cadeau, et lui souhaiter, du fond tordu de mes entrailles, une bonne nuit.

« Je t'aide. »

Pas beaucoup moi non plus.

38

Le téléphone a sonné vers deux heures, puis toutes les cinq minutes une demi-douzaine de fois. J'ai tenu le coup, j'ai résisté, mais je n'ai pas été récompensé. Ça continuait à sonner dans ma tête. Ça réveillait mes poux. Les poux que j'ai dans la tête. Les bébites. Elles ont tourné, sifflé, piqué, crû et multiplié, pas lâché de la nuit. Je cherchais sur mes doigts des traces de son ventre. Combien de molécules pouvait-il en rester ? Un millier ? Une douzaine ?... J'imaginais leurs formes géométriques compliquées. Je les voyais en couleurs phosphorescentes. Des fantasmes sexuels chimiques, ça se soigne. Je me suis levé pour aller gober des aspirines. Un pendu m'est pour ainsi dire apparu dans le miroir de la pharmacie. Il n'avait pas la gorge serrée par une corde, mais par sa propre vue. Ça n'a pour ainsi dire pas amélioré mon cas.

Je n'ai pas entendu coulisser les portes. Je trouve la patronne penchée au-dessus des bobos que m'ont faits mes bébites, dont ma face est le plus gros. Je ne sais jamais à quoi m'attendre avec elle. Va-t-elle sévir comme je le mérite ou compatir comme Bouddha l'a dit ?

« Bottom, il fait beau ce matin.

— C'est toi qui le dis. »

Mais elle est bien placée pour le dire. Je suis frappé par la santé de son visage, par l'éclat que donne à ses cheveux, ses dents, sa peau, la lumière dont la force me déchire les paupières.

« Je cherche à t'influencer... »

On se taille une petite bavette. Elle se plaint de ne pas avoir grand pouvoir sur moi. Je me plains des traitements que je m'inflige. Je lui demande si j'en ai encore pour bien des années à me démener, à gigoter comme un tronc pour me damner.

« Change de poisons, ils ne sont pas assez violents. »

On se bricole un petit déjeuner aux crêpes. Je m'occupe de la production et de la distribution. Elle se charge des remarques et des opinions. C'est au sujet de la popote qu'elle est à son plus chochotte.

« Ça ne goûte pas comme chez grand-maman Carbo. Ses œufs étaient plus frais. »

On se demande un peu... Elle me regarde à la dérobée, comme si elle cherchait une branche où percher ses yeux trop bleus. Elle trouve que je ressemble de plus en plus à Dustin Hoffman dans *Midnight Cowboy*, où il incarne une épave. Elle a eu des nouvelles de Francine, qui a été voir *Chiens de paille*, et qui le lui recommande.

« Elle veut y retourner et elle m'a invitée, avec le bredouillement des propositions malhonnêtes. C'est très violent, semble-t-il. »

Qu'elle y aille et que cette petite peste l'emporte, qui me donne bien plus de frissons d'ailleurs que tous leurs films d'horreur.

« Oui mais c'est joué par Dustin Hoffman.

— Ça me renverse. »

J'ai de ces tons !... C'est la classe. Elle m'a appris. Et ça cache mon jeu, de l'examiner à mon tour à la dérobée. Comme une épave qui a aperçu un rivage.

« Toi, tu ressembles de plus en plus à un mirage. Je pensais qu'ils disparaissaient, les mirages... Disparais pas.

— Quand tu n'es pas méchant, tu es vaseux. Tu n'es vraiment pas doué va. »

Elle se frottait le nez dans le soleil qui cuisait les vitres de la véranda. Je lui ai arrangé ça aux pommes. Attelé à la souffleuse, j'ai rouvert mon sentier jusqu'au lac, puis redéblayé la glace de façon à développer encore les remparts et mettre l'éclaircie complètement à l'abri. Quand elle m'a vu porter sur mon dos la méridienne à grand-maman Carbo, un monstre d'osier à double chevet, elle a cru qu'elle avait la berlue. Mais à mon retour, elle m'attendait sur le perron, emmitouflée jusqu'au nez, rongeant le frein de sa roulante. Je l'ai chargée sur le toboggan et je l'ai tirée d'une seule main, à la fine épouvante comme on dit à Belle-Terre. A mi-chemin, je me déchirais déjà les poumons, j'aurais pu y rester, mais j'aurais été content de mourir de l'avoir fait rire. Je suis tombé à pleine face mais je me suis ramassé aussi raide et je suis reparti aussi vite, à bout de souffle ou non ; là n'était pas la question.

« C'est pas pour me vanter mais ça manque de bière. »

Elle m'a regardé partir comme si j'allais l'oublier là, la laisser geler tout l'hiver puis laisser couler à pic à travers la fonte. J'ai rencontré le chat en chemin, il ne m'a pas salué non plus. Pour leur montrer, je me suis tellement dépêché que j'ai perdu une demi-heure en dérapant dans le fossé. Je me repointe en portant la grappe au bout du bras, par les collets des deux canettes déjà bues. Ça me donne un air décontracté, je trouve.

« Pas de sexe, pas de fric, pas de justice, on rit mais un homme peut pas se passer de tout. »

Les yeux fermés pour mieux se fondre dans le souffle du soleil, cette caresse qui universalise et qui rapatrie, elle ne peut qu'ignorer le meilleur argument que j'ai trouvé pour défendre mon ivrognerie, et que je lui ai souvent servi. Elle s'est fait mettre par son meilleur ami Andrew à la mode du Grand Tout indifférencié : les désirs, les angoisses, les résistances, les poursuites sont fondés sur les aberrations par lesquelles l'homme se limite et s'attache, de toutes ses forces douloureuses, à une réalité qu'il n'a pas. Ce n'est pas plus compliqué que ça quand on a compris l'*anitya* (impermanence) : on n'a pas un corps et une âme de petit catéchisme, on en a des tas, dont il faut se débarrasser d'une fois à l'autre, d'un besoin à une satisfaction, de saison en saison, du fœtus au cadavre, comme de couches d'oignon superposées pour emprisonner notre goutte de vraie lumière. Et il ne faut pas payer tout ça plus cher que ça vaut. Bref, la patronne fait mon éducation. Elle cherche à m'intéresser à autre chose qu'aux filles et à la boisson. Elle a bien du mérite. Je ne sais pas où me mettre avec mes canettes. Je reste tordu là, à lui faire de l'ombre. Il y a un soleil par planète et je suis planté devant.

« Si tu t'asseyais, Bottom, ce serait une bonne chose de faite. »

En m'installant de côté avec ses pieds sur moi, j'ai une place, mais pas de confort. Mais je ne me sentirai jamais vraiment à l'aise avec elle tant que j'aurai pas pris un coup avec elle. Je le lui dis encore : il lui manque un grain de folie. Ça la rend folle.

« Ouvre les yeux, regarde un peu avec qui je vis !... »
Je lui repasse la réplique de Juba.

« Tu te plains ou tu te vantes ? »
Elle la trouve bien bonne. Elle sourit, avec ses yeux encore éclaircis par les dernières pluies... Il n'y a pas de petits profits.

Elle a surmonté son dégoût, elle en a avalé. Je la récompense en l'emmenant voir Dustin Hoffman moi-même. Pour régler le problème encombrant de la roulante et pour exhiber ma force en public, je lui propose de la porter. Elle y consent sans chipoter, mais ça ne va pas tout seul. Typique des filles de famille avec tout le ski et le tennis qu'elles se farcissent, c'est une fausse maigre dont les dures cent douze livres font de plus en plus pencher ma balance. On pourrait se casser la gueule en glissant sur les bourrelets du parking puis se la rachever en dévalant à tâtons l'étroite allée où notre regard dérange. Elle pousse un petit cri ici et là, pour me faire plaisir. Et honneur. Mais à la façon dont on nous observe, elle réussit moins à me faire admirer et envier qu'à se faire juger, traiter comme une grande peau de pécore qui fait de l'épate en se pendant au cou d'un minus en goguette. Ah la vache, ils ont raison, elle est complètement fêlée, que je me dis en me mettant à leur place, en saisissant le tableau avec leurs yeux. Et ça donne à nos rapports un sens qui m'avait complètement échappé. Nous sommes du même bord. Tous les deux dans le même sac de l'autre côté de la clôture. J'ai raté l'intrigue. Je lui ai tenu la main et je me suis concentré là-dessus. Quand je la lui ai prise, ce que je n'avais jamais fait, j'ai été surpris qu'elle me la laisse. Quand j'ai vu qu'elle me la laissait, je l'ai gardée. Je la pressais moins quand l'action s'érotisait, pour ne pas qu'elle s'imagine que j'étais excité et que ça la perturbe. Puis je l'ai lâchée tout à fait pour voir si ça l'arrangerait. Elle me l'a redonnée. Je n'ai plus couru de chance ; je ne la lui ai pas rendue. Ce qui a fait que le film a bien fini.

Quand je l'ai bordée, elle m'a embrassé en se serrant la bouche plus fort que d'habitude. Plus elle se pince le bec plus elle m'*aide*, si j'ai bien compris. Mais malgré tout ce qui s'était passé, et dont l'élan aurait pu nous porter bien longtemps sans se nourrir d'autre chose que de la charge émotive accumulée, j'ai dégringolé l'escalier pour aller voir l'heure et je me suis réjoui de voir qu'elle n'était pas passée... La trop bonne paix que j'ai faite avec la patronne m'a désarmé, neutralisé, vidé. Je n'ai plus de mal. Plus de force pour résister au petit train.

« Tchou tchou. Qu'est-ce que tu fais, tu boudes ?

— Tu brûles, tu brûles.

— On s'est pas promis qu'on se permettrait tout excepté bouder ? »

Je m'excuse mais ce n'est pas bibi qui a planté partout des piquets de stop et de sens interdit. Elle s'excuse mais c'est comme ça, strictement défendu de toucher à notre amitié, si je vois ce qu'elle veut dire par toucher... Puis, sans me laisser souffler, elle m'enferme dans un de ces dilemmes dont elle a le don. Elle organise une réception pour l'anniversaire de Bruno ; elle a mis une bonne bouteille de côté et elle va nous mijoter un gigot d'agneau, un vrai, à la maghrébine (pas une œuvre de chair déjà tout expiée en enfer, comme on les aime au Canada) ; elle compte d'autant plus sur moi que je suis son seul invité ; et si son grand énergumène ne se présente pas, ce qui ne la surprendrait pas, je serai même le seul énergumène à en profiter, avec des petits de suspension... Ceci dit, on est déjà tout réconciliés, mais ça ne colle pas. On ne remonte pas si vite après avoir roulé si bas. Les quantités d'énergie nerveuse que j'ai brûlées pour chambarder des rapports qui me rendent gaga dans les meilleures conditions ne peuvent pas s'éteindre sans laisser de trace du moindre résultat. Un rada, ça tient à rentrer, même à ses dépens, dans ses dépenses.

« Quand tu dis que tu ne veux plus que je te touche à *aucune place*, tu parles de plusieurs places. Nomme-moi-les. Classe-moi-les dans ton ordre de priorité, que je sache par où commencer... »

Elle se retranche derrière un de ses silences désertiques. Quand elle ne veut pas qu'on sache sur quel pied danser, elle ne fait ni une ni deux, elle coupe la musique.

« Tu m'embrasses pas ? »

Je vais me gêner, qu'elle me répond. Puis elle me le fait, trois bonnes fois, bien sonores. Elle m'attend à huit heures. Sans faute. Mais elle aimerait mieux que j'arrive avant. Tout de suite même, tellement elle m'aime, si je vois ce qu'elle veut dire.

\*

Je demande la journée à la patronne, pour aller à Belle-Terre faire des misères à ma mère... J'endors ses doutes en la sérénadant sur la petite maison bâtie de ses propres mains par mon pauvre père, typique du temps de la Guerre avec ses trois baies, son toit en croupe et ses pignons brisés. Et j'arrive au milieu de l'après-midi pour commencer la soirée. Juba fait des courses, Bruno la grasse matinée. Je suis reçu par le pot de colle à Nicole, la sous-locataire du dessus. Elle est émouvante et tentante dans l'espèce de serviette de bain qui lui sert de robe de gala, si j'en crois ses accessoires, brillants, bruyants. Mais elle a un œil de velours cochonné au crayon noir, et je lui tombe dedans. On aura tout vu.

« Tu ressembles à l'Étranger de Camus en livre de poche. »

Elle parle du crotté dessiné sur la couverture, les yeux baissés, les mains enfoncées dans les poches, à attendre que les choses le dépassent.

« On est tous des étrangers quand on y pense. On est

45

sur la terre comme tel, mais la terre c'est chez qui ?...
Tout le monde se le demande finalement. »

Je lui fais des compliments sur sa toilette. Elle
m'arrête. C'est tout des trucs piqués à l'Armée du
salut, même la rivière de diamants. Elle a mis le
paquet parce que ça fait rigoler Bruno et que c'est tout
ce qu'elle peut lui offrir comme cadeau.

« C'est drôle... Mais c'est triste pour ceux qui aime-
raient mieux te prendre au sérieux. »

Je vois aux yeux qu'elle cligne en ouvrant la bouche
qu'elle me reçoit mal : elle ne sait pas par quel bout
prendre les facéties, qui sont ma force. Elle m'offre
une bière. Elle revient de la cuisine, après avoir fait
danser toutes les portes.

« Il y en a pas.

— Il y en a au bar des Soupirs, au coin de Lajoie. »

Le temps de monter endosser la cape en peau
d'épouvantail abandonnée par son fiancé, elle se
déclare prête. Comme jamais une fille n'a si vite
accepté de sortir avec moi, je ne lui en veux pas trop
d'avoir gardé ses talons hauts et de me faire paraître
encore plus nabot.

Dans le sous-sol où l'on est enfoui, des soupirs sont
en effet produits par le flot assourdi de la circulation.
Nicole me conte sa vie, qui se résume à celle que lui a
fait, vite fait, le pas fameux poète Adé, qui ne faisait
aucune concession, surtout pas à elle. Il disait que
plus on est sale plus on laisse de traces. Il éprouvait
son talent comme une infection dégradante pour
l'homme qui le nourrit (Lautréamont, Baudelaire,
Verlaine), et comme une verrue au visage de la société
qui le produit. Il s'en est débarrassé en perdant la tête,
avec l'impertinence et l'âpreté que d'autres mettent à
se gagner une clientèle... Elle explique qu'il tournait
autour de lui-même, de plus en plus vite, qu'il s'est
étourdi par tous les moyens, jusqu'à l'extinction

d'équilibre. Il ne pouvait plus faire un pas sans se pendre à son bras, mais elle aimait ça. Elle aimait aussi lui donner le sein et le bercer, même si son feu intérieur l'avait rongé comme un vieillard. Elle ne retourne plus à l'asile d'aliénés où elle l'a mené en autobus un soir de Noël. Il ne la reconnaît plus. Il ne l'appelle plus sa rose sans épines. Il la traite d'hépatite, d'urétrite, de tache, de torche, de grue. De gros cul...

Ma propre vie, que je ne lui conte pas, parce que ce qu'on dit on le dépense, a duré six mois : l'été où nous avons répondu, Bruno et moi, à l'appel de nos sirènes. On avait mis sa sœur dans le secret, pour qu'elle pleure, qu'elle prie et qu'elle nous sacrifie ses économies. Sans papiers ni alibis, vagabonds jusqu'au trognon, on a franchi la frontière en fraude, à travers les labours mouillés de Lacolle et Rouses-Point. On mangeait derrière les restaurants, dormait dans les cimetières de voitures. On partait d'Eau-Claire au Wisconsin pour Pend'Oreilles en Idaho. Pour rien. Parce que ça sonnait bien et que la poésie était dans nos moyens. Parce que l'asphalte était serti de pierres concassées. Parce que le pouvoir géographique nous montait à la tête. Chaque pas nous nantissait, nous faisait « entrer en possession », au mépris du nom de tous les rois. Quand on est revenus, notre fidèle Lucie, qui ne nous attendait plus, ne nous a pas reconnus. On s'était fait une tête. On n'avait pas trouvé la mort comme elle avait craint, mais quelque chose de même : on avait vécu.

« Qu'est-ce que tu fais depuis que tu ne vis plus ? »
Nicole a trouvé la question si bonne qu'elle me l'a fait signer et dater dans son carnet. J'avais la paix avec elle, j'étais admiré sans subir de sévices sexuels. J'aurais bien dû rester avec elle. Quand on est rentrés,

j'étais déjà pas mal imbibé. Juba m'a sauté au cou. Je suis devenu comme fou. Je l'ai décollée en lui déclarant que je lui interdisais de me toucher.

« C'est un petit jeu qui se joue à deux, princesse !

— Ça va ça va, je m'en fous moi. Qu'est-ce tu t'imagines ?... Que j'en profite ou quoi ?... Après tout, c'est pas moi le bébé-la-la qui crie sur les toits : je suis pas beau, personne m'embrasse. Je me dévouais moi !... Si ça sert pas, on oublie ça, pas plus compliqué que ça. »

Elle avait l'air de se régaler. Je l'ai servie. J'en ai remis.

« Non seulement je refuse que tu me touches, mais je refuse de toucher à ce que tu touches. »

J'ai refusé de toucher au gigot parce qu'elle y avait touché, puis je me suis enfermé dans les toilettes avec le flacon d'armagnac avant qu'elle y touche. N'importe quoi !

« Fuck man, come on, come on man. »

Après le bel effort déployé par Bruno dans la langue que nous avons appris ensemble à baragouiner, un consensus s'est créé pour me laisser mijoter dans mon jus. Mais Juba avait le cœur trop sensible pour résister bien longtemps, et elle a flanqué un bon coup de pied dans la porte en passant.

« J'ai rien à me reprocher, j'ai fait de mon mieux !

— C'est raté, recommence avec une poignée de broquettes ! »

Tout le monde a applaudi quand je suis sorti pour parler à Lucie, qui me réclamait au téléphone après avoir offert ses souhaits à son frère. Pendant que je lui réglais son cas, Juba me refaisait le plein de vin en provoquant des accidents où mon coude emboutissait un sein qui dégageait un nuage de ce parfum dont on perd des gouttes tout le long de l'autoroute après être sorti de son lit.

Lucie m'annonce, sur le ton des déclarations d'amour, qu'elle va accoucher d'une semaine à l'autre, peut-être à Noël.

« Ça a quelque chose de sublime qui est à la portée des toutous.

— Coudon !... »

Après le froid que ça jette, je trouve le sujet idéal pour relancer la conversation.

« Si on parlait de sexe...

— Ç'est ça, fais-moi peur. »

Je l'expose au fantasme où ma puberté se pâmait. J'avais mon nid dans ses boucles blondes et j'attendais qu'elle s'endorme pour l'envahir, jouir de son trop joli visage. Je trottinais sur ses paupières, m'introduisais dans ses oreilles. Je m'enivrais à la goutte de sueur qu'un mauvais rêve faisait perler sur sa tempe. Les ailes de son nez palpitaient quand je le chevauchais. Je jouais avec le danger sur ses lèvres, où le sang de l'alerte montait sous mes piétinements répétés.

« C'était dans le temps que je me prenais pour ta mouche. J'étais trop tronc pour me prendre pour ton morpion.

— C'était avant que tu te prennes pour un biberon. »

Avant que tu ne ravales l'énergie des secrets magiques aux gymnastiques saugrenues du premier engrosseur venu. Avant que riche comme tu étais, et chiche comme tu es, tu ne me prives du peu que tu me donnais, bien malgré toi : de l'imagination.

« Je sais, il a un diplôme d'ingénieur, mais est-ce que ça te sert ?... Est-ce qu'il les met pour grimper sur toi, ses crampons à escalader les poteaux d'Hydro-Québec ?... »

Lucie attend que j'aie bien fini puis elle émet un autre « coudon » (*écoute donc*, c'est-à-dire, *eh bien dis*

49

*donc*). On croirait que je me suis assez décarcassé pour qu'elle s'apitoie sur mon sort. Elle s'apitoie sur celui de ma mère.

« Ta pauvre mère... Tu pourrais faire un effort. »

Pas de danger. Je vais faire ce qui ressemble à ce que tu as fait de moi : le réprouvé amer, le paria abject, infect, alcoolique et ingrat. C'est tout ce que tu mérites, toute autant que tu es avec tout ce que tu avais et que tu as gardé pour toi, pour en avoir un plus gros tas ou quelque chose comme ça !...

J'ai raccroché et je suis sorti, emporté par cette forte lancée, m'éclipsant sans saluer personne, comme on meurt en pleine gloire. J'ai dû remonter aussi raide : j'avais perdu mes clés. Tout le monde s'est ramassé à quatre pattes et a mis les quatre pièces et demie sens dessus dessous, jusqu'à ce que Nicole, que ses pilules rendent sujette aux flashes, ait un flash, et qu'elle téléphone au bar des Soupirs, où je les avais laissées sur notre table. On a été les chercher tous ensemble, tous aussi tordus, aussi mal partis, et on en a profité pour prendre le coup de l'étrivière, qui s'est multiplié, dans une atmosphère qu'alourdissait encore la théorie fumeuse que développait Nicole sur la poésie comme telle.

« A quoi bon réaliser vos songes, disait Leconte de Lisle ; vivre, les serviteurs font cela pour vous...

— Le verre à la main et une fille sur leurs genoux !... »

Sur quoi je l'ai transbordée sur les miens, où je l'ai tenue à bras-le-corps. Elle n'était pas folle de ça, parce que j'empestais la boisson et quoi encore, mais coupable comme elle se sent de l'internement de son poète elle ne se débattait pas plus que ça. Pour une raison ou pour une autre, Juba s'est portée à sa défense.

« Elle t'a rien fait, fous-lui la paix ! »

J'ai été tenté de lui demander si elle parlait de la même personne, du pot de colle, de la givrée dont elle m'avait dit qu'elle putassait avec Bruno pour se faire remarquer par elle, se rapprocher d'elle, parce qu'il y a plus à tirer d'elle que de lui. Mais c'était trop compliqué, j'ai laissé tomber. Et quand je dis tomber, j'entends par terre. Nicole la première. Me laissant moi-même sombrer par-dessus Juba qui se penchait sur elle pour la ramasser. Quand je me suis rassis, elles s'étaient éclipsées. Quand je me suis retourné pour déclarer à Bruno qu'on était bien débarrassés, il s'était sauvé. J'ai été pris pour m'en sortir tout seul. Je ne sais pas comment je me suis débrouillé, je n'étais plus là pour m'observer.

La patronne ne m'en veut pas. Au moment où elle m'a cru mort, elle a promis à Avalokitesvara (le bodhisattva de la compassion) de ne plus jamais m'en vouloir. Elle tient sa promesse. Avec un sourire assez grand pour que l'effort ne dépasse pas tout autour, comme un jupon.

« Je ne sais pas où tu veux en venir. Pour moi, ça n'a aucun sens, mais je vais m'en tenir là. J'accepte que ça ne me regarde pas, que c'est à prendre ou à laisser. »

Elle ne me trouvait pas dans mon lit. Elle ne m'apercevait pas dans l'auto. Elle a scruté avec ses jumelles, elle m'a repéré au milieu du lac, elle m'a reconnu au pompon brun de ma tuque, qui surgissait de la neige accumulée en masse allongée sur la méridienne. Elle a éprouvé comme une certitude qu'une rafale m'éliminerait si elle perdait une seconde. Elle a déboulé les marches du perron. Elle s'est propulsée en toboggan avec les mains. Elle m'a secoué, ranimé. J'avais déjà les oreilles gelées. La chaleur les a gonflées comme des croissants mais on n'aura pas à me les couper, d'après le vieux docteur, aussitôt consulté. C'est du gâteau de se faire sauver la vie par la patronne ; elle est si reconnaissante. Elle n'a pas eu plus peur quand son mari, grand chef de cabinet stressé par la Crise d'octobre, s'est mis en marche arrière pour avancer, lui broyant les genoux entre le pare-chocs et le fond du garage alors qu'elle pressait le battant mal verrouillé de la malle. Léon est parti avec une autre. En lui laissant la funeste Olds-mobile. Il s'en est acheté une neuve.

Elle me garde dans la véranda. Elle m'a fait asseoir à côté de Mozart, pour me faire ouvrir, une bonne fois, mon cœur. Mais voilà, je n'en ai pas. Je suis tout frustration, désirs réprimés, mutilés. Mais comme elle me presse et qu'il faut bien dire quelque chose qui coûte, qui compte, je lui avoue que ça s'est jeté sur Juba, que je l'aime quoi, mais qu'elle me fait le même coup que Lucie, de se prendre pour ma sœur... Rien à faire, la patronne ne réussit pas à avaler ça. Elle a beau me réduire à ma plus bête expression, ça ne passe pas, ça ne lui entre pas dans l'ordinateur. Elle est humiliée pour moi de me voir tomber dans un piège aussi mal tendu, et aussi mal tenu.

« Je n'ai rien contre les fouteuses de merde. Mais il y en a de propres et d'intelligentes.

— J'aurais aucune chance. »

Elle trouve ça drôle. C'est drôle, moi je ne trouve pas ça drôle. A cinq heures, elle m'envoie elle-même chercher mes six bières aux Quatre-Coins. Je vais me gêner peut-être... En passant, je débarque à l'hôtel pour téléphoner à la Coopérative et voir si je n'ai pas profité de ce que je ne savais pas ce que je faisais pour étriper quelqu'un.

« Princesse !... »

C'est un cri d'amour encore terrorisé, de tripes qui

ont encore tremblé de ne plus jamais entendre sa voix. Elle n'y répond pas.

« Je te demande pardon.

— De quoi donc ?

— Je sais pas. C'est ce que je me demandais. J'en ai perdu des bouts... »

Elle me passe Bruno. Sans dire au revoir ni me prévenir. J'adopte un petit ton pleurnichard qui me dégoûte pour me faire plaindre de ma conduite inqualifiable avec Juba : je ne lui veux que du bien et je ne réussis qu'à lui faire de la peine.

« Tant mieux, c'est bon pour skella. »

Mais comme j'insiste, et que je tâche de lui faire dire qu'elle en a assez enduré, qu'elle devrait me laisser tomber, il le prend de plus haut. Il ne veut pas m'accabler ni rien, mais il a passé l'âge de nos déchirures, raccommodages, tripotages de collégiennes compliquées. Lui, il se pousse à la limite. Il cherche sa résonance dans l'érotomanie toxique dure. Il fait dans les « voyages » organisés. Des pique-niques, ça s'appelle... Ça ne fait pas un pli, tout le monde fornique plein son ventre. Même Lucie. Il n'y a pas jusqu'à la patronne qui n'a pas eu son tour sous le règne de Léon.

« Toujours les mêmes !... Toujours les autres !... Il y a pas de justice. »

Bruno a le rire maigre. Il commence à me trouver moins drôle, on dirait. Ça m'impressionne. Médiocrement. Avec toutes les orgies qui l'occupent pendant que je m'occupe de ses restants, il ne me fera pas pleurer.

« Six c'est trop, ça me fait perdre le contrôle. »

Après avoir trouvé ce raisonnement plein de bon sens, la patronne est mal placée pour protester quand je lui verse la bière excédentaire dans un grand verre bien clair, pour mettre en valeur l'animation des bulles, la riche couleur, et que je la lui sers sur une rondelle de liège pour ne pas abîmer la patine matrimoniale de son secrétaire. Je n'exerce aucune pression sur elle, mais je profite de ce qu'elle s'applique quand elle se sent épiée : elle trempe ses lèvres, sirote, puise une petite gorgée, promet qu'elle va en venir à bout. Et tous ces jeux avec le feu en même temps qu'elle écrit à son bhikku Andrew, qui lui interdit tout, pour lui rendre compte de ses progrès... Ah! c'est comme si je la lui avais déjà tout encanaillée.

Le petit train a passé tout droit. Quand j'ai vu ça, je lui ai écrit un petit mot. Ça m'a pris une grande partie de la nuit. Je voulais mettre de la poésie, j'ai peur d'en avoir trop mis.

« Redonne-moi ta confiance vite, je la mérite. Je suis le dernier de mon espèce, le genre que tu peux appeler en catastrophe un lundi après-midi parce que tu t'ennuies toute seule à l'automatique buanderie, et qui va tout lâcher pour aller te trouver même s'il sait que ça ne sert à rien, que ton lavage va être fini quand il va arriver... Le peu qu'on a de beau et de bon jette une si grande lumière qu'il ne reste plus au sale, au coupable, d'ombre où se mettre, se conserver assez pour infecter l'amitié. Le plancher s'écroule sous mon poids, le plafond sur ma tête, il n'y a plus rien qui tienne quand il ne repose plus sur toi, quand tu ne tiens plus à moi. Le mal que j'ai de t'avoir fait du mal est plus grand que tout le mal que tu veux me faire en me laissant tomber, tu ne peux plus me blesser, il n'y a plus de place où porter des coups, je me suis planté des couteaux partout ; tout ce que tu peux me faire qui produise un effet, c'est me redonner confiance. Après toi, princesse de mes Hauts Atlas, ça coupe carré, on

54

plonge dans le vide, un vide qui crie parce que ça lui crève les yeux de ne pas te voir, lui arrache la langue de ne pas te parler, lui déchire les oreilles de ne pas t'entendre... Si tu ne me pardonne pas, ça m'est bien égal. Comme tout ce qui ne dépasse pas... » Et cætera. De pis en pis.

Ce n'est pas pour me vanter mais je n'ai pas perdu la main. C'est tout le style pompier de mes épîtres à Lucie, qui n'y répondait pas parce qu'elle ne s'y reconnaissait pas. N'importe quoi adressé à n'importe laquelle. Elle me l'a dit tel quel. Elle n'avait pas de défauts mais elle était honnête, si je vois ce que je veux dire.

\*

*Ashes of love cold as ice...* Les paroles de la chanson qui se mêle à mon souvenir de l'automatique buanderie collent comme elles peuvent à la musique de la patronne, les *Jeux d'eaux de la Villa d'Este*. Elle tâche par là-dessus de m'intéresser aux *Caprices* de Goya, des gravures de luxe imprimées en Italie qui sont les dernières nouvelles qu'elle ait reçues de Maggie, l'amie qu'elle gardait « intacte » depuis le couvent, et qui s'est indignée, lui battant froid pour secouer sa torpeur perverse, la complaisance malheureuse où elle s'est enfoncée jusqu'à héberger un ex-détenu dans son rez-de-chaussée... Maggie lui a mis du Baudelaire sur le signet de Books & Things, sa librairie : « Tous les malheurs de l'homme viennent de ce qu'il ne se borne pas à ce qu'il connaît de plus élevé. » Les miens

55

viennent de ce que je ne me borne pas à ce que j'ai de foncièrement tronc. Inapte au service humain. A celui des autres comme au mien. Trop taré pour labourer la terre de mon père, pas assez pour exploiter mes tares, m'indemniser en sautant des minettes en levrette dans les toilettes des discothèques, comme les autres tarés. Mais je n'oublie pas dans mes prières (je vous salis Marie pleine de bière) qu'en se plaignant du peu qu'on a on ne l'augmente pas. On se le gâte, on le perd.

La patronne s'occupe comme elle peut. Se faisant dérisoirement passer pour un vétéran de la Crise d'octobre, elle visite régulièrement ses collègues paraplégiques de l'hôpital des Vétérans. Elle tient à tout prix à me présenter Joseph, qui a eu son compte en Corée. Elle l'a comme adopté parce qu'il lui fait des propositions malhonnêtes, si j'ai bien compris. Il a développé l'art de toupiner en fauteuil roulant et il lui a offert de lui donner des leçons particulières, à cheval sur lui. « Enchanté », que je lui dis à tout hasard, en lui allongeant une main qu'il évite comme un piège qu'on lui tendrait. « *You bet!* » J'ai envie de m'excuser, aussi surpris que lui que la patronne se serve de moi comme alibi pour brider ses audaces. Mais il se peut aussi, telle que je la connais, que ce soit à mon seul profit, pour me redonner confiance en des moyens dont je doute tant, qu'elle fait comme si la place était prise, qu'il y avait déjà un homme dans sa vie... Mais c'est creuser trop profondément pour les ressources de mon entendement. Je suis plus doué pour griller des cigarettes dans le vestibule en attendant de conduire la patronne à la Clinique, où elle veut se faire conseiller d'autres béquilles et des trucs pour renforcer ses bras. Je profite des temps morts pour coller des tas de reines Elizabeth sur ma lettre à Juba. Derrière aussi. Nicole a gribouillé son numéro dans mon carton

56

d'allumettes. Elle l'a fleuri en marguerite. Elle a signé Ni, comme Lucie signait Lu. J'ai toujours pris les coïncidences pour un signe, sinon un ordre. D'ailleurs tout concorde : après m'être allumé devant la boîte aux lettres, je tombe nez à nez sur le téléphone.

Je demande à Nicole pourquoi Juba est fâchée après moi. Je le sais mais on dirait que je ne me lasse pas de le ressasser. Et il n'y a pas de raison de se gêner avec un pot de colle. Elle ne s'étonne même pas que je ne m'intéresse pas aux effets sur elle de mes excès, dont elle a pâti la première après tout. Elle n'en attendait pas moins de mon aliénation sociale.

« C'est de l'étranger tout craché finalement... »

Ça la remet en selle sur Camus. Un coup lancée, elle ne se contrôle plus. Mais je ne la refrène pas trop non plus. Il faut penser à l'avenir. Un peu d'emportement, ça peut toujours servir.

« Je l'aime... »

Elle, elle l'admire. Elle veut dire Camus. Je veux dire Juba. Comme j'ai l'air d'y tenir, elle veut bien me croire. Mais au niveau de ce qui l'impressionne, de ce qui l'épate comme tel, ça ne l'accroche pas.

« Aimer, aimer, c'est pas un peu facile à un moment donné ?

— C'est peut-être plus facile pour toi que pour d'autres... »

J'ai mis en plein dans la cible mais, avec tout le sens de l'humour qu'elle n'a pas, ça se perd. Elle me répond sans tiquer qu'en tout cas ce n'est pas non plus le défaut de Juba de faire à personne des difficultés... Tout ça est bien sympa mais ce le serait encore plus si elle ne me traitait plus d'étranger de Camus. Je tiens à mon moindre statut de carencé hargneux, de nécessiteux de mauvaise volonté ; je le paie assez cher. Elle va étudier mon point de vue...

57

« Bottom, tu me fais mourir quand tu te mets za conduire. »

C'est plus fort que moi. Quand elle occupe la banquette arrière avec son nez en l'air, je lui trouve si fière allure dans le rétroviseur que je me replante et que je me carre. Je me fais une tête à képi quoi, comme quand j'étais petit et que mon idole était le chauffeur de taxi.

« Si je t'en offre un, le porteras-tu ?

— Tout le temps ! »

Aussitôt dit, aussitôt un feu rouge nous immobilise aux abords d'une boutique spécialisée : St. Henri Uniforms. J'en ressors avec un commis équipé des trois modèles disponibles. La patronne me soumet à un essayage en règle avant de fixer son choix sur le plus chic : le képi « Diplomat » (s'il vous plaît), avec sa visière courte, sa torsade à boutons de cuir et son fond mou 100 % laine vierge. Je regardais à la sauvette dans le miroir pour voir comme elle luisait, se régalait de son coup. On rit mais ça ressemblait au bonheur et ça a duré un gros quart d'heure.

Les mélèzes ont quelque chose qui fait qu'on n'est pas surpris qu'il leur arrive toujours quelque chose. Vers 1874, la mouche d'Erickson détruisit presque complètement l'espèce ; seules les pousses échappèrent. Dans le coin de forêt où les Carbo allaient bâtir le chalet qui se développerait en villa, trois germes avaient percé qui furent protégés et qui prospérèrent. Le bhikku Andrew, qui ne connaît que ça, reconnut en les voyant leurs signes de renaissance et il les baptisa avec reconnaissance. *Anitya* (impermanence) et *Anatman* (irréalité de l'âme) grandissent encore. Mais cet été, épine par épine, la mort est montée dans les rameaux d'*Ehi Passiko*, comme si elle avait entendu le

58

cri de Bouddha qui lui servait de nom : « Viens, monte voir comme c'est beau ! » Survolté par mes six bières, en proie au désespoir euphorique qui me fait jeter les barrières à terre et me jeter dans les précipices où les Juba gémissent, je me suis mis à affûter la tronçonneuse, un tour d'adresse et de précision qui me réussit mal. Les nerfs mis à vif par la queue-de-rat, je n'ai plus le choix : c'est l'arbre ou c'est moi.

« Il va s'infester de termites qui vont bouffer la maison. Je le coupe !... »

La patronne comptait religieusement sur son « grand absent », comme elle l'appelait maintenant, pour attirer les grands pics, ses oiseaux préférés. Mais elle ne résiste pas au mouvement despotique de mon énergie.

« Tout de suite, en pleine noirceur ?...

— C'est pas demain, c'est aujourd'hui la Saint-Képi. Et un feu de joie au soleil, ça a l'air de quoi ? »

Elle s'habille. Elle a peur que je me tronçonne une jambe, un bras, quelque chose comme ça, et elle ne veut pas manquer ça. On rit mais il y a de ça sous le ciel couvert de ce solstice d'hiver. Le cri vrombissant poussé par la scie dans le silence total de la planète est si sinistre, si puissant que je sens que la chaîne va péter et son coup de fouet me massacrer la figure. Quand le grand cadavre a craqué, ou tonné, puis tremblé, secoué la tête et encore résisté, la patronne s'est blottie dans sa roulante et cramponnée à ses roues, comme pour amortir l'écroulement sur son dos. Mais, pivotant pour s'appuyer sur son cran de chute, Ehi Passiko s'abat en plein où j'avais prévu, entre ses deux frères. La patronne est vivement impressionnée, mais on ne sait pas si elle applaudit ou si elle joint les mains pour prier. Je lève mon képi à tout hasard pour gagner du temps. La flambée que j'ai faite pour m'éclairer commence à faiblir ; j'ébranche au plus

59

vite, inspiré d'entasser sur les braises le bûcher du siècle avant que la flamme éclate dans la fumée qui roule et qui s'épaissit. La nuit est sans fond, sans faille, fermée sur tout pour ne renfermer que nous : le feu monte tout droit dans l'air figé, son élan accéléré rejaillit d'un seul tenant, sans se tordre ni lutter, jusqu'à la fine pointe de son déploiement, bientôt poussé aussi haut que la cime disparue. Et rien ne disperse non plus l'inquiétant grondement, souffle de forge ou d'orgue, qui enveloppe et qui charrie les voix qui sifflent, couinent, grincent, puis qui explosent en galaxies crépitantes... Mais il n'y a pas de salut en enfer. Plus qu'on gigote plus qu'on s'enfonce. Et mon agitation, les exploits défricheurs qui me tournent les sangs sans améliorer mon cas, finissent par éprouver les nerfs de la patronne.

« Bottom, tu m'épuises. Viens t'asseoir. Fume. »

Je la prends au mot. Je m'assois sous elle. Et comme j'ai les mains occupées à me tenir après elle, elle se charge de trouver mes cigarettes dans mon blouson puis de m'en allumer une, malgré le risque qu'elle prend de ternir l'émail de ses dents.

Elle retenait ses larmes. Elle les lâche en rentrant, alors que je l'aide à s'extraire de sa combinaison de skieuse. Pourquoi qu'elle ne l'a pas dit plus tôt qu'elle y tenait tant ? Parce qu'elle y tenait tant justement. Et qu'il faut renoncer au plus tôt à tout ce à quoi on tient tant.

« Tant qu'à y être, sois donc logique, commence donc par renoncer au bouddhisme ! »

Normalement, elle aurait rigolé. Pour le moment, elle n'a pas le cœur à rigoler.

« On n'a renoncé à rien tant qu'on n'a pas renoncé à son malheur. Et le mien, tu as raison, je le fais à tes dépens. Dans le fond, sous mes pavés de bonnes intentions, je suis ravie de la mauvaise affaire que j'ai faite. Quand j'ouvre les yeux, je me dis qu'est-ce que c'est que ce parasite, cette épave. Puis je ferme les yeux et je me dis tant mieux s'il tombe plus bas, vivement qu'il m'entraîne avec lui... »

Ce n'est pas un registre commode mais c'est dans mes cordes. Je comprends et je compatis. Elle a qu'elle ne veut pas lâcher Léon, lâcher sa prise sur lui. Et qu'en cultivant le gâchis où il l'a jetée, elle le tient. Si elle guérissait, si toutes les blessures se refermaient, il se sentirait quitte, il la classerait, il refermerait les livres où la moitié de sa vie est comptée. Inversement, plus le mal qu'il lui a fait s'infecte, plus elle lui empoisonne la vie... Et pour jouer dans ses bobos, je suis l'idéal comme bébête.

« Les naufrages, c'est la santé. »

C'est ce que j'ai toujours dit, que je lui dis. Pour lui montrer que je n'ai pas perdu le fil. Elle me fait signe que oui, prête à se repentir. Mais il reste dans sa contrition assez de tentation pour que je me demande si elle ne me fait pas plutôt une proposition.

*

Nos lettres express delivery se sont croisées. Pendant que je me décarcassais sur la mienne, en éternel étudiant prétentieux, anxieux d'impressionner, Juba se faisait rire avec la sienne : un dessin où la Lolita pour laquelle elle se prend encore donne le sein à un vieux chimpanzé sanglé dans un sac à bébé d'où s'échappent des petites pattes tordues et deux longs bras hirsutes dont l'un se pend à son cou et l'autre lui retrousse la jupe. Et ce n'est pas une caricature, mais une représentation précise, sentie, vivante, tracée à l'encre au fil de la plume. C'est un don qu'elle a et qu'elle est forcée de gaspiller parce que sur le marché ça ne vaut pas tripette... Sécurisé par le niveau de communication où nos confidences nous ont élevés, je glisse le croquis sous le nez de la patronne pour qu'elle en profite à son tour. Elle apprécie surtout la légende : *Prends-moi comme tu es.*

« Merde !...

— Bah, tu sais, ça paraît pire que c'est... Quand elle l'a dit, elle s'imagine qu'elle l'a fait. Et ça la dispense de le faire sans que ça me dispense de lui devoir quelque chose...

— Alors c'est un torchon, je peux m'en servir... »

Elle l'utilise déjà. Elle l'a intercalé dans les feuilles de papier où elle découpe la quinzaine de petits pas en forme de semelles qu'elle va coller sur le plancher de la cuisine pour jalonner cette traversée à pied qu'elle a parié de réussir avant la fin de l'année et de m'offrir comme étrennes.

Je reste planté là sur ma chaise, le doigt dans l'anse d'un quatrième café qui refroidit. Je me laisse aller à la facilité de sentir combien les petits signes que Juba m'a faits avec la main m'ont fait du bien.

« Bottom, tu as quelque chose là... »

Je me frotte la bouche et je demande si c'est parti. Non c'est trop visqueux, c'est resté imprégné, et ce n'est pas localisé mais diffus, répandu. Je m'essuie toute la face, sans plus de résultat. Ça a l'air de quoi ?... De ça, qu'elle me fait, en contrefaisant avec des yeux qui louchent et une bouche qui baye aux mouches la grimace de mon sourire intérieur.

« Ça a l'air du bonheur quand c'est fait par une moule. »

J'aime donc pas ça quand qu'elle cause comme ça. Ah je ne m'habitue pas. Jeune mariée, elle a vécu un an à Paris, où Léon préparait sa thèse de doctorat en droit constitutionnel. C'est là qu'elle a attrapé son petit accent, qui n'en est pas un là-bas, et cette brochette d'expressions dégueulasses dont elle tend à se repaître, sans doute en représailles contre le même Léon, qui se mettait la queue en tire-bouchon pour tourner la tête aux pucelles à l'époque où le stress l'a fait foncer sur elle en marche arrière. Il paraît qu'il mène ses petites pépées en tandem : l'une à la vaisselle, l'autre à l'essai. Pas étonnant qu'il n'y ait pas de justice, on se laisse gouverner par une bande de privilégiés.

« Quand tu te seras bien amusé, tu iras nettoyer tes dégâts. »


C'était parti pour mal finir. J'ai mis mon képi, je suis sorti, elle ne m'a pas revu avant qu'il fasse noir. J'ai débité le mélèze en bûches que j'ai fendues puis empilées au flanc du garage du côté du chemin, en vrai rada de Belle-Terre, fier de sa corde de bois. Copeaux, charbons, sciure, cendre, j'ai tout ratissé, balayé, amoncelé en un tas que j'ai enfourné et scellé dans des sacs de polythène. Le site était si propre qu'on aurait pu manger dessus. J'étais au-dessus de mes affaires ; j'ai été à la bière. Je risquais de me faire écœurer en rentrant chercher les clés ; j'y ai été à pied. Je me suis tapé trois canettes en remontant. Je ne le recommande pas. Froid comme il faisait et glacées comme elles étaient déjà, il faut être habitué à la misère pour le supporter. Je balançais les vides dans le champ. Ce n'était pas brillant mais on n'a pas tous des canons pour se faire justice.

La patronne est si patronne que l'envie lui prend de temps en temps de se patronner elle-même, de se prendre en main, de s'aventurer toute seule dans sa baignoire, un de ces monuments juchés sur des pattes de lion. Elle avait éteint les lumières comme si elle ne m'attendait plus et laissé une clé sous le paillasson. En même temps que le chat me bondissait dessus pour me souhaiter la bienvenue, un retentissant chahut s'abattait sur ma tête. Se hissant par-dessus bord pour se glisser dans son fauteuil, la patronne dérapait et chavirait avec le fauteuil. Elle aurait pu se rompre le cou. Elle s'en est sauvée, avec la tête un peu inclinée. Elle peut se la redresser quand elle veut mais quand elle laisse tomber l'angle marque encore midi moins cinq midi moins dix. Elle était toute nue ; elle m'a mal reçu.

« Je ne t'ai pas sonné... foutriquet. »

C'est tout ce que je mérite avec mon regard honteusement coincé entre ses jambes, enchevêtré dans une végétation où je cherche le sillon de contact des plaques tectoniques, la crête d'éruption. Le peignoir n'arrange rien. Elle ne me le prend que pour le jeter. Elle n'a rien à cacher. J'ai beau me contenter, me rincer l'œil tout mon soûl, je ne trouverai pas de quoi l'offusquer : Léon est passé partout et il est parti sans rien laisser, excepté le tapis où il s'est essuyé les pieds en partant. Qu'elle prétend, sans vraiment se fâcher pour autant. Qu'elle boude, qu'elle pleure ou qu'elle grogne, la patronne a le don de garder, comme à fleur de dents, le sourire qu'elle avait le premier jour, et qui m'a épaté, et qui me touche encore quand il n'est pas occupé à me faire tous ses autres effets.

Sauvé, je suis sauvé. Tout à l'heure, il était trop tard. Puis Juba m'a parlé, et les minutes qui passent sont mon seul passé, le seul âge que j'ai. J'étais tout seul, tout sale, puis je suis né. Je suis ressorti par sa bouche, tout neuf, tout parfumé. Je ne peux plus entendre sa voix sans l'amplifier, sans élargir mes horizons sonores. Tout le reste s'ajuste à cette démesure et c'est moi qui me retrouve le plus grandi.

« Je t'aime. »

Elle me l'a dit. Comme une sœur peut-être. Comme un reproche aussi. Mais elle me l'a dit. Et je m'en alimente plein mon lit, comme un fleuve qui déborde plus loin sur la plaine avec chaque battement de cœur. Elle me garde, me contient. Elle sait que ça me délivre, et elle ne voit pas pourquoi elle m'en priverait.

« J'aurais raison de t'en vouloir mais j'ai pas le goût. Je pourrais faire un effort mais je comprends pas les efforts qui donnent pas de satisfaction. »

Ce ne sont pas des paroles en l'air. Mais en fer. Tu m'as blindé. Plus rien ne peut m'arriver. Je ne me tiens plus !


Quand ce n'est pas trop démoralisant, c'est trop enthousiasmant. On se ramasse de toute manière avec une quantité excédentaire dont le poids menace notre équilibre. C'est ce que m'explique Nicole, que j'ai réveillée au milieu de la nuit pour qu'elle me ramène sur terre avec ses histoires à dormir debout. Le poète Adé, qui ne se soumettait à aucune loi, s'appliquait à outrepasser ce signal de danger. Il lui volait ses chèques d'assistance. Il les flambait avec les putains les plus horribles. Il voulait faire peser la masse d'horreur jusqu'à ce que le ressort qui ramène la ligne de repère à l'horizontale se casse.

« Ah c'était un cas ! Et ton corps ? Parle-moi de ton corps !... En commençant par la fin ! »

Je veux savoir si je lui fais de l'effet sans avoir l'air d'y toucher. Elle ne voit pas le rapport. D'accord. Je laisse tomber, sous réserve de revenir plus fort à la fin.

« Tu m'embrasses pas ni rien ?... Au téléphone, ça engage à rien... Aussi bien ouvrir la bouche, on s'aperçoit de rien... Encore. »

Le bonheur rend tellement intelligent qu'il me fait comprendre les femmes. Il s'agit d'insister plus longtemps qu'elles résistent, de ne pas lâcher avant qu'elles lâchent. Ne serait-ce que pour se débarrasser, elles finissent, comme Nicole ici, par dire OK. Il n'y a que le premier pas qui coûte. Et il ne coûte rien. Et tous les chemins mènent à Rome, la ville du sexe.

Parce qu'on ne peut pas appeler un chat un chat, ils l'ont appelé Hautbois, d'après le son de sa voix. Puis ils ont vu que ce n'était pas un chat (le sexe toujours le sexe) et rebaptisé Clarinette. Il faut garder ça pour nous mais c'est moi qu'elle aime. Elle se poste derrière la porte en m'entendant arriver et je n'ai pas plus tôt ouvert qu'elle me saute à l'épaule. Son bond de balle ne m'atteint qu'en fin de trajectoire et c'est sans sortir les griffes qu'elle se stabilise pour recevoir la caresse qu'elle me rend en fouissant dans mes cheveux. Après minuit, quand la maison est tout endormie, Clarinette triche. Elle s'échappe du lit de sa maîtresse et elle vient me trouver, par la porte du salon laissée exprès entrebâillée. Elle s'arrange, sans rien déranger, de ce qui me reste d'oreiller. Elle ne se manifeste, en ronronnant, que si mon mauvais rêve me réveille. Je ne sais pas ce qu'elle me trouve et je ne le lui demande pas. Qu'est-ce qu'il y a à demander quand tout est aux pommes ? On se le demande un peu.

*

66

Je ne ferai plus de peine à la patronne; elle aime trop ça. Je suis descendu à Montréal sans perdre les pédales. J'ai été à la Clinique chercher ses nouvelles béquilles, et les petits poids pour renforcer ses bras. J'ai repris l'autoroute aussi raide. Je suis passé par l'avenue du Parc même si je n'étais pas obligé mais ça ne me rallongeait pas et je n'ai pas ralenti devant la Coopérative de frais funéraires de mon cœur. Je me suis complimenté tout le long sur mon contrôle, et récompensé en débarquant à l'hôtel, où je me suis fixé une nouvelle limite de bière. Deux petites. Tout en les tétant, j'ai rendu une femme heureuse. La serveuse. Je lui ai acheté trois billets de tombola. Comme on risque de gagner une dinde, j'ai fait une farce, j'ai demandé à Céline si c'était elle qui la remplaçait la semaine passée. Elle m'a chiffonné un de ses sexy sourires. C'est tout ce que je lui demandais. Il n'y avait pas de quoi s'esclaffer et ce n'est pas son genre de s'esquinter... Les quatre ou cinq autres téteux, dont je ne connaissais pas un, me reconnaissaient tous comme « l'homme engagé de Mme Dunoyer ». Ils parlaient du pirate de l'air qui a détourné un appareil de Québecair à Wabush. Comme à une sorte de célébrité, ils m'ont demandé une opinion. Je n'en avais pas sur moi. Tout le monde a des opinions sur tout. Je n'en ai même pas sur où ils vont chercher tout ça.

Je n'étais pas à la hauteur de la situation. Pour m'en sortir, je me suis donné une occupation. Au téléphone. Tous les détournements sont bons qui me ramènent à Juba. Mais j'ai le trac. Comme il n'y a rien de parfait deux fois de suite, ça va « lever » moins que la nuit passée et continuer à se gâter si l'un s'imagine que l'autre le tient responsable de sa déception.

« Princesse ?...

— Non. Mais attendez... ça peut toujours s'arranger. »

Je reconnais la voix de cette comique. Elle traîne partout. Elle déclenche une scie dans mon système : *Les femmes, les femmes, les femmes*. Je parle à Crigne même, la nouvelle étoile de notre folklore instantané, la « chèvre » selon Bruno, qui dit qu'elle chevrote dans le plaisir comme dans les trop hautes notes. On rit mais je suis impressionné. Je lui dis que je ne peux pas lui dire à quel point.

« C'est gentil mais ce n'est pas juste. Je ne peux pas vous le rendre... »

Je me fais prier pour lui révéler mon nom en faisant valoir qu'elle ne s'en souviendra pas sans lutter tandis que ses talents ont rendu le sien si fameux qu'il faudrait qu'on m'opère pour que je l'oublie. Bref, je ne sais pas ce que je dis, mais elle oui. Et elle m'assure, décidément en train, que si sa mémoire la trahit elle me laissera lui en tenir rigueur. Assez, je suis tout mouillé !

« On m'appelle Bottom. C'est une traduction de Lafond que Bruno m'a faite quand on est partis à la conquête des États-Unis. »

Elle est au courant. No lui a même promis une chanson sur nos pérégrinations ; elle compte dessus, et sur moi pour le secouer. Elle ne peut pas me le passer pour le moment : elle vient de le réveiller, il est en pleine crise de réanimation.

« Veux-tu laisser un message ?

— Le massage est le message, a dit McLuhan, comme s'il savait de quoi il parlait... »

Tu parles !... Qu'est-ce qui m'a encore pris ? Il faut toujours que je gâte tout en persiflant plus haut que mon trou. Nul physiquement, je cherche à me rattraper en brillant, et je deviens nul complètement. Je

68

laisserais bien tomber mais je n'ai rien à laisser tomber.

La patronne me demandait depuis le début de l'hiver de le faire, je l'ai fait. J'ai fait comme Léon, j'ai emmailloté des boules de suif dans des filets de sacs d'oignons puis je les ai pendues aux branches des mélèzes pour attirer les oiseaux. Pas les touristes. Les qui s'obstinent, qui s'incrustent, qui restent. La mésange masquée toujours d'attaque, le geai bleu toujours à cran. Le roselin pourpré qu'il faut voir de près pour savoir qui c'est. Les petits pics, bariolés, et le grand, circonspect, dont la visite sera reçue comme un hommage personnel. Jumelles en main déjà, rougissant parfois de souffler le chaud si vite après avoir soufflé le froid, la patronne me peint encore, en jaune, en rose, les gros-becs, les becs-croisés, qui vous tombent du ciel, qui se jettent sur les petits fruits, que l'hiver a confits, du pommetier, et qui répandent avec leurs déchets en petites peaux une couronne de sang sur la neige.

« Et puis un bon matin encore, si on a beaucoup de chance, on se réveille avec une bande égarée de joncos ardoisés qui se sont jetés sur l'aubaine et qui vous repicorent tout ça !... Mais qu'est-ce que je te chante là, pauvre Bottom !...

— Rien qui s'arrose pas, sacrée patronne va. »

Sur quoi je lui débouche une bière, que son vieux réflexe lui fait refuser.

« Comment peux-tu me traiter de pauvre puis me refuser si peu ?... »

Depuis qu'elle s'est laissé tenter l'autre jour sur la patinoire, sa rigueur et sa fermeté ne sont plus ce qu'elles étaient. Et puis trinquer c'est tellement indiqué quand on conclut un traité de paix... Elle me prend la main avec la canette... Exprès. Elle me

69

l'enveloppe et me la presse, en me montrant ce qu'elle a de plus aimable, de plus sexy, ses parfaites petites dents, dont les incisives n'ont pas l'air pointues pour de vrai mais pour de rire, pour faire plaisir.

« Tu as les mains chaudes, qui font du bien. Tu as de bonnes mains, Bottom... »

C'est drôlement gentil mais j'en prends et j'en laisse, comme avec ses bonnes résolutions, sa fameuse promesse, sur la tête de grand-maman Carbo, de ne plus bouder.

« Elles sont bonnes, mes bonnes résolutions. Mais elles ont besoin d'être rodées. Elles seront meilleures avec le temps. L'usure du temps. Le déclin de la libido... »

Comme si elle ne se fichait pas de moi, elle piège dans mes yeux le trouble que le mot y jette puis elle m'explique qu'il recouvre, comme dans *libido dominandi*, des sens autrement plus riches et complexes que ceux auxquels je pense. Nos pulsions sont de l'énergie pure, un moteur qui ne développe que de la chaleur si on ne lui donne pas une bonne transmission. Ah la vache c'est une jungienne. Mais elle n'entend pas compromettre mon développement culturel avec des approximations. Elle me fait sortir le dictionnaire de psychologie et me soumet à une séance de définitions gigognes, chacune nécessitant qu'on en consulte dix autres et ainsi de suite, jusqu'au chaos, la confusion mentale totale. On rit mais c'est drôle. Avec ses facultés affaiblies par la boisson, qu'elle ne porte pas, la patronne ne dérougit plus. Souriant de plus en plus, elle finit par sourire tout à fait, plein la figure, sans interruption ni contrôle. Je le lui fais remarquer.

« Ce n'est pas la joie, c'est la bouche qui ne ferme plus.

— V'là autre chose !... C'est pas pour vous commander, Mme Chose, mais il faut faire quelque chose. »

Elle joue à serrer les lèvres jusqu'à ce que j'aie compté jusqu'à dix. Pas moyen. C'est encore pire. Elle se met à rire. Ça me fait plaisir mais ça me fait peur. C'est trop beau pour que ça dure. Même si ça ne dure que depuis cinq minutes et qu'elle vient de bouder toute une journée sans que je m'inquiète. Comme si on ne pouvait pas se bidonner sans danger mais grincer des dents en toute sécurité. Comme s'il n'y avait de confort que dans le malheur.

« Bottom, tu me donnes des ailes !... »

Elle les essaie sur-le-champ. Ses nouvelles béquilles sont des cannes en réalité. Elles donnent un meilleur contrôle avec leur support à l'avant-bras et, parce que le violoniste Itzhak Perlman a les mêmes, un certain prestige. Mais on ne marche pas tout d'un coup. On commence par se lever et tenir debout. Ça tremble mais ça tient. Ça tient grâce à la force des bras et à l'appui pris contre le mur. Mais les pieds portent à terre. Et ça s'appelle debout.

« Qu'est-ce que je te disais, Bottom !... Des ailes. »

Sur quoi, après la moitié d'un pas esquissé tout de travers, elle s'écrase. Je trouve qu'elle était plus solide sur ses béquilles proprement dites mais c'est une trouvaille que je garde pour moi avec celle que des jeans ficellent bien son paquet...

La patronne est montée à dix heures au lieu de neuf, et je la borderais encore si je n'avais pas mis le holà pour attraper le petit train et me faire charrier par ma princesse. Elle sortait du restaurant Pallas, où les éberlués de l'Outremont, le cinéma où l'on force, viennent se rasseoir pour décompresser. Elle s'est laissé entraîner par le pot de colle à Nicole, comme elle l'appelle en faisant claquer la rime. Elles ont été voir de quoi elles avaient l'air et ça a l'air qu'elles se

71

sont fait payer des verres. Ceci dit, elle n'a pas grand-chose à dire. M'en voulant (de n'avoir pas grand-chose à dire), elle fait languir la conversation pour me forcer d'y mettre un terme. Puis elle me reproche de l'avoir mis, puis chipote sur la quantité et le sifflement de ses baisers. Quel gâchis !... Que le cric me croque et me torde l'âme au bout d'un piquet !...

*

Ses petits matins sont sacrés. Il est strictement défendu de la déranger. Quand j'ai envie de pisser, je dois gagner les toilettes en passant en catimini par le salon et le couloir du vestibule... J'ai jeté un coup d'œil par la porte de la cuisine. La patronne était partie, comme on dit... Elle voyageait au doigt et à l'œil dans sa *carta stradale* de la Toscane. Elle la déploie toujours quand elle attend son avocat, gros et grand puant en Jaguar noire qui lui a fait accroire qu'il fera cracher la compagnie d'assurances. Elle s'y fie parce qu'il est fou du bel canto. Il lui dépeint les toilettes à la dernière première du Metropolitan Opera et son libre arbitre perd connaissance. Elle a beau rouler tout ce qu'il y a de clair comme yeux, elle ne voit pas que c'est à ses dépens qu'il se paie des galas. Je ne dis que ça. Comme il copine avec Maggie, qui est restée très liée avec Léon, il boufferait à deux rateliers que ça ne me surprendrait pas. Mais ça ne me surprendrait pas non plus que ça fasse l'affaire de la patronne, qui ne demande pas mieux qu'un canal de communication plus direct pour casser les pieds de son ex. Bref, quand il s'en vient je m'en vais ; je prends mes cliques puis mes claques puis la porte.

« Tu devrais rester, Bottom. On va croire que j'ai honte de toi... »

Elle est trop fière de moi justement, et de l'effet que ça fait à Léon de se faire brosser, dans un salon de Westmount, le portrait de l'avorton qu'elle nourrit au biberon avec la pension qu'il est forcé de lui verser.

Les enfants sortis ravis de l'école pataugent jusqu'aux genoux dans la gadoue : toute la neige qu'une espèce de tempête de soleil a fait tourner comme une mayonnaise. Il fait beau, trop, comme quand on sent que nos vers vont sortir par les pores de notre peau pour prendre l'air si on ne se dépêche pas, qu'on ne grimpe pas quatre à quatre les marches de l'hôtel. Il n'y a pas un chat dans le bar recueilli comme sous un lampion autour de la veilleuse de la caisse enregistreuse. Ni une vraie souris... Je suis retombé sur la remplaçante, la cruciverbiste absorbée. Si elle faisait ça dans le Journal de Montréal, je ne dis pas. Mais les périodiques spécialisés qui donnent des prix, ça ne se peut pas. Elle joue, comme il y en a tant, dans un film où elle trouve que je n'ai pas assez de talent pour décrocher un rôle. A moins que ce ne soit, réciproquement, un refus de jouer dans un film qui va foirer, qui foire déjà. Je lui fais faire la monnaie d'un billet de cinq. Pour téléphoner, que je lui spécifie. Pour ne pas qu'elle s'imagine que je lui fais faire de la monnaie parce qu'elle m'agace et que ça lui monte à la tête.

Juba me répond du premier coup, avec un sourire qui ne s'adresse pas particulièrement à moi puisqu'il était déjà dans sa voix.

« T'es donc bien de bonne humeur!... Yatu keukun qui t'a fait keukjose ? »

Seigneur est-il possible, où c'est qu'on va mettre la

73

croix, Bruno la sort ce soir. Ils vont voir *Music Lovers* avec la bande à Crigne (elle a vendu 50 000 *Femmes*, ça se célèbre). Il s'agit du fameux film sur Tchaïkovski dont tout le monde dit que c'est complètement pété et qu'il faut avoir fumé pour bien se le taper.

« Tu me laisses tomber ?... »

Elle retourne l'accusation contre moi en s'autorisant à m'inviter puis me déballant son chantage à la liberté. Viens.

« Ça me tente pas.

— C'est ce qu'on dit quand on est attaché.

— Je suis pas attaché.

— Pas quand tu casses ta chaîne... Qui raccourcit chaque fois, pour serrer plus fort... »

Elle sait que ça n'a rien à voir mais elle pense que je n'ai aucune volonté et qu'à force de me harceler elle va m'avoir.

« Ça me tente pas parce que je rentrerai pas seul avec toi. Que je pourrai pas éteindre ta lumière puis jouer avec le feu avec toi.

— Je vois. Tu aimes me voir, mais dans le noir. Sous les couvertures... Avec un oreiller sur la tête peut-être ?...

— Où qu'il te le met, Bruno ?

— Hmm ! Quelle imagination !... Viens donc et parle-lui donc, tiens, à ce grand bon à rien...

— Compte pas sur moi pour gâcher ton plaisir. Tu l'as voulu comme ça, tu vas le garder comme ça, jusqu'à ce qu'il pourrisse. »

La flèche est bien décochée, je trouve, mais elle lui passe par-dessus la tête. Elle m'attend, qu'elle dit, et c'est son dernier mot. Si je viens, elle aura autre chose à me dire. Si je ne viens pas, elle le gardera pour elle, ou elle l'oubliera. Elle a réussi ; elle m'a mis dans tous mes états.

Je repars sur un autre pied avec la serveuse. Je

reconnais que c'est moi qui ai commencé : elle est vache avec moi parce que j'ai été chien avec elle. Je lui lâche un gros pourboire et lui demande aimablement pourquoi Céline est si souvent absente depuis quelque temps. C'est raté. Elle me dévisage comme si j'avais roté. Elle l'aura voulu, les hostilités sont relancées : plus un sou pour le service, plus un traître, plus un Christ. Pour que ça lui fasse au plus vite de l'effet, je force l'absorption. Et c'est sur moi que tout l'effet se jette. Après huit bières en mitraille, on s'agite, on s'excite, on s'énerve, il faut que ça sorte, qu'on l'exprime, et ça ne répond nulle part, même pas chez Nicole. On déprime, on panique, on rappelle à tout bout de champ, de gouffre ; on laisse sonner dix coups, quinze coups ; ça ne pousse pas à bout, ça ne fait rien exploser à l'autre bout, même pas la téléphoniste... Je suis parti manger un hamburger au Flamingo. Je ne sais pas comment ça s'est passé ; je n'y étais pas.

Je refais surface dans la cabine téléphonique éventrée du garage Texaco. Les pieds dans les étoiles de plexiglas et le nez dans les lambeaux du bottin à moitié bouffé, je perce enfin, j'atteins. Juba a tout de suite le mot pour rire de mes travaux...

« T'en fais trop. »

Elle a été chez Ogilvy pour s'acheter un humidificateur parce que le système de chauffage abîme son visage. C'était trop cher. Elle s'est contentée d'une petite crème hydratante. Elle est nerveuse parce que Nicole lui pompait les batteries avec ses flashes poétiques tandis qu'elle se faisait encore geler le derrière avec notre hiver de débiles et qu'il faut qu'elle crache cinquante autres piastres pour décrocher le manteau qu'elle s'est fait mettre de côté. Qu'elle se décontracte, je m'en occupe. Quand ? Aussitôt que je touche ma paie.

« Tu touches ta paie quand ? »

Après-demain.

« Tu peux pas t'arranger pour la toucher demain ? »

Il n'y a rien que je ne peux pas faire pour lui plaire.

« A quelle heure ? »

Elle m'a promis de me rappeler après le film. Si elle ne suit pas les autres et qu'elle n'aille pas manger de la pizza au Pallas. Je lui ai demandé d'en profiter pour intéresser Crigne à mon cas en faisant mousser mon dévouement, ma loyauté, tous les agréments qui me rendent si attachant qu'une fois qu'on en a joui on ne peut plus se passer de moi, comme elle en est la preuve vivante.

« Dis-lui que je n'ai l'air de rien comme ça, mais que je suis une espèce de seigneur qui a son château sur le boulevard des Hauteurs. »

Si ça ne lui fait pas de bien, ça ne lui fera pas de tort.

Il est passé une heure et le petit train n'est pas passé. Quand on n'a pas mieux à faire que d'attendre quelque chose dont on n'attend pas grand-chose, on ne vaut pas grand-chose. Et c'est le moins que je peux me dire dans l'état où m'a mis le plein percolateur de café que j'ai englouti pour me dessoûler, me débouffir. La patronne a fait son gros possible pour occulter le gros effort qu'elle faisait en dominant le dégoût que lui inspirait ma déconfiture fermentée : je me crachais dessus, je voulais mourir mais ça m'aurait trop fait plaisir, j'aimais encore mieux souffrir... Elle ne m'a pas fait de scène, mais de la musique et de la littérature. Elle m'a lu le *Livre rouge* de Benjamin Constant, dans une édition qui sent bon le papier mûr et que son avocat lui a dénichée sur les quais de la Seine. Il y avait des phrases qui tombaient pile mais elle n'en profitait pas, trop occupée à faire honneur, comme truchement, au talent de l'auteur.

*« J'ai fait un pas après l'autre et la folie s'est trouvée faite... Il me dit que j'aurais dû ne pas me mettre dans cette position au lieu de me plaindre d'y être... »*

Ce n'est pas une vie. Avec les ordures dont je la remplis, c'est une poubelle. On ne veut pas crever avant qu'il se passe quelque chose ; on se dit que si on y met le prix ça va nous saisir, nous visiter ; j'ai beau me ruiner à tout coup, je ne rapporte rien que le trou par où c'est passé. Ma tête, à l'intérieur et à la surface, ma ressemblance et mon orgueil de me ressembler, l'enfant en moi, épris, possédé, le vagabond exorcisé, tout y est passé. Mais qu'est-ce que ça vaut si c'est tout ce que ça vaut, si ça nous lâche quand on s'y accroche et que ça ne compte pas pour un sacrifice quand on l'immole ?

On est tirés du sommeil, Clarinette et moi, par un bulletin spécial de Juba outrée d'être tenue en éveil par les opérations de Doctor No, poussé par les passes du batteur, le braque à Badeau.

« Ils se farcissent une charrue sur la table de la cuisine...

— Bah ! Si c'était pas ça, ce serait autre chose... »

Elle me décrit, par ouï-dire, une espèce d'orgie sexuelle au miel où, l'estomac complètement retourné, les deux soûlons hoquettent et rotent de rire. Je m'y vois comme si j'y étais.

« Princesse, princesse, je te comprends pas : ça te tente pas de sauter dans le tas ?... »

Même pas pour dégueuler sur ces gros dégueulasses ! Qu'ils se servent ! Elle n'est pas jalouse ! Elle n'a même pas de pitié pour la charrue, qui n'a que ce qu'elle mérite. Pourvu que ça ne tourne pas en bagarre et qu'elle n'y goûte pas derrière sa porte sans verrou... Dans le temps qu'elle avait Badeau comme meilleur ami, elle a eu le malheur de se laisser violer par lui, qui s'en est aussitôt vanté, pour en faire profiter Bruno, qui en a profité pour lui tomber dessus. Sur elle bien entendu. Il ne le lui a jamais pardonné. Il la traite encore, en public surtout, d'autobus bougnoule, qui charge à l'œil tous les copains... Le tout a mis Juba dans un de ces états où elle a absolument besoin qu'on l'aime beaucoup, et où elle m'appelle Tchou, abréviation de tchou tchou (si tu croques ça te carie).

« Hé Tchou, dis-moi que tu m'aimes... »

Puis elle veut savoir comment gros. Et elle ne sera pas contente tant que ce ne sera pas assez gros pour que sous le coup que ça lui donne elle se rendorme en raccrochant le téléphone...

Les histoires de cul me divertissent, excepté celles du sien, qui ont le don de m'énerver. A moins que ce ne soit le café. Je vais et viens dans la véranda pour respirer un peu l'air de la patronne, le parfum qui s'est imprégné là et qui est d'autant plus pénétrant qu'elle ne se parfume pas. Il fait une nuit blanche tout à fait, une nuit de brouillard épais comme celle où nous repartions à pied aux États, Bruno et moi. Notre bouteille de vodka nous avait fait traverser la ville en triomphe ; le diable nous emportait. Mais pour traverser le fleuve, il nous a laissés plus souvent qu'autrement tomber. Dans nos armures de conquistadors moulées sur le corps, on a failli y rester : le pont Jacques-Cartier était en pente et complètement glacé ; l'atmosphère en purée se solidifiait au contact, en couches qui se superposaient sur nos personnes comme sur les arches de la structure, qui se payait avec ce marbre clair des luxes de cathédrale engloutie. On avait du verglas partout, jusqu'en espèces de breloques plein les cheveux. On ne pouvait pas faire dix pas sans chuter, ni se ramasser sans déraper de tout notre long à reculons, ni s'accrocher à rien qui ne nous glissait pas des mains. On a touché l'autre rive, où Longueuil ne se trouvait même plus d'après ce qu'on pouvait voir, avec des pieds si déboîtés qu'ils ne semblaient plus tenir que par la peau des chevilles. On est restés assis sur un tas de neige. Jusqu'à ce que la terre resurgisse du chaos. Que le continent se redécouvre et se repeuple. Que quelque débrouillard nous bricole quelque autobus. C'est la dernière fois que nous avons voyagé, ce qui s'appelle voyager.

\*

Le shopping annuel dans les boutiques de Westmount est une tradition Carbo : on se déculpabilise un bon coup en offrant des étrennes du meilleur goût (le plus aliénant) aux pauvres qu'on a faits siens, comme serviteurs ou comme bonne œuvre. Je n'avais pas refermé l'œil quand la patronne a glissé la tête entre les coulissantes en m'annonçant, dans toute sa splendeur, qu'il était l'heure que je me grouille si on voulait décoller assez tôt pour en venir à bout avant la fin de l'après-midi, et devancer sur l'autoroute la ruée des petits employés avec les bouchons claustrophobiants qui se créent immanquablement aux péages. Je me sens tout étourdi, et les oreilles me bourdonnent.

« Tu ne mourras pas, pauvre Bottom va. La mort, ça se mérite, comme disait grand-maman, qui avait bien assez souffert pourtant. »

Elle s'est mis du rouge et du mascara. Même si ça déplaît à Bouddha. Il y a de quoi : ce voile rend son visage complètement impudique. Je me suis enfoncé le képi jusque par-dessus le nez. Elle me le relève et me le redresse pour que j'aie moins l'air de me cacher pour échapper à la justice.

Elle dépense deux cents dollars en chocolats Andrée, dont elle connaît les vingt-cinq variétés par leurs petits noms. Chez Perzow et Masson, elle embarque des paniers de fruits exotiques : des compositions, quasiment des fictions, agrémentées de pots de confitures miniatures. Puis on va aux cigares, roulés main, logés dans des petits coffrets de balsa reliés et historiés avec des timbres. Enfin, je dépose la patronne à la boutique de Maggie, Books & Things, où elle trouvera une montre à quartz pour Francine, sans oublier le père et le frère, qu'elle n'emploie pour ainsi dire plus mais sur qui elle veut toujours pouvoir compter. Je suis chargé de la liste des vins et liqueurs. J'ai une heure. A peine le temps d'expédier ma commission puis de me précipiter de l'autre côté du mont Royal pour accomplir ma mission : livrer à Juba ses cinquante dollars, prélevés ici et là sur le budget somptuaire (chacun ses pauvres).

Dressée sur son pied de guerre au sommet de l'escalier, Juba joue de sa jambe ballante comme d'une épée de Damoclès.

« Je t'ai attendu toute la journée ; elle peut bien attendre qu'on se regarde pour voir si on se reconnaît et si on va se dire bonjour. »

J'ai étalé les billets sur la première marche à ma portée pour m'échapper au plus vite. Elle descend au plus vite pour ne pas me rater, me dire bonjour à même la bouche, comme un serpent 100 % sûr de sa morsure. Puis elle se sauve en riant, pour que je voie ses bonnes dispositions et ses jolis jarrets, avec leurs développements qui s'obscurcissent en vertige. Je la rattrape par un pied. Elle se dégage mais je garde sa petite chaussure en otage, une espadrille noire à semelle de rien du tout, l'importation de Hong Kong que les écolières ordinaires avaient toutes adoptée cet été. Je refuse de la lui rendre. Elle me balance l'autre à la tête. Je la reçois dans l'œil. Je fais semblant de souffrir, elle de venir me secourir. Je lui tire la langue. Elle rabat sa robe par-dessus ma tête, qu'elle presse sur son ventre pour étouffer ma grimace. Je ne me suis jamais senti si bien assis, si à la hauteur : celle de son nombril, si chatouilleux.

« Arrête ça, je supporte pas. »

Je ne comprends pas, moi qui ne supporte que ça, qui renoncerais à la locomotion pour que ça continue et que ça finisse comme ça.

« Assez, je t'ai assez retardé, cours, cours, elle prend de l'avance avec sa petite voiture, tu pourras plus la rattraper !... »

C'est pour mon bien qu'elle me chasse, mais c'est des plans pour me faire aimer toujours mieux mon mal.

« Cinq minutes, donne-moi cinq bonnes minutes encore ou je me tue, je m'empoisonne, je me tape une indigestion de savate aiguë !... »

J'arrache sur-le-champ avec les dents la courroie de son espadrille, et je l'avale, tout rond, avec la boucle de métal.

« Je m'en fous moi, j'ai pas de boss moi. »

Moyennant quoi elle fait tout ce que je veux : elle se blottit, répand ses cheveux sur mon épaule.

Trop tard. Je n'ai plus besoin de regarder l'heure, il n'y en a qu'une au paradis : l'heure après la dernière, l'heure qu'il est quand l'heure est passée. L'horreur de faillir, de trahir encore ma bonne patronne ne me saisit que pour me faire battre le cœur plus vite, me faire aimer plus fort, serrer plus fort mon oiseau volage sur ma cage thoracique. Ça guerroie dans ma tête, et j'ai le front tout mouillé, mais on gèle au pied de notre escalier (notre rampe d'outrepassage), si bien qu'elle s'est renichée dans mon giron, si bien pelotonnée que je me suis constitué prisonnier autour d'elle, plus capable de grouiller. Je ne me lasse pas de pétrir ses cuisses qu'elle s'est lassée de couvrir, malaxant plutôt avec ses doigts de pied, pour le plaisir de se salir, le pâté de gadoue tombé de mes semelles. Il y a des jours où elle est complètement écœurée d'elle. On rit mais elle ne se pardonne pas d'éviter de faire du bruit en faisant la vaisselle, pour ne pas déranger Monsieur, ce cochon qui sommeille, qui ne se ramasse que pour souper, quand il ne faut pas le pousser en bas du lit avant que ça refroidisse. Puis qui s'ennuie, qui se décroche les mâchoires jusqu'à ce que quelque con lui annonce qu'il a scoré du Mexican Gold au Plexi. Sur quoi il repart se faire hourra-qu'on-rie.

« Hé, ho, lâche-moi avec Bruno !... Tu voulais un costaud sans ventouses ni crampons ! Madame est servie !... Ferme ta gueule puis régale-toi : souffre ! »

La rigueur de mon discours emporte sa conviction.

« Et puis il a ses deux genoux lui, hein ?... J'ai pas besoin de le rouler ni rien... Hein ? »

C'est encore plein de bon sens. Mais il y a des limites. Elle le loge, elle le nourrit ; il pourrait déglacer le perron avant qu'elle se fracture le coccyx. Qu'est-ce qu'on peut dire ?

« Ah il se laisse pas domestiquer, ah quel homme !... »

Quatre heures et demie déjà. Je retrousse ma manche encore : cinq heures, avec les masses laborieuses qui se coincent dans les entonnoirs du boulevard Métropolitain, qui luttent pouce par pouce pour aller refaire leurs forces après les avoir immolées toute la journée. Et moi qui ne lève pas le petit doigt, même pas pour décrocher le téléphone, « pour prévenir », même si c'est tout ce qu'on me demande, même si c'est la seule personne à qui ça fasse une différence qui me le demande. Mon orgueil est trop délicat. Il ne supporte pas les abîmes avec une planche de salut jetée par-dessus. Ça devient du fossé, et il ne peut rien se passer dans un fossé.

« Je monte faire pipi. T'as besoin de rien ?...

— Oui ! »

Que tu me décroches. Que tu coupes mes ficelles. Que tu me laisses choir. Que je retombe tout disloqué, sur mes pieds.

« Trouve-moi Books & Things dans l'annuaire, pour voir ce que ça va me faire... »

J'ai le numéro mais toujours pas le courage, surtout pas après le baiser que Juba m'a donné pour me le donner. Harcelé de l'intérieur, assiégé, je ne veux plus me lever, je vais perdre ma place, ce dernier retranchement qu'est mon coin d'escalier. Mais pendant que Juba est retournée en haut combiner quelque chose avec Nicole (dont la patronne ne connaît pas la voix au téléphone), la possibilité de rapporter quelque bonne bouteille ravive la nécessité de sortir, d'aller arrêter le moteur de l'Oldsmobile. Juba ramène des nouvelles dont elle ne sait pas si elles sont bonnes ou mauvaises. On a laissé pour le chauffeur, à la boutique, un petit message ultrachic : « Mme Dunoyer a pris d'autres dispositions. » Aussitôt remontée chercher un tire-bouchon, Juba revient avec un couple de coupes, pour faire honneur au cru (châteauneuf 69), et une couverture pour nous couvrir le dos, le mien le premier. Quand elle se met à me protéger, à me prodiguer des soins maternels, elle me fait encore plus peur, trop débilitante, rapetissante, puissante, trop armée pour ne pas me rachever.

« On est bien ici. Bien trop bien, Christ.

— Si tu es bien ici, pourquoi tu t'en vas toujours, pourquoi tu restes pas ici ?

— Qu'est-ce qu'on ferait à part pas faire l'amour ?... Pas faire l'amour une heure ou deux de temps en temps, comme on fait là, je dis pas. Mais pas faire l'amour toute la journée, jour après jour, je tiendrais pas le coup deux jours ! »

Elle ne comprend pas ça ces raisonnements-là. Elle ne les entend plus tellement elle les a entendus. Elle a dépassé ça, elle qui a fait tout l'amour qu'elle a voulu, si ce n'est pas plus.

« On s'encouragerait ! On se stimulerait !... J'ai du talent pour dessiner, je suis douée pour les affaires. On se ferait travailler ! On se ferait des tas de fric !... On se ferait pas avoir par les hippies. »

Qu'elle parle pour elle. Moi je suis utile à la société, je rescape une handicapée. Je dis ça mais je ne suis pas plus avancé si j'embrasse en même temps son pied pour le réchauffer, absorbant les petites saletés, les miettes du festin des autres. Mais il n'est pas question qu'elle s'apitoie sur la violence de mon désir, ni de lui forcer le cœur... Elle ne veut pas retourner, caresse pour caresse, où elle a assez été. Où l'a toujours menée l'amour prêt-à-porter. Elle veut me faire ça sur mesure. Sans bourrures. Ni poches. Pour ne rien cacher.

« A quoi ça sert que je t'aime autrement que les autres si je peux pas te l'exprimer autrement qu'aux autres ?...

— Pourquoi pas plus souvent, plus salopement qu'aux autres... tous autant qu'ils sont ? »

Comme toujours quand le sujet est abordé, le dialogue se morpionne, et elle me cloue le bec en m'exhortant à faire affaire avec une putain si c'est de sexe que j'ai besoin.

« Mais si jamais tu as autant de fric à investir dans si peu, tu m'en parleras la première. On verra ce qu'on peut faire... »

Elle est d'autant plus fière de sa diablerie qu'elle me voit aussi surpris que disposé à la prendre au sérieux.

Elle riait encore quand Bruno, entre deux bâillements, a entrebâillé la porte.

« Le diable m'emporte ! Mon vieux rada qui joue dans mes vieilles plates-bandes !... Lâche-la, tu vas me la gaspiller, elle sera plus de service ! »

Avec les cinquante livres qu'il porte dans les cinq pouces qu'il a de plus que moi, il m'a fait monter même si je ne voulais pas. Il a pompé une lampée qui a séché notre bouteille puis il m'a invité à souper. Il est mal tombé. Juba s'est récriée ; elle rendait son tablier.

« Qu'est-ce que je te disais !... Pourrie crasse ! »

Il a flanqué un coup de balai au plafond pour convoquer Nicole et la mettre à contribution. Elle s'est solidarisée avec Juba qui l'avait prise par la main pour lui tordre le bras... Tout étant de ma faute, j'ai fait commander une pizza. Une extra-dégueulasse. Aux frais de la patronne. Dont j'étais de plus en plus convaincu, avec l'ivresse qui me gagnait, l'euphorie préalable, que je n'avais rien à craindre si je l'appelais. Au contraire. Elle serait ravie, folle de joie, puisque « tout ce que j'ai à te reprocher quand tu fugues (c'est comme ça qu'elle appelle ça), c'est que tu ne m'appelles pas... » J'ai donné les clés à Bruno pour qu'il aille chercher d'autre vin, et pendant qu'il remontait avec les deux caisses, pour faire son comique, j'ai cédé à ces trop bons penchants : je l'ai appelée. Loin de me forcer à relever la tête, comme l'amie compassionnée que je m'imaginais, elle me frotte le nez dans mes dégâts, comme une dresseuse de chien.

« Allô, oui, non, je ne sais pas moi, comment faut-il que je m'exprime pour être à la hauteur ? Comme une harpie avec les griffes sorties, un paquet de nerfs qui va se jeter par le châssis ?... Ou une gourde attendrie qui sourit à travers les larmes et la morve ?... »

Avec Juba qui fait sa comique elle itou en me soufflant dans le cou, je ne suis pas équipé pour répondre assez vite à des colles pareilles, et la patronne enchaîne aussi raide.

« Pas comme une abrutie qui n'en a rien à foutre, je suppose. Où serait le plaisir ? Car c'est bien du plaisir que tu as, n'est-ce pas ?... Ne cache pas ton jeu, va. Pas de trémolos, ça ne prend pas. On ne va pas se pendre ailleurs quand on a tout ce qu'il faut, toutes les titillations, pour se pendre à la maison.

— Ça va, ça va, je suis pas sourd.

— Tu n'as rien compris puisque tu me traites comme un éteignoir alors que je pète le feu, que je me roule par terre, boute-en-train déchaînée, bouffonne finie !... »

Ça a l'air pire que c'est. Elle ne crie pas ni rien. Mais on sent qu'elle est vraiment fâchée...


Je ne mange pas, j'ai un autre creux dans l'estomac, si engouffrant que je soulève Nicole de sa chaise pour m'asseoir sous elle et absorber par contamination sa chaude masse de chair. Elle se débat un peu puis, comme les autres ne semblent plus vouloir prendre sa part, qu'ils lui feraient plutôt des yeux de poisson mort, comme à une bête qui mord la main qui la nourrit de pizza, elle se soumet ou s'abstient, s'absentant de ses petits seins avortés, ou vidés par Adé, pour laisser toute la place à mes doigts, qui traient et maltraitent. Comme si de rien n'était, elle mêle sa voix à la relation que les autres me font de *Music Lovers*. Rendu homosexuel et impuissant par une mère dominatrice et une sœur incestueuse, Tchaïkovski hurle, rampe et se tord, il se met dans des états qui le font tomber sous le joug hystérique de Glenda Jackson, une nymphomane née d'une maîtresse de bordel ; et après tous ces malheurs qu'il n'avait pas mérités, il a eu tout ce que le malheur mérite : une mort atroce au choléra... Une mélasse, d'après Bruno qui ne voit plus clair depuis qu'il a vu quatorze fois *Panic in Needle Park*, où la petite ingénue se prostitue pour se payer de quoi se shooter avec Al Pacino, l'heureux microbe qui l'a viciée.

« *I am a germ !...* »

Bruno l'atteste aussi. Le poing sur la table, il l'affirme et l'assume jusqu'à ce qu'il vicie lui aussi, et que l'amour lui vienne à la bouche, comme une Kitty Winn tout crachée. Il ne s'est jamais piqué ; il gardait sans le savoir cette virginité pour Elle, dont il est sûr que l'impur esprit se manifestera à lui sous une forme éclatante, évidente. Parce que, comme il le dit encore, avec la charge implosive que le tordu du film avait dans le corps, « *I am a germ !... I am ze Germ !* » Qu'il est con qu'il est con, me souffle Juba à l'oreille, en se blottissant pour m'aider à tirer un autre bouchon. Elle retient la bouteille pour que je ne l'avale pas tout rond, comme un poison, comme ce qui brûle quand elle me touche, cette incandescence que son corps porte comme un plein, et qui fait fondre en y affleurant ses yeux beaucoup trop noirs autrement. Elle me bouche la bouche pour m'arrêter de boire mais je lui bois les doigts, puis je lui bois la paume, sa liqueur de fruit trop chaud, qu'un coup de dents fend, en sillon. C'est de l'amourgandise, de l'indigespérance, que je réponds à Bruno, qui ne me demande rien sinon que j'en finisse, qu'on se ramasse, qu'on se pousse ; qui me refait ses yeux d'enfant pour mieux me tenter de sortir, d'aller jouer dans la rue...

« *Come on*, rada ! Débande... Hé ! »
Mais on n'a pu les radas qu'on ava.

Ça se présentait bien. D'autant mieux qu'aussitôt Bruno parti, le « régulier » de Nicole a sonné et qu'elle tenait à le recevoir discrètement, ce qui l'écartait elle aussi...

« Pourquoi tu les caches ? As-tu peur qu'on te les pique ? »

Puis Juba s'est postée sur le palier pour se jeter à la tête du type et l'exhorter à entrer prendre un drink. Il a l'air d'un flic avec son chapeau, sa cravate, ses richelieus vernis, et il préférerait un café. Elle charge Nicole de le lui préparer parce qu'elle ne sait pas comment il le prend, puis elle l'entreprend.

« Qu'est-ce que vous avez bonne mine ! Qu'est-ce que vous prenez comme vitamines ? »

Il n'est pas vraiment pharmacien, il exploite une pharmacie, il a une petite pharmacie à lui.

« Vous excusez pas, c'est passionnant ! »

La pharmacie est à lui mais il ne l'a pas méritée. Il ne l'a même pas achetée. Il en a hérité.

« C'est fou de se diminuer comme ça. Je suis qu'une petite illustratrice à la pige qui perce pas, et j'en suis fière. »

Ça me tapait sur la vessie. Quand je suis ressorti des toilettes, elle s'était installée à califourchon sur le bras de son fauteuil et elle lui effeuillait son cahier de dessins érotiques. J'ai fait tout ce que je sais faire : un coup d'éclat foireux. Je suis disparu. J'ai passé la porte ni vu ni connu puis j'ai attendu, au pied de l'escalier, que quelqu'un vienne me réclamer. Je me suis dégoûté puis je suis remonté, amer et ulcéré, chercher mes deux caisses de vin pillées.

« Qu'est-ce tu fais ? Tu t'en vas ? Encore ? Pourquoi ? On s'accroche pas assez après toi ou quoi ? »

Sur quoi, elle m'a sauté sur le dos, me nouant dans ses jambes et bavant dans mon cou son ivresse stridente et persiflante.

« Porte ta crasse, charrue !...

— Vas-y, craque, fais-nous ton petit numéro de bachi-bouzouk... »

De plus en plus solennel, je l'ai avertie, enjointe de décoller. Elle continuait à me chatouiller, se trémousser, se bidonner. Mes nerfs m'ont pris. Et elle a eu son rodéo. J'ai rué ; j'ai bondi d'un coup sec et pivoté si raide que tout a revolé, les bouteilles d'un côté, la princesse de l'autre. Elle s'est pété le derrière de la tête sur le pas de la porte. Elle n'a pas saigné mais elle avait une grosse bosse où le pharmacien appliquait une compresse, aux dernières nouvelles...

Si ça finissait toujours aussi mal, toujours mal égal, on finirait par s'habituer, mais ça finit de plus en plus mal, jusqu'à ce que ça finisse une fois pour toutes, dans le mal total. C'est du moins le baratin que je me fais pour me conquérir pendant que dans le pare-brise épuisé de s'essuyer le jour se lève comme s'il s'était couché sans se laver. Baissant encore un peu la visière sur mes yeux, je vois le fameux rapport entre l'amour et la mort. On ne saisit pas Juba en la touchant ; on la repousse, en profondeur. Elle vous force à creuser, mal, les mains de plus en plus sales, jusqu'à ce que vous vous saisissiez vous-même, par les poignées de votre cercueil.

*

89

Si la patronne n'avait pas eu besoin d'un homme, un dur, qui fait ce qu'il veut même quand il ne sait pas ce que c'est, elle aurait gardé Francine, qui la vénère, qui se pliait comme à une liturgie à ses quatre volontés. « Celui dont les testicules sont écrasés ne devra pas être admis dans l'assemblée de Yahvé. » Gonflé et blindé par la connivence qui m'a fait tomber sur ce verset du Deutéronome dans le bouquin que j'ai ouvert, je continue à feuilleter jusqu'au déclenchement des hostilités. Elle se pointe à neuf heures tapant avec mon bol de café, suivant une habitude qui ne l'éreinte pas et qui renforce le mythe, qui peut toujours servir, que c'est elle l'exploitée. Saine, sûre de ses devoirs, forte de toutes ses humiliations, elle ne fait qu'une bouchée de moi si je ne la sidère pas d'emblée, en me portant à l'attaque.

« T'es venue me chercher pour me jeter à la poubelle ? Jette-moi à la poubelle ! Je m'en fous, j'ai mes aises dans les poubelles depuis le temps que vous me jetez dans vos poubelles, tous autant que vous êtes, toute la sainte femmille que vous êtes... Puis que vous vous bouchez le nez en soulevant le couvercle pour voir si ça m'a fait du bien, si j'ai changé mes habitudes d'ordure !... Arrêtez donc de râler, Christ, et réjouissez-vous donc : vous avez tellement raison d'avoir bonne conscience, bonne foi, d'avoir pas péché, pas craqué, gardé vos poches bourrées de roches !... »

Elle me jette le café à la figure, une paire de claques par là-dessus, puis elle me tourne le dos, sur une seule roue, et une lancée qui l'emporte comme si rien n'allait plus la rapporter. La manœuvre était bonne. Je l'ai eue. Je l'ai fait abuser de ses pouvoirs. Sensible comme je la connais, timorée, portée à introspecter, elle ne se le pardonnera pas. On sera sur le même pied de culpabilité. L'équilibre est rétabli. Je peux dormir une couple d'heures sur mes trois ou quatre oreilles (j'entends un peu double depuis ma raclée).

Mais je m'étais assoupi avec le doigt dans l'œil. Quand je me suis levé, la patronne avait livré mon domaine aux envahisseurs : les Frappier au grand complet. Le père Frappier pilotait mon aspirateur sur la moquette de la véranda. Le frère Frappier lavait les vitres avec mon papier éponge et ma pompe à Windex. Et la divine Francine sautait de porte en porte, de l'armoire au frigidaire, pour finir de ranger les emplettes hebdomadaires, puis elle grimpait l'escalier, pour mettre la main sur Madame, au plus vite, avant que je me mette dans son chemin, encore, et que je lui bousille son sursis. Moi qui l'ai supplantée, elle qui sait tout faire, la coiffure et les ongles, la couture et les comptes, le yaourt et les crèmes renversées, sans compter la psychologie, la kinésithérapie et tout ce qu'elle a appris exprès comme surnuméraire à l'hôpital des Vétérans. Il n'y a pas de justice !

Je ne me dégonfle pas. Le père Frappier est ramoneur de son métier, un passionné qui ne fait pas un pas sans pavoiser dans sa fourgonnette bardée d'échelles. Je le mobilise ; je l'envoie direct sur le toit. Depuis que j'ai fendu et cordé du bois, je n'attendais qu'un prétexte pour réactiver la cheminée, que la patronne a condamnée parce que la fumée abîmait ses tentures en paille de riz (une ruine de toute façon) et son fameux Riopelle (en nantissement pour payer son fameux avocat en cas que les assurances ne crachent pas). Alertée par le chahut, elle dépêche Francine, qui l'engage à descendre illico : les toiles sont étalées, la suie flotte déjà... Voyant ce que je fais, elle fait ce que je n'aurais jamais cru qu'une femme intelligente aurait fait : elle me demande ce que je fais.

« Bottom, qu'est-ce que vous faites ? »

Tel quel (elle me vouvoie devant les subalternes). Je me frotte les mains sur la figure pour me la charbonner puis je réponds que je fais exprès : je continue quoi.

« Vous continuez quoi ?

— Je continue sur la mauvaise voie ; je me conduis comme si j'étais mon propre maître quoi.

— Allez faire votre propre maître ailleurs ! Chez vous ! Si ça se trouve !... »

Puis elle me tourne le dos. Une deuxième fois pour toutes. Mais elle n'aura pas le dernier mot.

« Si tu me le demandes gentiment. Après. Quand j'aurai fini. Quand j'aurai refait du feu dans ta vieille cheminée. »

Francine tient la patronne. Elle la tient par les poignées de la roulante et elle ne veut plus la lâcher, plus jamais, plus d'un pouce. Aussi est-ce à contre-cœur qu'elle se charge de superviser les travaux, limiter les dégâts en roulant le tapis, retournant les tableaux, planquant les bibelots de grand-maman Carbo.

La poussière soulevée par les Frappier retombait dans la maison hantée par les cris de mort des bûches qui s'entre-dévoraient, s'étreignaient dans leurs sangs jaillissants. J'ai fait ma toilette, j'ai fait ma valise, j'ai fait comme si je rendais mon képi à la patronne, absorbée à tout hasard dans l'étude de son *Mahayana* (bouddhisme du Grand Véhicule).

« Si tu me le demandes gentiment...

— De quel droit ?... Tu as raison : tu es un homme libre. Tu peux faire tes propres choix et te démerder avec, puis crever avec. »

Je ne suis pas d'accord. Mais je ne peux pas placer un mot. Elle réplique avant.

« Soit !... Tu n'es ni libre ni un homme, parce qu'on

n'est pas un homme si on n'est pas libre et pas libre si on ne jouit pas de sa liberté, si on ne s'en sert pas, pour se décider, se constituer, puis lutter pour se garder et pour grandir. Tu es resté à l'âge où la liberté c'est *rien*, où on se trouve libre quand on n'est responsable de rien, quand on n'a rien fait qui nous lie à rien, l'âge mental du caillou le long du chemin ; on te piétine ou on te ramasse, on te tient ou on te jette... Bottom, tu ne t'*appartiens* pas. »

Ce n'est pas pour me vanter mais c'est moi tout craché, expulsé tout nu et tout mouillé. Bouddhiste à lier. Plus dépossédé, plus dégoûté des usages de la *propriété* que le saddhu encroûté dans sa boue.

« Tu raisonnes à coups de clichés !... »

Du reste, le bouddhisme qui l'excite est enthousiaste. Avalokitesvara a mille bras ! Il a même des ailes pour répandre plus vite la compassion sans limites qui le laisse sans repos. (Les pauvres types sont ses chouchous. Lui itou. Il prêche au ver et au cafard. Il verse à boire en enfer. Et le seul compte que cet envoyé d'Amitabha vous demande pour vous faire monter au royaume d'Amitabha, c'est d'avoir cru une fois à l'amour d'Amitabha. Une seule fois. Le reste de votre vie, vous pouvez croire à tout ce que vous voulez. Mais on ne s'y fie pas. Dégénérés comme on est, on ne jouit bien que des discours crucifiants. De même, l'immaculée conception de Bouddha est autrement plus sexy. Incarné en petit éléphant blanc, il s'introduit lui-même dans le ventre de sa mère.)

« Comme la cruauté des faibles s'accorde avec l'outrecuidance des ignorants ! Comme c'est édifiant !... »

Elle n'en revient pas... Ça ne m'impressionne pas. Je récidive : j'aime mieux la compassion de Vajrapani, violente ; sans pitié ni pardon pour le manque de compassion. Je suis plié en deux quand il foudroie, avec son vajra (son grand machin dégueulasse), les probités contractées, les vertus satisfaites.

« Ce qui exclut les moules, bien sûr. »

C'est sa farce à tout faire. Il n'y avait rien à faire, il fallait qu'elle me la fasse.

« L'as-tu tringlée ?... Ou va-t-elle s'en tirer en te faisant poireauter ?

— C'est quoi tringler ?... La technique à Léon, ou la gymnastique tantrique que le beau Andrew a refusé de t'enseigner ? »

Sur quoi je secoue la cendre de ma cigarette dans le bol du bhikku, l'écuelle en bois de santal laqué avec laquelle, la tête et les sourcils rasés, Andrew mendiait à Lennoxville, avant de fonder, sans renoncer à sa chaire universitaire, le couvent où il a refusé de l'accueillir, parce qu'une bonzesse doit renoncer à tout et qu'elle ne renonçait pas à son malheur. C'est un bol sacré, un bol qui descend de bol en bol du bol où l'orphelin Asoka a fait à Bouddha l'aumône de tout ce qu'il possédait : la poussière du chemin. L'été, la patronne y fait flotter une tête de pivoine, de rose, de nénuphar. L'hiver, elle le remplit de pétales séchés, dont elle relève le parfum avec une goutte d'huile. C'est sa prière. Je la lui ai salopée. Elle me savait lâche mais pas salaud assez pour profaner ses dévotions.

« Tu me fais de la peine, Bottom. »

Puis brutalement, ça se complique. Elle lutte pour écarter les paupières ; elle me demande, comme une « dernière faveur », de rechanger ses draps. Elle en veut des tout neufs, tout blancs... Le lit refait, je cherche la fiole de tranquillisants. Elle est à sa place, dans le tiroir de la table de nuit. Mais il en manque tout à coup. Une dizaine déjà d'après l'étiquette. Je redescends l'escalier avec une poignée de cachets. Je les lui égrène dans ma pochette à cigarettes. Je les lui presse et les lui tapote sur mon cœur. Si elle veut

94

crever pour me donner une leçon, qu'elle se contente donc. Je suis paré. Au point où on en est, si c'est à ce comble du ridicule qu'on s'est fait aboutir, je n'ai pas plus pitié de moi que d'elle. Elle me le rend bien.

« Alors tu restes ! Tu ne pars plus que les pieds devant... »

Elle amarrait sa roulante à la grimpante ; elle se laissait hisser sens devant derrière à l'étage en décochant quelques applaudissements, à moi ou à tous autant que nous sommes, comme à une médiocre prestation. Je l'ai déjà vue avoir mal, mais jamais avoir la grimace du mal. Je n'ai pas pu lui faire tout seul tout cet effet. Et je n'aurai pas pu le lui défaire. C'est justement en trouvant des mots pour la délivrer du mal (dukkha) qu'Andrew l'a réchappée après l'accident. Il lui racontait qu'il n'existe que dans cette fiction qu'est la personne, dans l'échec répété de ses trop grands efforts pour se donner une réalité, fixer les fumées de sa dispersion. Que notre sort n'a de sens qu'aux conditions de notre réveil, anticipé : l'état d'extinction (nibbuta) de tout désir, tout attachement, toute résistance... Oui, ça nous arrangerait bien de temps en temps si c'était vraiment un rêve, et qu'il y ait moyen d'éteindre la lumière sans nous éteindre avec. Le képi sur le nez, les poings dans les poches, le blouson zippé jusqu'aux oreilles, je monte la garde devant la cheminée... Personne ne me prendra plus par surprise, ne me réveillera plus à coups de pied dans un poste de police : je ne dormirai plus... Aux petites heures, ça siffle... C'est le petit train donzeur, comme je l'appelais dans le temps que j'étais goguenard et égrillard.

« Tu as rasé proche que je t'appelle pas. Tu l'aurais pas volé !...

— Que c'est ? Je t'ai pas assez écœurée ?... Jusqu'où

qu'il faut que je m'enfonce pour que la poisse déborde ?

— As-tu mangé du lion ? De la lionne ?... »

Elle minaude. Elle me fait ses effets de voix de petite fille. Moi qui aimais tellement ça, voilà que ça me retourne l'estomac.

« Hé ! Tu me demandes pas comment ça va ?... Ça va au poil pour une fois !... Tu es pas content ?

— Je serai content que ça ira au poil pour moi, pas avant ! »

Et vlan. Ce n'est pas en les juchant sur un piédestal qu'on les fait tomber sur le cul. Peut-être, mais ça ne lui fait pas perdre le fil. Ce qui va si bien que ça l'empêchait de dormir de ne pas me le dire, c'est que Bruno a été gentil. Tout plein tout plein ? Mets-en mets-en !...

« Au fond de moi, je le sens que je l'aime, mais c'est quand on se réconcilie que je le vois, si tu vois ce que je veux dire.

— Je vois. Il a la clé de ton cœur. Tu démarres au quart de tour. Tes roues patinent sous toi. Tu brûles du caoutchouc quoi. »

Ça ne casse rien, mais je ne perds pas le fil non plus et je lui en sors des meilleures.

De tous les tours que Juba vous joue pour vous faire craquer, c'est le plus croquignole : vous déclarer qu'un autre homme l'a rendue heureuse comme si elle était sûre que vous alliez partager son bonheur. Pour une fois, j'ai tenu les manchons. Et dans ma satisfaction d'avoir bien charrié cette charrue, je me suis finalement assoupi. Et j'ai rêvé que le grincement dans le corridor des essieux de la patronne me réveillait. Je me suis retourné en frissonnant et son ombre balayait vraiment le mur que les dernières flammes faisaient vaciller. Elle écartait le pare-étincelles et elle jetait une autre bûche sur les braises. Elle aussi, elle avait froid, ou quelque chose comme ça. Et l'hiver ne fait que commencer... Pour ménager ses forces dans la neige, un bon rada marche droit, de façon que les pieds d'en arrière tombent dans les trous des pattes d'en avant. Je l'oublie trop souvent.

*

La patronne est partie. A Lennoxville. Se déballer. Vider son sac à Andrew, cet Écossais dénaturé qui baptise les mélèzes avec une ombrelle et qui fait un saut au Tibet pour étudier la flûte à respiration circulaire. Il va se déclarer complètement dégoûté. Il va être ravi. Il l'avait avertie.

« Qu'est-ce que c'est que ce maniaque, ce tout-nu tout tordu, crotté édenté, résidu fermenté ? Pitié, ce détritus s'asphyxie hors de son cloaque !... »

Il a l'œil. Aussitôt qu'il m'a vu il a vu que je suis son malheur, tel qu'elle l'a formé et qu'elle y tient, son tourment exprimé, réalisé, enfanté pour être dompté, mis en laisse et en montre.

Tout avait été prévu et combiné avec Francine. Elles ont profité de mon knock-out pour se pousser avec mes roues, comme des lâches. Je me ramasse à pied, comme un tronc... Mais la patronne avait mis quatre sucres dans ma tasse, ma tasse dans ma soucoupe et le café sur le réchaud. Alors ça m'a fait passer l'envie de lui en vouloir, même pour le coup de griffe qui signe sa petite note. « Ne fais pas de folies. Attends que je revienne... » Ses égards en pleine agitation, en plein branle-bas de rescousse, le trahissent. Elle est bonne dans le fond. C'est même ma meilleure d'une certaine manière, même si ce n'est pas la manière que je préfère. Ça pourrait aller mieux mais ça coûterait plus cher, dirait ma mère, une autre qui ne me placera pas, qui ne me mettra pas au pas, s'il y a moyen, je ne garantis rien, elle est coriace, ferrée à glace. Elle a passé sans se forcer six mois sans téléphoner, et elle en a encore autant à mon service si je ne passe pas à la caisse.

« Tu gagnes cent piastres par semaine nourri logé. Le loyer de la terre me rapporte pas autant. J'ai dû emprunter pour t'en prêter, sans dessein, sans allure et sans cœur que t'es... »

Elle n'exige plus que j'aie tout remboursé avant de négocier... Elle me demande davantage : une lumière au bout du tunnel, un signe de bonne volonté : arrêter de boire et combler ses fins de mois en partageant moitié-moitié tout ce que ça me ferait économiser... Elle charrie. A part la terre, elle a sa propre maison, une auto toute payée, sa pension de veuve et les revenus du capital réalisé avec le fourbi aratoire. Moi, à part la bière, j'ai des indigestions de bière et des persécutions de bière, ça finit là. J'y ai dit. J'y dis tout à ma pauvre mère dénaturée. Tel quel. Sans égards pour ses quarante-huit ans.

« C'est tout ce que je peux me taper, à part le cul par terre, et vous vous obstinez toutes à me l'ôter, c'est tordant !... »

Comme c'est Juba qui me sèvre le moins, elle est la mère que je préfère, même si je n'aime pas ses manières, pas assez ordurières.

Il y avait trop épais de neige sur le toit. J'y suis monté avec la gratte pour la gratter. J'en ai gratté la moitié. En regrimpant au faîte pour attaquer l'autre versant, j'ai perdu pied, j'ai dérapé, j'ai tout lâché, j'aurais pu me tuer. J'ai survécu en atterrissant dans le tas, puis en réceptionnant la gratte à plat, pas en piqué, la lame métallique la première. J'avais couru assez de dangers. J'ai couru aux Quatre-Coins, fêter la Saint-Six-Bières. Même si ça couronnait une journée à peine entamée, c'était le temps ou jamais. Car c'est toujours le temps ou jamais ; il se produit seconde après seconde, le miracle qui nous fait échapper à la continuité de notre absence. Je le saisissais si bien que j'ai doublé du coup mon quota de canettes... Pour descendre, ça va tout seul. C'est en remontant que c'est tirant, comme disent les chevaux. Et le vent qui vous poussait se retourne contre vous, à coups de soufflets de plus en plus glacés, toujours flanqués du même côté de la face. Les poignées du sac que la caissière n'avait pas voulu doubler, ni voulu dire pourquoi, se fragilisaient chaque fois que le froid me faisait changer de main. Et l'alternance s'accélérait : les doigts exposés gelant de plus en plus vite, laissant moins de temps aux autres pour se réchauffer dans mes poches. Les poignées ont lâché l'une après l'autre, puis encore pété, jusqu'à ce qu'il n'y ait plus moyen de renouer les lambeaux. J'étais forcé, à mi-chemin, de porter les deux grappes une par une, au bout de mes bras, m'arrêtant tous les quelques pas pour souffler sur mes poings pétrifiés.

J'ai bourré la cheminée et, le téléphone sur mes genoux, je me suis imbibé, gonflé jusqu'à ce que je ne puisse plus grouiller. Dans la nuit tombée sur un silence complet, le feu déploie ses formes, développe son imagination, prend une possession animale de la maison. Dansant sur les murs, sautant au plafond, il crée les conditions d'un monde où les vers exhalent leur amour aux étoiles... Crigne est trop sensible, elle se méfie trop d'avoir l'air de mépriser les petits, les sans-grade ; elle ne pourra rien me refuser si j'exploite à fond nos différences d'importance, nos distances, imposées par le *système*, celui-là même que ses chansons, et toute sa tribu, attaquent. Elle n'est tellement pas snob qu'elle a fait inscrire tel quel dans l'annuaire, avec son adresse et tout, son espèce de nom de saltimbanque. J'ai tout à la portée de la main, même le cran, au fond d'une couple d'autres canettes, descendues en rafale. Je l'aborde en force. En fredonnant cocassement sa scie : *Les femmes, les femmes, les femmes.* Elle me prend pour un copain qui la charrie. Elle la trouve bien bonne. Je lui remets ça.

« Ça va ça va, j'ai compris ; je le ferai plus, c'est promis !... Tony ?...

— Bottom... A moins que le nom ne change quelque chose à l'affaire ; mais personne ne fait plus ça depuis la Déclaration de droits des radas. »

Elle me replace. Comme elle me l'avait promis. Elle me réassocie même avec Bruno, qu'elle soupçonne d'avoir monté le coup.

« Non non, je l'ai monté tout seul. Comme un chien... »

C'est une trop grosse perche pour qu'elle la saisisse. Elle se demande plutôt pourquoi elle ne reconnaît pas ma voix.

« Je suis un peu paqueté. C'est débile mais c'est subversif. On n'est pas tous aussi bien équipés pour saboter le système... »

Une perche qui pique !... Elle a la sifflette coupée.

« Moi non plus, je ne reconnais plus votre voix... Vous parlez trop bas !

— Qu'est-ce que tu veux que je te dise, bonhomme ?

— Comment ça va...

— D'un bord puis de l'autre. Comme une queue de

veau. Je cherche à me reloger. Je suis trop à l'étroit. Ou j'en mène trop large.

— Avez-vous besoin d'aide ?

— Qu'est-ce que tu sais faire ?

— Tout ce qu'on me dit... affectueusement. »

Tout ce qu'elle me demande affectueusement, c'est de la laisser souper. Elle s'est battue une heure avec une casserole trop petite pour se faire des frites, et elles sont toutes en train de ramollir. De se poisser, plisser, décomposer... Les mots de son succès (« les femmes, les femmes, les femmes ») tombaient trop bien sur cette histoire de popote. Facétieux comme je suis, je n'ai pas pu résister. C'était trop facétieux pour sa santé. Elle a raccroché. Comme si ce n'était pas moi le grand malade qu'il ne fallait pas débrancher.


Ah ça fait pas mal mal. Je l'avais déstabilisée, je parasitais ses fréquences, je la tenais par les oreilles, le reste aurait suivi, je l'aurais enjambée pour la chevaucher, cravachée pour me faire remorquer tout haletant dans la voie lactée, échapper au code de la déroute, aux neiges broutées, pelotées, dégoûtées ; pétries dans le jus de trafic et livrées aux assauts des souffleuses qui finissent de les industrialiser. Qui s'y mettent avec leurs moulinettes et qui les redéchiquettent, les projettent dans des camions à bascule qui les jettent, qui les déchargent dans des décharges !... Mes efforts de contention ne font qu'exacerber ma frustration, ma rage mutilante, à m'arracher un bras avec l'autre. Je bous !... Il faut que j'éclate sinon j'explose !... Si mes vers ne trouvent pas vite quelque cœur où se piquer, je me tords comme un paquet de nerfs dans un flot de bile. Ça répond chez Nicole, tout essoufflée. Elle a *quelqu'un.*

« Quelqu'un comme y en a tant, ou quelqu'un de

101

spécial, quelque peu ridicule sur son piédestal avec son *q* majuscule ? »

Elle ne réagit pas. Elle a mieux à faire ou quelque chose comme ça, que je lui gâte comme je peux avec le récit apocryphe de mes propres prouesses.

« Tu connais Crigne. Je me la suis farcie. Elle était tannante, je l'ai tapée ; je l'ai fait mettre à genoux, le nez dans les boules à mites de l'urinoir au cinéma où elle m'avait emmené voir un film cochon (c'est bon pour skelzon, ça leur ramone l'intellect ; on rit mais ça chauffe là-dedans). Mais une fois qu'elles ont eu ce qu'elles voulaient, elles t'évacuent, elles t'éliminent de leur système. Elles te tirent la chasse au nez !... »

Nicole ne voulait rien savoir ; elle était trop prise... Tant et si bien qu'elle a été emportée, avec la tonalité, pendant qu'elle me répétait combien elle l'était.

La patronne est rentrée là-dessus, le bras autour du cou de la petite peste à Francine, qui la portait, me la trimbalait comme si ce n'était pas la moitié de ses forces, plus remuante et influente que jamais. Si je ne l'avais pas arraisonnée, lui ordonnant de retourner sur-le-champ chercher le fauteuil dans l'auto, elle montait, elle filait direct en haut, au Samtem Dzong (Forteresse de la Méditation), les appartements de Madame tels qu'elle les désigne en toute simplicité, et que Francine y réfère toujours, comme s'ils étaient un secret que Madame ne partageait qu'avec elle, sa tête dure, ses jeans dodus et sa raie verrouillée par la couture.

« Alors *chéri*, on n'en a pas profité ?... On ne peut plus se passer de moi, même pour sauter le mur ?

— Surtout pour sauter le mur. Si on parle du même mur. »

Le chat a grimpé sur elle pour lui faire une fête. Il a rebondi aussi raide, complètement étourdi. Elle sen-

102

tait l'encens comme si elle s'était roulé dedans, pas un poil de sec. Pour lui retirer sa fourrure et ses bottes, je l'ai couchée sur la table, comme un bébé. Comme elle avait les pieds froids, j'en ai profité, je les ai frottés, tordus, bien remis à ma main, pour bien édifier Francine, impatiemment rentrée et qui restait plantée là, cramponnée au dossier d'un trône vacant... Triste comme si on la trahissait tout de suite après tout l'honneur qu'on lui avait fait, elle était irrésistible. Alors la patronne n'a pas lutté : elle s'est laissé voiturer, laissé rouler encore un petit peu. Mais elles n'avaient pas plus tôt franchi l'escalier que j'appelais le taxi, et je grimpais à mon tour, annonçant à Cendrillon que son carrosse était en route. Elle l'a attendu dehors. Où je l'ai enfermée avec mes compliments. Mes meilleurs vœux de s'enrhumer par où je pense, attraper un courant d'air dans la serrure où elle m'a si souvent fait rêver d'introduire des clés qui font partie de mes extrémités, comme le petit dépravé que je suis. Elle l'a senti. Et elle s'en est servie pour justifier son animosité, la fouetter, la pousser au paroxysme où elle la tient fixée. L'amour aurait tout arrangé. Elle a bavé dessus. Comme il y en a tant. On les ramasse à la pelle.

L'impact sur mon front du bois de la gratte a produit entre mes sourcils une saillie qui désarçonne la patronne.

« Éteins la lumière, veux-tu chéri ; elle me fait un effet bœuf. »

Je ne connais pas l'étendue des dégâts qu'Andrew a causés mais la lubie qui lui a pris de me traiter de chéri n'est pas piquée des vers. Même si je perçois à travers combien elle aime ce fumiste forcené. Elle vidange ça sur moi quoi. J'y dis. Tel quel. Pour exploiter ses nouvelles ressources.

« Il paraît que j'ai payé assez cher pour t'appeler *chéri*, chéri... Que je me suis fait assez suer... J'avais la tête trop enflée pour m'attacher à un foutriquet de ton espèce : c'était me demander l'impossible. Alors ça m'a monté à la tête et, ambitieuse comme je suis, fière de mes moyens, j'ai fait encore mieux : je me suis attachée à ce que l'espèce a de plus foutriquet.

— C'est lui qui est chien et c'est elle qui est attachée... Comme dans les meilleures familles.

— Je t'en veux, il paraît... Et le ressentiment, chéri, c'est ce qui se fait de pire comme désir, comme dukkha. C'est l'arme des damnés. Tu es le rakshasa type. Traître et insolent ; insupportable à tout prix, pour forcer la main de Dieu, que Vishnu t'écrabouille et te délivre de ton karma.

— Je vois ce que c'est. L'art de tout compliquer.

— Bref, tu t'incrustes.

— Je fais ce qu'on me dit. Tu m'as dit : tu es libre. Si je suis libre, je suis libre de m'incruster... Tu m'as pas dit ça pour te débarrasser de moi, j'espère... »

Un bon rada exploite un bon gag à fond. Une bonne chochotte itou.

« Jamais de la vie, chéri chéri. »

Je lui ai laissé le dernier mot. Une charité que je n'ai pas eu lieu de regretter. Je n'avais pas aussitôt dégringolé l'escalier que le petit train grelottait sous mon oreiller.

« Tchou tchou... »

On n'a pas fait un grand tour mais on a été loin.

« Ce matin, j'ai eu de la peine qu'on se chicane tout le temps ces derniers temps. Alors j'ai mis mes vieux collants.

— Les rose saumoné ?... Les ceux qu'il y a un trou dedans, à gauche en montant au ciel en péchant ?... »

J'ai des droits sur cet accroc, ce défaut dans la totale étanchéité des surfaces, ce découvert où j'ai découvert que ça passe, qu'on peut visiter l'Autre Côté. C'est mon espèce de puits. C'est mon chameau qui lèche là. Mon serpent qui y puise, qui cherche la vie quand il mord, pas la mort. Il n'y a qu'elle qui ait des bas qui ont ce trou-là, et que moi d'élu pour trouver le salut dans l'hostie enchâssée là. C'est ma place, marquée à l'encre qui ne sèche pas... Elle confond.

« Tu veux dire indélébile : qui sèche mais qui s'efface pas.

— C'est quoi qui est mieux ?

— Quand ça sèche mais que ça se remouille au moindre contact...

— L'encre sympathique...

— Bien plus sympathique que ça... »

Elle tient à faire semblant qu'elle ne comprend pas, mais elle n'insiste pas. Elle me demande plutôt si j'ai du nouveau. Je lui révèle ce qui a transpiré du sommet de Lennoxville.

« Ils ont trouvé ce que j'ai. Je suis un rakshasa... Une tête de cochon qui fait la grimace à Dieu.

— Je me disais bien aussi... »

Si je lui avais demandé elle me l'aurait dit, qu'elle me dit. Je sais très bien qu'elle n'y connaît rien et j'essaie de l'initier en m'entortillant dans la légende de Ravana, qui explique tout ça.

« Il avait le choix entre sept réincarnations comme ami de Vishnu, ou trois comme ennemi... Il a préféré le pire parce qu'on ne peut pas plus souffrir que d'être séparé, d'être une partie amputée, d'attendre de rentrer dans tout ce qu'on est. »

Ça ne lui fait pas un pli. C'est drôle, quand ça ne la concerne pas ça l'ennuie. Je la tire de la somnolence où elle sombrait en élevant la voix.

« Tu m'écoutais pas ?

— Non... C'était pas permis ou quoi ?

— Qu'est-ce que tu faisais avec tes oreilles ?

105

— Rien du tout !... Je me rappelais qu'en m'habillant ce matin je me suis dit qu'il fallait que je t'aime beaucoup malgré tout, et je t'aimais beaucoup c'est tout...

— Avec tes oreilles !...

— Avec mes oreilles ! »

Elle trouve que ça va mieux quand elle aime. Que ça marche mieux. Que ça prend mieux l'autobus quand elle sort. Que ça se pelotonne mieux quand elle s'endort. Elle découpera le trou quand elle jettera les bas. Elle me promet qu'elle me le donnera et c'est une promesse qu'elle me jure qu'elle tiendra.

*

« Bottom, bonjour !... »

On s'essuie puis on recommence. La patronne règle toujours de même nos problèmes. Tous ensemble tout d'un coup. Un coup de cœur qui a la santé d'un coup de pied et qui donne au chaste baiser qu'elle m'apporte avec le café l'éclat du neuf.

« Après-demain le solstice, chéri. Les jours vont déjà rallonger.

— Oui mais il y en aura pas plus. Au contraire. »

Quand son ménage est fait, elle recommence aussi à rire pour un rien, avec la même fraîcheur, comme si personne ne lui avait jamais empoisonné le cœur... Et ça fait que je la connais. Je le dis comme je le pense, dans le sens que quelqu'un qui n'a pas vu ça n'a pas l'honneur de la connaître.

Nos doigts (mon grossier, son élancé) roulent sur la *Sessantasette*, la route qui longe Arno entre Pise et

Florence. Soudain, ils s'écartent ensemble du droit chemin et vont se tamponner à *Vinci*, parfaitement, en toutes lettres, comme s'il y avait des rêves qui laissent leur adresse. Les chemins ne sont pas larges dans la Toscane étalée sur la table, et il se produit d'autres accidents. Marzabotto a des ruines étrusques, Rimini des amants torturés que Dante a déshonorés, et l'index d'une femme a jusqu'au bout de l'ongle un sexe, il n'est pas neutre ni rien, il est complètement, parfaitement féminin.

« Je suis confuse. J'ai beau me raisonner, je ne retrouve plus Andrew tel que je le portais en moi avant que je le revoie. Nous nous sommes perdus, j'ai peur. Vingt ans. La peine capitale, après vingt ans...

— Raisonner !... Tout est là. S'il avait tenu à toi, il t'aurait pas appris à raisonner mais à perdre la tête.

— C'est une aberration pour Andrew de tenir à quoi que ce soit. Je l'ai toujours su mais dans l'état où je m'étais mise hier je ne le comprenais plus, du tout. J'étais scandalisée qu'il ne me serre pas dans ses bras, qu'il ne dégage pas de chaleur, du tout, qu'il n'ait pas de faiblesse, même pour moi. »

Ce n'est pas pour me vanter mais ça se présente bien pour moi, qui suis la faiblesse incarnée.


Ce n'est pas le genre de femme portée à fredonner mais c'est le genre de chanson que ce n'est pas vous qui la fredonnez mais elle qui vous fredonne. Il lui revient même des mots, elle ne se rappelle plus trop d'où, quelque faux sommeil sur l'autoroute du Soleil : *Smettila è stupido litigare.*

« Je sais pas comment ça se fait : je comprends pas ! »

Elle en profite pour me donner mon premier cours d'italien. Le préfixe *s* de *smettere* est une espèce de *dis* amoché, comme notre propre *dé* mettons. Pour débar-

107

rasser, déchirer, dégonfler, désarroi, on trouve *sbarazzare, sbranare, sgonfiare, sgomento*. L'article *smettere* du dictionnaire Garnier donne les exemples « smetti lo scherzo » (cesse la plaisanterie), « smettere il lavoro » (cesser le travail), « smettiamo questo discorso » (laissons ce sujet), « fallo smettere » (fais-le cesser), « smettere una buano volta » (finis une fois pour toutes), « smettere di cantare » (cesser de chanter) et, ce qui règle notre cas : « smetterla » (cesser ça). J'ai trimé dur pour comprendre que « c'est stupide de se quereller », mais c'est le genre de notions qu'un coup qu'on les a assimilées le pire est passé, on n'a plus qu'à se casser la nénette. On a perdu notre après-midi dans les tables de prononciation, conjugaison, abréviation ; je trouvais tout bon. On a concocté un plan d'apprentissage aux pommes, pédagogique au maximum. Du voyage en Italie dont elle a rapporté sa chanson, elle a gardé aussi une traduction de *Love Story*, « oltri 20 milioni di copie vendute in 12 mesi » (je suis un génie, j'ai tout compris). On va travailler une heure ou deux tous les midi à retraduire cette traduction. Et tous les soirs, pour attraper l'accent, on va se brancher à CFMB. En auto, j'allume toujours un peu la radio et c'est le seul poste où j'accroche. Comme par hasard !

Forte de tout ceci, de tout le goût que ça lui redonne de partir, la patronne enfourche ses poteaux, comme elle les appelle, se réattaquant aussitôt à la besogne de tenir debout sur ses « quatre propres pattes » et refaire ses premiers pas. Soutenue par le mur et la force de ses bras, elle fait porter son poids sur un pied puis sur l'autre, pour tester ses genoux... Ça résiste. Jusqu'à ce que ça plie. Que ça l'humilie. Et qu'elle m'envoie chercher ma bière, comme si elle allait manquer d'air. J'y vais. A une condition. Que je ne me ramasse pas tout seul dans mon coin à faire le plein, comme un clochard.

« Tout ce qui est bon pour sketa... chéri ! »

Mais son sourire meurtri se répand aussitôt au-delà du vieux sarcasme. Et elle ne me l'amplifie pas seulement pour mieux se débarrasser en ouvrant la porte plus grande. Elle y met tout son cœur ou quelque chose comme ça. Quelque chose comme on l'entend quand on dit qu'il se passe quelque chose.

On s'est tapé nos canettes en se payant les nouvelles du *calcio* (Bari a battu Brindisi 2 à 0) et les réclames de mortadella *La Campagnola*. Je n'ai pas d'idée de la quantité qu'elle a pu pomper, mais je lui en remettais aussitôt qu'il en manquait et ça ne lui faisait plus faire sa grimace.

« Tu as raison, ce n'est pas si mauvais quand on ne fait pas attention. »

Total : elle a eu son compte et pas moi... Et sur ses calculs ingrats, je lui ai donné son bain, plutôt deux fois qu'une, pour me racheter, à bon marché. Pour faire un meilleur job de lui frotter le dos, j'ai toujours dégrafé son bikini. Mais soudain, au lieu de l'étreindre à deux bras pour le tenir en place, elle me le laisse tomber. Puis elle me le tend, du bout des doigts, comme si c'était une honte, une vermine dont elle aurait eu la peau. Je rougis, je le sais, je le sens à la chaleur au bout de mes oreilles. Mais je lui lâche une farce plate et elle n'y voit que du feu.

« Pour être prude, il faut commencer par avoir de quoi à cacher. »

Elle le prend du tic au tac, comme une attaque : en croisant les bras par-dessus la tête pour que ça en fasse plus, et mettre en valeur la faculté qu'a le joli peu qu'elle a de pointer. Autant les petits boutons de Juba pâlissent et s'abolissent dans leur sommeil ;

109

autant les siens, gonflés comme si un bébé venait de s'y arracher, se projettent, même à travers les vêtements, et vous vont droit au cœur.

« Ce n'est pas moi qui suis prude, chéri. Mais toi qui es vicieux. Et c'est ce qui me gêne. Pas la vieillesse et les infirmités. »

Vicieux. Encore ! On rit mais ça me fait mourir. C'est le mot de la cartomancienne qu'avait consultée ma mère pour s'aider à surmonter ma puberté, et qu'elle m'avait répété, complètement dégoûtée. Et ni l'un ni l'autre ne se remettra jamais, j'ai bien peur, de cette agression sexuelle réciproque. Il n'y a pas jusqu'au Dictionary de l'Indian Mythology qui n'en mêle pas, dans la définition du singe rakshasa, où la complaisance malheureuse de ma mère s'entendrait aussitôt avec Andrew pour me reconnaître : « Vice, cowardice, violence, arrogance... » Et quoi encore. Un crosseur (*caresse* dégénéré en grossièreté) comme disent les défonceurs. Un téteux comme disent les baveux, les dégoûtés qui dégouttent sur eux.

« Tu badinais, j'ai badiné... »

A force de m'en faire accroire avec mes vieilles histoires, j'ai trop alourdi l'atmosphère. Il n'est pas question que nous rebadinions. Qu'elle me laisse jouer à la bouchonner partout dans la serviette où elle s'est enroulée sur son lit... La magie est rompue. C'est raté. Le courant commençait à passer. Il a fallu que j'aie un plomb qui saute.


· Quand ça va mal, aucun effort ne peut faire que ça aille mieux. Quand ça va bien, on réussit tout ce qu'on entreprend pour que ça rempire ; on a même du mal à se retenir, impatient qu'on est de redevenir, en exerçant le seul vrai pouvoir qu'on ait, maître de son destin... Ce sont les réflexions que je me fais en redescendant l'escalier d'une autre journée. C'est tout ce que j'ai appris de tout ce que je n'ai pas vécu jusqu'ici, et je ne suis même pas sûr que ça ait bien de l'allure.

Avec son expérience de la souffrance, la patronne a trop ressenti celle que j'éprouvais. A petits coups de « poteau » au plafond de mon coqueron, elle m'a rappelé. Chochotte comme elle est, elle lisait des lettres de Nietzsche. Refermant le bouquin sur son doigt pour ne pas perdre sa page, elle se tasse pour me faire de la place.

« Viens un peu t'asseoir pour voir. »

Elle me donne la main, pour que je lui fasse un serrement. Je la lui prends avec le reste du bras puis avec tout ce qui va avec le bras. Pour la serrer toute, livre inclus, jusqu'à ce que sous la pression des mamelons sa philosophie s'imprime dans mon cœur, et que je contracte les maladies de l'auteur, y compris la schizophrénie.

« Chut... Pas si fort. »

Mais aussitôt elle emploie sa main libre à m'étreindre un peu plus fort elle aussi. Et nous faisons de cette façon si bien connaissance qu'il nous semble que nous ne pouvons ni aller plus loin ni nous arrêter... Nous sommes arrivés. Nous en resterons là. Tout le temps. A commencer par tout celui que nous avons pris pour nous rencontrer si exactement.

« Oui, Bottom. Oui oui, Bottom, je t'aide, je t'aide. »

Oui, mais même si j'ai fini par lui faire perdre sa page, je ne lui ai pas fait perdre le fil. Elle s'obstine à repérer l'extrait qu'elle entendait me citer. Pour me donner une piste à explorer dans la confusion où m'a plongé le poids de la culpabilité (qui est le cancer qui frappe les exclus et qui donne tellement raison, a posteriori, à ceux qui les ont exclus : je te l'avais bien

111

dit que c'étaient des tarés, qu'ils se disent en appréciant l'état dans lequel ils les ont mis).

« Écoute, écoute. *Je veux avoir la vie aussi dure que quiconque l'a jamais eue ; ce n'est que sous cette pression que j'acquerrai la bonne conscience nécessaire à la possession de ce que peu de gens ont jamais possédé : des ailes...* C'est ahurissant !... Mais attends, attends, écoute encore. Complètement le contraire, comme si Nietzsche se retournait contre lui-même. *Voir d'un seul coup tout ce qui est piteux, mal dans sa peau, hanté-de-mauvaises-pensées, bref, tout le ghetto de l'âme prendre le dessus ! Il suffit de lire n'importe quel agitateur chrétien, saint Augustin, par exemple, pour sentir à plein nez quelle sorte de malpropres avaient à cette occasion pris le dessus...* Vois-tu ? »

Je fais ce que je peux avec le peu que je saisis, et qui me suffit : il y a un Nietzsche en moi !...

« Ce qu'on cherche dans l'excès, en se balançant d'un extrême à l'autre, ce n'est pas le dépassement comme il dit. Mais le repos. Le point d'équilibre d'où l'on est parti... »

Je la vois venir avec ses gros sabots. Avant que ça tourne encore au sermon, je raffermis ma position.

« A mon avis, qu'on se balance ou qu'on se cramponne ou qu'on se jette en bas, on revient bien assez vite au point mort...

— Avoir si brillamment commenté les *Sutta Nipata* et être si bêtement passé à côté... Pauvre Nietzsche, va. »

On ne peut pas faire mieux, ni plus chochotte.

Le petit train était à l'heure. On ne lui en demandait pas tant. J'avais tout ce qu'il me fallait et je l'avais où il faut : dans la tête, les yeux fermés, la lumière même pas allumée. Je n'étais plus laid. Je me plaisais plutôt dans l'idée que je me faisais de moi en me reflétant dans le visage que la patronne venait de me donner d'elle. Je me parlais d'amour qui fait grandir, pas qui monte à la tête mais que la tête monte avec, qui nous la sort du trou pour qu'on respire... Juba se vide encore le cœur, versant dans mes oreilles le nectar et l'ambroisie qui ont suri avant d'avoir pu nourrir. Elle s'excuse (comme si c'était de ma faute), mais elle en a plein le dos de Bruno.

« Je m'excuse moi aussi, mais tu me l'as déjà dit. »

Oui, mais c'est encore plus pire. Pour m'allécher, elle me le repasse à la moulinette en introduisant quelques turpitudes inédites. Les chaussettes qui puent, les revues de filles toutes nues dont on voit jusqu'au kyste sur leurs ovaires, les comptes en souffrance...

« J'ai toujours eu des amants qui me le faisaient tous les jours...

— Tu veux dire les bons jours...

— Les bons jours, plusieurs fois. »

Où c'est qu'ils sont passés? Aux soins intensifs?... Non, elle les a extirpées, ces sangsues!... Elle aime encore mieux porter sa croix. Et faire des croix dans son petit agenda. En moyenne, une par semaine...

« Si je compte pour une fois les moitiés de fois, et même les fois que c'est moi qui ai tout fait... Il fait exprès ou quoi? »

Je ne demanderais pas mieux que de la dépanner, mais elle n'est pas tentée par mes offres répétées.

« Tous pareils! Tous braqués, embrayés pour nous passer dessus! Tu peux rester assis dessus, ta petite roue de secours! Le vent les emporte quand il balaie devant ma porte, les petits dépanneurs! »

Ou quelque chose comme ça, comme si elle tirait la chasse sur moi. Le mal est fait : des tuyaux gargouillent à travers ma petite musique de nuit. La patronne a raison : on peut entrer comme on veut dans mon for

intérieur et mettre le bordel. Un bordel où je suis le
seul à rester tout habillé par-dessus le marché.

*

La patronne a des couleurs, du rouge à la bouche et
aux joues. Ce sont ses succès aux poids et haltères qui
l'épanouissent. Elle me fait tâter ses biceps (c'est
comme ça qu'elle appelle ça). Elle me fait mettre le
doigt sur les tensions créées dans ses jarrets par un
quart d'heure de flexions avec des charges aux pieds.
Je suis comme forcé de me montrer vachement
impressionné...

« C'est tout ce qu'on te demande, chéri.

— Si tu continues de m'appeler chéri, je t'avertis, je
t'appelle mon chou!... Minou!...

— Surtout pas Minou.

— T'en as eu un qui t'appelait Minou?

— J'en ai eu un en tout et pour tout.

— Mettons Diminou... C'est tout ce que tu mérites
après ce que cet agité t'a fait... »

Quand elle rit comme ça pour si peu que ça, que la
source jaillit avec sa première force malgré toutes les
plaies et les bosses, on sent courir le frisson dont on se
demande si ce n'est pas la grâce. Mais ça ne se dit
pas... J'essaie un peu quand même avec les yeux,
avant qu'elle me les fasse fermer. Parce qu'elle a une
surprise pour moi, qu'elle m'agrafe autour du cou :
l'anneau sacré de grand-maman Carbo, son jonc
d'alliance, que le dépérissement lui avait fait tomber
des doigts et qu'elle portait pendu à cette petite
chaîne, comme la patronne elle-même, en cas de
besoin... Je ne comprends pas!

114

« C'est le gage de ma parole, que je te redonne, de te ficher la paix, de ne plus t'en vouloir jamais. Si je me dédis, il te sert de signal. Si je m'entête, tu le jettes ; il n'a plus aucune valeur, ni rien de ce qu'il représente pour moi. »

Elle est à son meilleur. Complètement fêlée, avec en même temps tout le sérieux qu'elle mettait, au pensionnat Maria Regina, à compatir aux misères d'Elizabeth d'Angleterre. Qui avait mauvais caractère et qui avait offert au duc d'Essex, pour s'amender, un camée qui lui donnait tous les droits à sa clémence. Mais ce pouvoir lui monta à la tête, et il alla jusqu'à l'affronter devant ses ministres. Elle le souffleta. Il se révolta, il conspira. Elle le fit arrêter et jeter dans la tour de Londres pour être décapité. Jusqu'à la dernière minute, elle espéra, en vain, qu'il lui fasse porter le camée. Elle n'attendait pas plus pour signer l'acte de grâce, déjà dressé, déployé sur sa table.

Mais le temps avait filé et, avec les engagements que la patronne avait pris, la leçon d'italien est tombée à l'eau. Je l'ai conduite à l'hôpital, où elle préside le comité de bénévoles chargé d'organiser le réveillon des Vétérans. On a pris Francine en passant. On ne pouvait pas la rater, plantée sur le bord du chemin, déjà menacée, en voie de se solidifier dans ses jeans, où son sang comprimé circulait de moins en moins. Je lui ai ouvert pour qu'elle monte devant, qu'elle se mette les pieds sous la chaufferette. Elle est montée derrière. Comme elle pouvait. En se recroquevillant pour se coincer entre la portière et la roulante, elle-même ratatinée et coincée entre les deux banquettes. Ça m'a fait de la peine... J'ai laissé ce coup de cafard se porter sur l'accélérateur. Et l'Oldsmobile s'est ramassée sur l'autoroute, qui l'a charriée dans son courant. Je descendais en ville, dans la force du mot. Je me retenais comme je pouvais, en m'accrochant à l'anneau. Mais grand-maman Carbo me rassurait. Son soutien magique m'était acquis. Laisse-toi un peu aller allez, je suis prête à te rattraper... Je serais au poste à temps, et c'était tout ce qui comptait. J'ai hésité, résisté encore en tournant en rond dans le ghetto hassidique, où Juba s'est un peu réfugiée elle-même, comme elle le fait encore, avant de s'aventurer à la périphérie. Avec sa seule tante Ottla, elle a plus de patrie que moi.

Je les amadoue peu en leur donnant, à l'insu l'un de l'autre, quelques dollars pour qu'ils se fassent des petites étrennes de ma part. Ma douloureuse est tout à cran encore et le grand Doctor No exceptionnellement d'attaque, avec une virtuosité dans le persiflage dont il se régale, et de tout ce qui le lui justifie.

« Elle s'est mise en affaires. Elle est entrée dans l'épicerie. Comme Nicole dans la pharmacie... »

Sa Majesté reçoit son épicier après les heures d'épicerie. Il s'en doutait, il s'en foutait, mais il les a pris sur le fait. Il a eu l'air de quoi ?

« Répète un peu qu'on rie, ma truie... Qu'est-ce qu'il te faisait ton bougounoule ?

— Crédit... Pour nourrir mon chien sale !...

— Il fait tout ce que tu lui dis quoi, ce béni-oui-oui !... Il te le fait bien au moins ?

— Mieux que bien des béni-bouffe-tout qui regardent pas ce qu'ils font !... Quand ils me le font !... »

Ils continuent à se taper dessus, à grands coups de gueule dans les parties sensibles, jusqu'à ce qu'il ait fait sa toilette, sa valise (sa petite). Et qu'il fasse claquer la porte. En me poussant devant lui.

« *Come on, man*, ça sent trop le cul ici !.. »

J'avais la solidarité masculine pour une fois. Mais j'ai un peu négocié dans l'escalier, au nom de l'infidèle... Alors elle a eu le temps de repêcher le lot de chaussettes qui trempaient dans son baquet, et de nous en bombarder. J'ai été atteint à la nuque, à l'occiput et au cœur.

Bruno ne comptait pas sur mon appui moral après tout. Il se faisait conduire au terminus, c'est tout. Il ne part même pas pour faire son indépendant, mais pour faire le pitre à Belle-Terre.

« Lucie a eu son petit. Ils vont filmer le baptême. J'ai décroché un premier rôle. Porteuse. »

Il me fait stopper à la Régie. Il ressort avec un quarante-onces de vodka, et je vois à l'air fendant qu'il a qu'il a réglé du même coup le cas du cadeau à Juba... Dans la ruelle de la Providence, en attendant l'autobus, j'ai fait la gueule. Je l'ai laissé trinquer tout seul à la santé du bébé, arroser le vœu qu'il ne finisse pas comme nous : comme on se verrait si on n'était pas trop sonnés pour rouvrir les yeux. D'après lui, ça y est, on est lessivés ; avec cette confirmation de l'aliénation de sa sœur, le nettoyage par le vide est complet. Ils nous ont eus. Et ils auront nos restes.

« Téteux de culs-de-jatte, de putes à steak, de mongoles à deux dos, de téteuses de micro, on commence à faire de vieux os, vieux, des vieux os de téteux... On sait plus mourir. Je sais pas si tu le sais, mais si on meurt comme on vit là, vieux, on va rester téteux toute l'éternité. »

Mais si je lui demande ce qu'il compte faire, on voit que tout amer, tout affreux qu'il soit devenu, il est resté aussi enfant de cœur qu'il était.

« Aimer à mort. Vite avant que le cœur me batte plus assez vite pour attraper la bonne bonnefemme... La garce qui se pique à la dynamite, qui me fasse exploser dans son corps... »

Une bonne lampée de feu encore et il est reparti

117

dans *Panic in Needle Park*. Kitty Winn ne se shoote pas et ne se prostitue pas parce que ça la démange, mais parce que ça lui coûte : elle veut s'offrir ce qu'il y a de plus cher comme amour, de plus ruineux. Elle ne demande pas mieux que de payer pour faire l'amour mieux, l'amour plus grand qu'elle, l'amour qui déforme, déshumanise, l'amour tel qu'après qu'elle l'aura fait l'amour sera considéré comme une chose faite, plus à refaire par personne.

« On peut pas forniquer tout le temps. Il faut se jeter sous un camion de temps en temps.

— Tu m'ôtes les mots de la bouche. »

Il ne m'a pas cru. Si j'avais répondu ce que je pensais, je n'aurais rien répondu et ça ne lui aurait pas plu non plus.

« Téteux !... »

« Il m'a traité de téteux.

— Il est jaloux de toi ! »

Elle est bonne celle-là, j'ai passé ma vie à le parasiter, à le suivre pour me nourrir de ce qu'il laissait tomber.

« Et puis tu retournes à ta villa dans le Nord avec ton gros char, toutes dépenses payées, à rien faire de plus suant que des efforts de gratitude... C'est un conte de fées pour un gigolo-né. Tu ferais exprès, pour le battre à son propre jeu, tu ferais pas mieux... »

Je ne comprends toujours pas mais Juba n'élaborera pas ; elle en a déjà trop dit sur un sujet qui ne l'intéresse pas.

« J'ai d'autres révélations à te faire ; grouille pas ! »

Elle fait comme si elle m'apparaissait : transportée par ses bottes cosaques flambant neuves, transfigurée par le fameux manteau où j'ai des parts. Il n'est pas si chic avec son gros drap noir à ramasser la mousse et les bouts de fil, mais il lui tiendra chaud avec son col en goulot qu'on peut relever avec un cache-nez pour se cacher les oreilles... Si je n'en fais pas une maladie, elle va me découvrir sa culotte dernier cri. Je ne promets rien. Réflexion toute faite, elle me la montre pareil. C'est le genre ancien, sans défense avec son flottement autour de la cuisse et qui vous fait craindre le pire à sa place, frissonner en soie et en dentelle !

« Toutes pareilles, bien plus intéressées à s'habiller qu'à se déshabiller ! »

Elle rabat sa robe en annonçant le prix, comme si c'était un prix qu'elle avait gagné...

« Jé zé piquées ! »

Pour aller réveillonner où ? On se demande un peu.

« Au téléphone... Si tu me téléphones.

— Pleure pas, je vais te téléphoner va.

— Tu viendras pas ?... »

Elle me le demande avec sa voix de fillette aux allumettes, comme si ce n'était pas elle la plus cruelle, elle qui m'arrachait le cœur en me forçant à lui refuser ça.

« Viens... »

Jouant sur le mot, qui supplie encore, elle m'ouvre les pans de son manteau, comme à son papa gâteau.

« Viens voir comme je suis bien traitée... »

Elle m'enveloppe bien fort dans son confort, mais écarte le museau pour éviter ma bouche. Puis, comme je tâtonne pour m'ouvrir un chemin sous sa robe, elle me pousse à bout de bras. Elle ne peut pas. Elle a encore les mains de ce shmok sur elle... Raconte, fais-moi pénétrer dans tes petits détails scabreux.

« Ça te ferait plaisir ?

— Ça peut toujours servir... Comme à me détacher un petit peu. Pour supporter la distance...

— Ça te ferait trop plaisir. »

Elle voulait que je reste et qu'on jase. J'ai fait ce que

j'ai pu mais ça ne collait pas. C'était me demander de mettre des mots sur sa musique sans me la laisser jouer. Et je suis rentré à la maison, comme un grand garçon.

Conte de fées ou de sorcières ? De souricière ensorcelée, contrôlée à distance, et bandant de plus en plus fort le ressort qui me tient en déséquilibre entre l'horreur et la tentation de perdre, brûler, jeter, tromper toute bienveillance, trahir toute confiance (les siennes surtout, si propres, pour me sentir bien abject et bien digne de mon abjection) ?... Mais rien que pour l'accueil de Clarinette, qui m'enroule en couinant son étole autour du cou, ça valait le coup. Je ne me suis pas arrêté à l'hôtel prendre un coup. Au Marché Soir, je n'ai pas acheté une demi-douzaine de bières, mais de rosettes, le genre piqué aux hormones et prolongé au réfrigérateur qui coûte les yeux de la tête. Je coupe les boutons et les baigne dans le bol d'Andrew, pour réparer mon attentat à la cendre de cigarette. C'est l'atmosphère du temps des Fêtes qui me rend gaga, à moins que ce ne soit Juba, avec sa pantalette écaille d'œuf. C'est comme ça qu'elle appelle ça. Si j'étais à ma place, je ne prendrais pas sa parole.

Ahurie de me trouver là avant l'heure, et du premier drelin, la patronne ne reconnaît plus ma voix, bafouillant d'abord comme si elle s'était trompée de numéro.
« Ouvre la radio à CBF, ils donnent la Quatrième de Mahler, vite tu vas rater ton adagietto : *Mort à Venise...* »
Ce n'est pas mon adagietto, c'est son adagietto, à elle et à qui encore. Elle a dit ça comme on dit n'importe quoi quand qu'on est content. Je le comprends, je suis content moi-même. Content de

moi, content qu'elle soit contente de moi, content que notre rendez-vous ait été aussi important pour elle que pour moi. De plus en plus grimpant dans les rideaux quoi. Puis, comme si ce n'était pas assez comme nouvelles, elle me demande comment ça va chéri. En forçant sur le chéri.

« Ça va dans le bon sens, je pense.

— Ce n'est pas toi qui décides ?...

— Je te le fais pas dire...

— Viens me chercher après la musique, si tu y penses.

— Je serais maître de mes pensées si j'étais libre de pas y penser. Je peux pas te faire ça !... »

Comme quoi entre une chochotte et son chouchou on s'amuse comme on peut. Je le dis comme je le pense, ravi de ma performance.

Quand elle a eu fini de me faire partager tout l'honneur que lui font ses vétérans avec leurs petits compliments à double sens, les occasions qu'ils multiplient de la toucher, comme une espèce de relique érotique, il était minuit et Juba avait essuyé les affronts répétés de ma ligne décrochée. Elle était d'autant plus offusquée que Nicole s'est encore invitée à souper. Il n'a pas suffi qu'elle lui fasse la popote, mais encore fallu qu'elle se tape son papotage jusqu'au journal télévisé, dont elle ne supporte pas les atrocités, pauvre nature sensible et délicate qu'elle est...

« Ah je la comprends !

— Elle te comprend aussi va.

— Elle te l'a dit ?... Qu'est-ce qu'elle a dit ?

— Elle baise tout ce qui bouge, et elle te trouve agité. Je te dis que ça. Alors, lâche pas, remue-toi. Mais vas-y pas à fond sans te couvrir... elle donne tout ce qu'elle a... Quant à Crigne, elle est moins avariée,

121

mais prends un autre bon conseil désintéressé : compte pas trop dessus. »

C'est ainsi, offusquée comme j'ai dit, ulcérée encore aussi de s'être laissé aimer d'amour pour une note d'épicerie, qu'elle a lâché le morceau, même si elle savait, susceptible comme elle me connaît, toute la peine qu'elle me ferait. La Grosse a grogné. Bruno, dont les sarcasmes s'expliquent, a eu ordre d'aviser « les sauvages de Belle-Terre, les Gosiers-en-Pente » de cesser de la harceler. Je l'ai harcelée une fois ! Et encore, elle m'avait incité ! C'est à se taper le cul par terre, où je suis retombé, bien à pic, pour m'apprendre à planer. On rit mais c'est de ces coups qu'on meurt. Autrement, il n'y aurait pas de raison...

*

Que le cric les croque toutes ! Si ça ne lui fait pas lever le cœur. Je n'en ai rien à tripoter, occupé comme je suis à me cultiver, me projeter dans l'orbite dont je comprends que c'est le secret qui a tenu la patronne au-dessus de la ruée, intacte, sans une lésion où ça compte.

Au lieu de *va* et d'*allez*, comme dans les expressions « allons viens va » et « ne t'en fais pas allez », les Italiens disent *dai* (donne), comme si c'étaient eux qui avaient besoin de vous, ce que la patronne trouve bien italien de leur part, sur quoi je me déclare complètement d'accord. Les Anglais disent *come* ; on fait encore de l'autorité ; on ne vous pousse pas comme en français mais on ne vous secoue pas moins : debout, suivez-nous, soyez à la hauteur même si vous n'êtes

122

pas plus grand sorti de votre trou... On réussit, en contrôlant la prononciation et le sens de chaque mot dans le dictionnaire, à passer à travers les deux premiers paragraphes de notre retraduction. *Sarà idiota ma mi secca* : c'est idiot mais ça m'agace. Eux, ça ne les tanne pas, scie pas, tape pas sur le système ; ça les « sèche »... C'est fou l'effet « aliénant » que ça me fait de le savoir. Comme on se plaît, comme on a du sens, dans ce qui ne donne et ne prend aucune espèce d'importance ! Mais la patronne a une tout autre théorie. Le genre qui vous étend raide.

« La moindre chose sue crée un lien entre tous ceux qui la savent. Prendre connaissance, c'est comme faire connaissance ; c'est faire la paix. Si tout le monde avait lu le même livre, par exemple, tout le monde pourrait s'en parler, se parler.

— Oui, ouais, j'accroche !... Comme un livre de sexe !... Illustré !... Quelque chose qui nous met tous d'accord, sur le même pied, l'eau à la bouche !... »

Elle aime mieux ne rien dire mais sa moue en dit long sur une apothéose gluante et déculottée de l'humanité.

« Pourquoi un livre ? Pourquoi pas une chanson, qui swigne, comme *Les femmes, les femmes, les femmes*... Je la connais, la grosse Crigne. Elle m'a tout de suite tutoyé. Ça cliquait, je suppose. Je sais pas ce qu'elles me trouvent toutes, elles finissent toutes par me le laisser. »

Je veux la faire marcher mais elle ne veut pas lâcher. Elle y tient mordicus, à améliorer mon cas.

« Il ne s'agit pas de taper du pied ici, chéri, mais d'une communication profonde, nourrie ; de ce que Shakespeare a mis dans *Hamlet*, par exemple, et qui donne aux hommes de partout, depuis des siècles, le goût, la joie, de se raconter ce que ça leur a fait, appris. »

123

Je veux bien. Mais une cruche a ses coquetteries. Et je me méfie. Je ne suis pas chaud de me faire ravaler au niveau des causettes qu'elle se paie au téléphone avec son avocat véreux, des potins sur la *Bethsabée* de Rubens, admirée avec Léon en 1966 à la Gemäldegalerie de Dresde.

« Dans sa petite bouche et son nez retroussé, il y a déjà tout Boucher. »

Si c'était vrai, ça se saurait !


« Adieu chéri ! »

Je pars en mission à Westmount avec les ruines du stupa de Dharmajika. C'est précieux, c'est Andrew qui les a photographiées. Develo-Pop me les agrandira en poster puis Bellefeuille, deux portes à côté, m'attendra pour les encadrer. Tout ça, combiné avec Maggie et calculé au quart de pouce, pour masquer les traces que *Le Fou de forêt*, dépendu par mon entêtement à faire du feu dans la cheminée, a laissées sur la fameuse tenture en paille de riz, et dont la patronne a vu, avec son œil exercé, qu'elle ne pourrait pas les supporter.

« Tu reviendras un dimanche qu'il fera beau... »

Je me suis fait consentir une assez forte avance et la patronne entend que je la rassure un peu, mais tout le plaisir serait gâté : c'est de quoi acheter son cadeau de Noël, le petit éléphant que j'ai fait mettre de côté chez Books & Things, un albâtre anglais avec la blancheur de lait, les joues rebondies et la trompe dressée du petit Bouddha qui s'introduit, pour se concevoir lui-même, dans le ventre de sa mère... Déjà chargé de toutes les fautes suggérées par son sourire poignant, qui parie que je pars « sur la trotte », je ne passe plus dans la porte. Il faut qu'elle me pousse à travers. Après avoir pris un autre air.

*Si les hommes sont ivrognes ça dépend des créatures*, chantait mon père, comme pour m'absoudre d'avance, le pauvre, qui ne faisait que des excès de travail. En entrant chez Develo-Pop, j'ai été miraculé par la secrétaire. Elle avait les mêmes fossettes à malices que Lucie, son front plein, buté, ses cheveux si blonds et si fins qu'ils moussaient. Elle me désignait un siège au fond du couloir ; je restais accoté sur le comptoir, à me baigner dans ce visage qui me redorait les yeux, dissolvait en éclat de trésor les blessures qu'ils s'étaient infligées en prospectant son absence. Je ne la draguais pas ni rien. Quand elle levait la tête, je prenais la peine de tourner la mienne pour éviter de l'embarrasser. Elle n'avait rien à voir là-dedans ! J'ai été le premier surpris quand elle m'a apostrophé.

« What is it ? »

Je lui ai retourné la question. Elle m'a répondu aussi raide : unsolicited sexual attention !...

« C'est quoi ça, Christ, ça vient de sortir sur le marché culturel ? »

Elle a été chercher quelqu'un qui m'a prié de m'asseoir. Comme c'était quelqu'un (le genre ôte-toi crotté j't'écrase), je ne me suis pas fait prier. J'ai été m'asseoir dans l'Oldsmobile, où je continue de rêver, mais à une tout autre flamme. Toute nue sous ses drapeaux polonais, ruisselante au premier baiser, plus brûlante à chaque étreinte, dont la dernière la presse jusqu'à la dernière goutte, et à ce qu'elle ne soit plus bonne qu'à jeter dans le fossé, par la vitre baissée, c'est une Wodorowa, comme la bouteille à Bruno, que j'ai repoussée et qui m'est restée sur le cœur... Et puis tant pis, ça lui apprendra à me satelliser, à me nanifier !...

Le technicien m'explique que les mesures l'obligent à recadrer la photo. Il faut sacrifier une partie horizontale du pourtour. Maggie, à qui je fais l'honneur de la consulter, me regarde du haut de tout ce qu'elle a que je n'ai pas, comme si elle n'avait jamais entendu, dans tous ses voyages, le langage que je bredouille.

« Bref, il ne faut rien vous demander. »

Puis elle me fait asseoir. Elle aussi. C'est une manie. Et son espèce d'assistante non plus, qui emballe à son corps défendant mon bébé dans un feuillage de houx, ne souffre pas que je me caresse la vue sur sa face de garce. Ne fais pas le beau, Bottom, fais-leur horreur. Ouvre-leur la marmite où ils te font mijoter dans ton jus jusqu'à ce que ça écume et que ça pue. C'est tout à l'honneur des ordures qu'ils créent de les dégoûter.

« Vous êtes encore là ? Il y en a pour trois heures. Vous n'allez pas rester là... »

Revenue de régler mes problèmes de cliché, Maggie s'adresse directement à mes vieilles bottes mangées au calcium, qui ont encore fait sous elles... Elle me défie, comme un chien qu'on houkse : sus, sus, va faire le petit taré que t'es ! Pour la faire suer, je me contrôle, je me cramponne à mon siège. Elle le supporte un maximum. Cinq minutes.

« Vous ne savez pas comment vous occuper ? On ne vous a pas appris où on vous a fait ?... Allons, allez prendre un peu d'air, il n'y a que le premier pas qui coûte. »

Elle ne me flanque pas à la porte. Elle m'y conduit, à coups de petites tapes dans le dos. Il va falloir que tu te lèves plus de bonne heure, Bottom, pour déjouer les éboueurs.

J'avais la tête si basse que j'ai trouvé un *dreidel* dans la grille d'une bouche d'égout. Ça m'a tout l'air en tout cas du truc que Juba m'a décrit à la lumière de ses bougies : le dé marqué de caractères hébraïques et monté en une petite toupie avec laquelle, au temps du

126

Hanuka, les enfants jouaient à se jeter des sorts. Le bourdon électrique finit par me déverrouiller la porte mais ce n'est pas Juba qui agite la main sur le palier. C'est gaucher, tout fleuri et tout drogué, débordé par un détachement de cheveux oxygénés quand ça s'incline; c'est ma prochaine victime.

« Il y a pas personne. Rien que moi.

— Tu réussiras pas dans la vie, toi. »

Nicole ne comprend pas qu'il faut avoir une haute idée de soi pour réussir dans la vie, mais elle n'en fera pas une maladie. Elle les soigne toutes d'avance, les maladies.

« Juba est partie faire ses petites affaires... Bruno a téléphoné. Finalement, il a repensé à tout ce qui s'est passé et il en a assez. Il va rester chez sa mère pour se ressourcer. »

Ce n'est pas pour me vanter, mais elle cherche à étirer la conversation. En forçant sur le ressourcer...

« Finalement, on a tous besoin de se ressourcer à un moment donné.

— Je me demandais justement s'il y a souvent des amants qui se ressourcent sur les marches mêmes. Qui sont trop pressés, qui s'aiment trop pour tenir le coup jusqu'en haut... »

Elle écarte sa mèche agitée pour voir ce que je veux dire. Et ce que je m'administre comme rince-cochon.

« C'est bon ?...

— Tu le sauras pas si tu goûtes pas... Et tu goûteras pas si tu descends pas, vite fait... »

J'ai rembouché mon goulot, et elle me sait assez pété pour tout pomper rien que pour l'épater. Elle se précipite sans hésiter, avec une agilité qui fait claquer ses sandales en cadence, et moutonner à ses pieds sa jolie jupe jardinière, trop longue pour qu'on jouisse de ce qu'elle n'a rien mis dessous. Pas de bas en tout cas... Qu'est-ce qu'elles ont toutes à ne vouloir que se mouiller les lèvres ? Une wódka Wodorowa, ça ne se traite pas comme ça. On n'y touche pas ou on s'y enfonce jusque-là, où je fais une marque en égratignant l'étiquette.

« Finalement, tu tiens absolument à me rendre malade... »

Ça ne me surprendrait pas. Je n'ai pas à lui en vouloir, pas une sacrée miette, mais j'ai tellement de comptes en souffrance.

« Si j'ai un accident en roulant soûl, ce sera de ta faute, ce sera toi qui auras pas voulu prendre le coup de trop à ma place ! »

Ça la décide. Pendant qu'elle se dévoue, je trouve un trou au fond de la poche qu'elle a là, juste là, aux abords, où la chaleur appréhendée est si grande qu'elle me gante. Elle interrompt l'absorption pour stopper l'intrusion.

« C'est occupé... »

Elle parle de quelque chose... Comme un taré, je pense qu'il s'agit de quelqu'un. Métaphoriquement.

« Quand il y en a pour un il y en a pour deux. »

Elle a vite vu que je ne comprenais rien aux femmes. Et, de façon à pouvoir continuer en toute sécurité de lutter pour faire baisser la wódka sous la cote d'alerte, elle a (infiniment érotiquement, je trouvais) serré sa main entre ses cuisses. Je l'ai remerciée de son zèle en l'embrassant. Je me suis rué sur sa bouche : si elle ne m'avait pas arrêté, il n'en serait rien resté. J'ai eu mon quota de toutes ces drôlesses qui repoussent mes caresses, et j'ai fait cul sec. De quoi assommer un porc. Ce qui n'a pas manqué d'arriver à l'animal engendré par sa salive enchantée. Elle a été chercher de l'aide pour me hisser à son étage : un croque-mort de la Coopérative, en tenue de gala. Il m'épiait encore quand j'ai repris mes esprits. A tout hasard, j'ai exprimé mes dernières volontés : me faire enterrer avec une fille toute nue avec pas de poil aux pattes ni dans les oreilles... Dans la bonbonnière où Nicole accumule ses échantillons, elle a extrait deux démerols qu'elle m'a chaudement recommandés. C'était ce qui ramenait le mieux Adé. Ça m'a remis K.-O. aussi raide. Mais riche de son expérience poétique, Nicole a pu décrypter mon délire cataleptique sur l'urgence de s'occuper du stupa de Dharmajika. Elle a pêché de l'argent dans mes poches, sauté dans un taxi et réussi, par la peau des dents, à remplir ma mission. Le subalterne que l'encadreur avait chargé de m'attendre mettait la clé dans la porte. Mais j'en ai perdu des bouts : mon fossoyeur est parti sans demander son reste et Juba, dont j'ignore d'où elle sort, soutient mes pas dans l'escalier pendant que l'autre coltine le colis. Je râle parce qu'elles ont mal rapiécé l'emballage qu'elles ont déchiré en l'ouvrant pour voir si c'était coquin. Elles geignent parce qu'elles craignent que je rentre dans le décor avec mon char. Elles me regardent démarrer en croisant à deux mains leurs doigts chanceux. Ça fait huit. Le symbole de l'infini. On se demande un peu.

Le chat s'est pointé, tout arc-bouté, pour me sauter sur l'épaule ; quand il a vu la tête que j'avais, il a fait un tête-à-queue tous les poils de l'échine en brosse. Mais je ne lui ferai jamais un aussi gros effet que je me fais, et je ne peux pas me sauver, moi. La patronne dort. En tout cas, j'ai beau me manifester, le Samten Dzong ne réagit pas. Elle a joué du téléphone. L'appareil est resté sur le bureau de Léon, où elle s'installe en cas de besoin. Ça sonne. Nicole. Inquiète de mon sort. Rassurée que je ne sois pas mort mais catastrophée de se trouver, elle qui répudie tout pouvoir, investie du pouvoir de faire si mal à quelqu'un...

129

« Je suis personne, moi. Et j'y tiens. Je peux pas me supporter autrement. Comme je te l'ai expliqué au bar des Soupirs. »

Elle ne veut pas tourner le fer dans ma plaie mais je l'ai mal jugée. Elle ne m'a pas repoussé par mauvaise volonté mais parce que le cœur lui levait. Ce n'était pas tout mon amour qu'il ne supportait pas mais tout cet alcool.

« Je suis encore à moitié soûl.
— Soûle, tu veux dire.
— *Soûl !*... Soûl, c'est masculin. »

Puisqu'elle le dit. Plus on en apprend plus on en connaît.

« Mais moins on est étrangers, comme j'aime. »

Car plus qu'on gigote plus qu'on s'enfonce. Et vice versa. Elle y croit d'autant plus qu'elle le tient d'Albert Camus, un auteur engagé qui écrivait des romans où tout le monde se foutait de tout, si j'ai bien compris quand elle me l'a expliqué au bar des Soupirs. Au coin de Lajoie !

*

La patronne était décidée à ne faire semblant de rien, mais je suis trop tentant. A travers le sourire qu'elle a composé, en mi majeur (« Seigneur que ma joie demeure »), elle me complimente sur mes yeux pisseux, embourbés dans mes chairs qui débouffissent.

« Toujours les mal foutus qui se font juger, les plus infects, infectés, cochonnés par la société !... Et toujours ceux qui les ont coincés pour commencer qui

130

s'en chargent !... Les mêmes *trucks* qui les ont écrasés qui leur repassent sur le corps, avec tout le poids de l'industrie, de la culture toute la valeur, la qualité, la supériorité du produit fini !... Il y a pas de justice ! »

Elle pèse le pour, le contre. Mon compte est bon : elle ne se laissera pas traiter de truck par un plouc. Elle me tourne le dos en bloquant une roue pour pivoter. Sa spécialité.

« Tu vas m'excuser, j'ai à faire ! »

Si c'était vrai au moins. Elle ne produit même pas un son là-haut. Elle n'a même plus ses tranquillisants, pour s'amuser à mes dépens. Elle les a jetés au feu la nuit où il se colorait en arc-en-ciel, et que je croyais rêver... Je me fais de la peine. Je l'imagine crucifiée, clouée sur place par l'angoisse. Elle se mord les poings pour s'empêcher de crier ma cruauté... Presque aussitôt, à midi, elle rétablit le contact. Elle m'envoie le chat. Elle a lié à son collier à puces le message de réchauffer de la soupe et beurrer deux toasts. Elle signe : « Diminou ». Elle s'arrange toujours pour avoir le dernier mot.

Mais la voici qui galvaude la rigueur morale qui en a fait mon être supérieur : un tuteur assez fort pour que je l'attaque et me replie dessus après l'attaque. Elle se renie. Elle prétend effrontément qu'elle n'est pas montée dans sa tour pour me manipuler, déstabiliser, culpabiliser.

« De quel droit ?... Pourquoi ?... Parce que tu te détruis ?... Que tu t'avilis ?... Voyons chéri, je suis ravie que tu te rendes ridicule et répugnant.

— On a pas besoin de se paqueter pour avoir une sale gueule. J'avais pas bu quand je suis né, et j'avais déjà une gueule qui revenait pas à ma mère.

— Tu vois, c'est toi qui te culpabilises !... Mais c'est

de ma faute. C'est parce que tu t'es paqueté et que je ne t'ai pas assez félicité !... »

Elle se trouve comique, irrésistible. Et même si l'envie de rire qu'elle ne peut retenir est du genre en vase clos, elle me la communique, et l'hilarité qui nous gagne consume les tensions qui nous ont épuisés, que nous ne pouvions plus supporter sans éclater d'une façon ou d'une autre. Mais elle insiste : elle ne s'est pas servie du Samten Dzong (avec son nom de chambre de torture) pour jouer sur mes nerfs. Elle ne fera plus jamais ça, elle se l'est solennellement juré sur l'anneau de grand-maman Carbo. Et sur mon œil ?

« Je suis remontée pour ne pas perdre le fil de ma lettre à Andrew, c'est tout. »

Trop tard... Après tout ce qui s'était entre-temps déclaré, elle a dû déchirer quatorze pages et tout recommencer... Le bhikku qui rebondit encore avec son ressort de polichinelle. Elle doit lui en conter des belles !... Rien que des belles, m'assure-t-elle. Pendant que je lave la vaisselle, elle remonte chercher ses papiers pour me prouver, avec l'épaisseur de la liasse, qu'elle n'a pas charrié puis, avec quelques extraits, qu'elle ne m'a pas diffamé.

« Nous nous sommes mis à l'étude de l'italien. Le talent de Bottom ne laisse pas de m'impressionner, et le peu d'usage qu'il en fait de me chagriner. »

Je l'asticote et elle consent à tout me débiter. Après quelques pages, c'est moi qui renonce. Ça brosse un petit tableau ampoulé de nos torpeurs quotidiennes puis ça tombe dans le rappel d'un passé sanctifié, où je n'ai pas de place, même pour tendre l'oreille. Ils se sont rencontrés à l'université McGill, devant le fichier de la bibliothèque. Ils ont ouvert en même temps le même tiroir ; ils convoitaient tous deux sans le savoir la fiche David-Neel. A la barrière Roddick, après les cours, l'eau est tombée à seaux. Et soudain, par-derrière, on ouvrait sur elle une ombrelle en papier qui se défaisait en lambeaux. On voit ce que c'est. Le genre exploité dans les films qui vous font préférer retourner au bordel.

Elle a une autre réunion avec son Comité d'organisation mais elle a le temps de me donner une petite leçon, qu'elle fait porter sur l'interjection *magari*. Elle m'explique qu'on reconnaît les Italiens à leur *magari*, cet *hélas* positif, tout joyeux de bienveillance, qu'ils emploient à tout propos, sinon à tout hasard, sans autre besoin que de produire un bel objet émotif, une forme sonore de vitalité. Le Garnier donne « plût au ciel » comme équivalent. La patronne s'inscrit en faux. *Magari* ne prie pas, surtout pas avec la modestie de l'imparfait du subjonctif. Il défie, il brave, comme « malgré tout », « même si », dont il peut aussi avoir le sens : *magari ci perdessi tutto* (même si je perdais tout) ; *magari senza meta* (même sans but).

« Qu'est-ce que tu vas faire toute la soirée ? Toute la vie ?

— M'aimer et me rendre heureux...

— Magari !... »

Elle l'a pris au pied de la lettre. Elle ne comprend pas les farces sur le péché solitaire ; elle ignore ce que c'est. Qu'est-ce qu'elles fabriquaient toutes au pensionnat Maria Regina à part prier pour que la messe finisse ?

Francine s'était encore plantée sur le bord du chemin et elle est encore montée derrière. Mais tout le monde était mieux préparé : elle avait mis ses mukluks pour ne pas geler des pieds et j'avais plié la roulante sur ma propre banquette pour afficher mon indépendance. Dire que c'est parce qu'elle sent combien je l'aime qu'elle me traite de même. J'aime jusqu'à comment son nez pointe au milieu de sa tête ronde, encore arrondie par ces cheveux trop courts qui lui donnent l'air d'un petit garçon.

« Inutile de téléphoner, je serai dans le hall, comme un seul homme... »

En foi de quoi j'ai tapoté trois fois l'anneau de grand-maman Carbo. Je me suis suggestionné un maximum, puis laissé un peu attirer à l'hôtel, pour voir si c'était Céline qui servait et si elle allait me faire des aussi belles façons que la fois qu'elle m'en avait fait qui m'ont traumatisé... Je suis encore tombé sur l'autre, la crucifiante cruciverbiste. Elle m'a jeté son regard qui étend raide. Même pas. Elle l'a jeté à côté. Je n'ai fait ni une ni deux. Bravant le règlement, j'ai mis deux bières dans mes poches et j'ai été les téter dans l'auto, avec la radio. J'ai relevé des tas de *magari* dans une interview de Raffaela Cara, la chanteuse qui chante aussi bien quand elle parle. Je l'aimerais bien mais je me retiens. Ça pourrait lui venir à l'oreille et lui faire enfler la tête. Elles, c'est dans le haut de leur anatomie que ça se jette.

Elles sont toutes pareilles excepté une ou deux. Et je mets peut-être un peu vite Nicole dans le tas. Au téléphone du hall des Vétérans, où je suis redécidé à périr fidèle au poste, je mets l'intéressée à l'épreuve de mes impressions, en jouant comme un pied sur sa corde subversive. Qu'est-ce qu'elle pense de l'alcool comme moyen de détraquer le *système* ?...

« Ça retourne l'estomac, empoisonne le foie, brûle des contacts dans le cerveau... C'est super.

— Et le sexe ?... »

Ce n'est pas pour me vanter mais c'est direct. Elle ne peut plus passer directement à côté.

« Parles-tu du sexe comme tel... ou au niveau des perceptions faussées ?

134

— Au niveau du vécu. Comme qu'on en a envie quand qu'on est vicieux... »

Je suis bien placé pour le dire. Juste à côté des commodités des infirmières, défilant comme des communiantes avec leurs bas blancs qui plongent sous leur uniforme blanc si clair qu'on voit leurs sous-vêtements blancs à travers.

« Tu parles du sexe en tant que sale...

— C'est le mot que je cherchais. »

Elle ne rit pas. Elle n'a pas le sens de l'humour. Ce n'est pas de sa faute. C'est ce qui est fou qui est drôle, et elle ne trouve pas ce qui est fou drôle. Ça lui ferait plutôt mal... Alors elle a ce qui est bon pour ce qu'elle a : le sens de l'humeur égale, du sérieux qu'on garde quand on monte la garde. Elle est neutre. Sans perte ni profit. A tout prix.

« Ça va avec l'alcool quoi. Qui est de l'eau sale finalement.

— Oui mais l'eau sale a produit la vie... »

On s'égare encore. Tout ce que je veux savoir c'est ceci, c'est si elle me trouve pas trop dégueulasse pour coucher avec moi ; elle qui en a tant vu, s'il faut se fier à ce qu'on a entendu... Mais tel quel ça s'introduit mal.

« Je voulais te parler d'amour.

— Je sais.

— En as-tu ?... T'en as beaucoup, mais en as-tu de reste ?... En as-tu, comme on dit, pour les fins puis les fous ?... T'en as-tu que tu sais pas quoi faire avec et, au lieu de le jeter, tu le ferais-tu avec moi ?...

— Pardon, j'étais distraite... Ah Seigneur...

— Pas *Seigneur* : Bottom. En enfer, on m'appelle Bottom.

— Moi, on m'appelle quand on s'ennuie. Mais il faut que je te laisse. Quand je t'ai répondu, ça sonnait à la porte, et ça a pas cessé.

— Mé mé mé, c'est complètement ridicule !

— Oui, ça me plaît bien. »

Qui a croqué qui dans ce quiproquo ? Moi qui la traitais d'un peu haut, comme le cas douteux qu'elle est, me débordait-elle ?... M'observait-elle comme si c'était moi la bébite ; me retournait-elle avec des pincettes ?... Je me le demande un peu, tenant de moins en moins en place dans le hall des Vétérans, fumant jusqu'à ce que mon paquet vide me justifie un retour à l'hôtel, où le roulement dans le service me ramène enfin ma meilleure, mon enjôleuse. Elle n'a qu'à sourire en clignant ses yeux trop chargés de mascara et je me sens chatouillé jusqu'au creux de ses fossettes. Ses belles façons, comme je les appelle. Ses faveurs.

« T'es trop fine, Céline, il faut en faire une affaire : je t'offre un verre. »

Comme la chose est défendue, ce sont des faveurs encore qu'elle me fait d'accepter un martini, puis un autre, qu'elle sirote à la sauvette, avec une connivence que j'éprouve comme une préférence dont je jouis de plus en plus et qui me donne de plus en plus soif.

« A huit heures, fous-moi à la porte ! »

Puis je me suis donné jusqu'à neuf heures et je me suis ramassé à et demie, trop tard pour que je me dérange ou que ça me dérange : j'avais réglé le fameux problème du mal. Je l'avais bu, éliminé en l'absorbant à rebours jusqu'à la Genèse. Il n'y en avait plus. Tout était aux pommes, comme avant le péché éroginel.

Puis on digère. Et dans le poison qui surit, les rats morts se raniment, s'attisent. La gorge serrée, la pédale au plancher, je les sens qui raffinent la surprise du châtiment qu'ils mijotent... Et je me cogne à un barrage de police. Une remorque a chaviré dans la

136

courbe de la côte : quarante-quelques pieds de scarabée sur le dos, les organes à l'air. Le clignotement des gyrophares jouant à fond sur mes nerfs, je me retiens mal de foncer, régler mon cas, passer une fois pour toutes à travers tout ce qui me retient... Il faut exploser tout de suite en un seul coup, ou en mille miettes le long du long détour, en rattrapant le Boulevard par le chemin du lac des Quatorze-Îles... Dans le méandre d'épinettes qui se tortille d'impasse en impasse au fond de la nuit murée, plâtrée, je geins et je gémis, puis mon fiel et mon feu se crachent, se hurlent. Oui, je pousse à tue-tête, à même le pare-brise, des cris qui ne le traversent pas. Je m'entends, me sens partir, je sais qu'on ne revient pas de cet autre côté où mon désespoir cherche à passer, mais on ne peut pas non plus réprimer ces décharges, ces contractions, ces crampes trop fortes et pas assez. Non, je suis trop vieux comme fœtus : je ne vivrai pas ; si je m'accouche pas à coups de couteau, je m'asphyxie dans mon ventre... Mais crie toujours, va ! Toujours plus fort. Et plus mal. On ne sait jamais. Peut-être qu'il y a dans le mal une masse critique où l'on mute. Souffle va, et que ça flambe ! Plus tu brûleras, moins il restera de ruines. Vas-y va, tisonne sans façon, c'est à partir de rien que se produisent les plus surprenantes mutations...

La cuisine embaume. En plein étranglement para-noïaque, je suis ressaisi à la gorge par l'arôme encore chaud d'un gros Betty Crocker au chocolat... La patronne l'a posé devant ma place à table, où elle a mis le couvert, avec une pochette d'allumettes dans mon assiette. Pour allumer les trois bougies plantées dedans... Je ne jouis pas tout à fait des sensations procurées par une pâtisserie bien sucrée sans les arroser, comme quand j'étais petit, avec un grand verre de lait. Elle m'en a fait tiédir un, en traçant quelques lignes, parfaitement claires, régulières, où je cherche si elle ne s'est pas donné tout ce mal pour se moquer de moi. « Avec la somme d'énergie que tu as générée en réussissant encore à me faire enrager, j'ai réalisé un exploit. En effet, j'ai fait trois pas. Une fois (et même plusieurs fois) pour toutes. J'étais bloquée à deux. Par ta faute, je me suis entêtée. Et j'ai fini par en faire trois à volonté. Trois que j'ai pu refaire tant que j'ai voulu. En tombant tout de suite après, bien entendu. Mais je me relève de plus en plus vite. Diminou. »

Je n'ai pas d'appétit. J'aurais plutôt la nausée. La crève. Mais je ne peux pas résister au bien et au bon que ce gâteau me veut malgré lui... Je n'ai rien laissé, pas une miette d'apitoiement, pas une trace de tendresse, pas une tache sur la porcelaine. J'ai tout englouti, croqué, léché. Si je ne passe pas la nuit, malade comme je serai, je n'aurai rien manqué.

*

Ce n'est pas pour lui montrer que je suis poilu que je découvre mon torse, mais pour mettre en scène, charger de tout son sens, l'alliance de grand-maman Carbo. Je n'ai pas un jeu à rien négliger.

« Comment t'en tires-tu chéri ?

— Ton opinion vaut la mienne. »

C'est bien connu : quand une chochotte vous demande comment ça va, ce n'est pas pour le savoir, mais pour voir si vous savez vivre. Répondez tout au

138

long et votre compte est bon. Si vous n'allez pas bien (ne fût-ce qu'un petit brin, juste de quoi dire pourquoi), vous êtes grossier !... Je charrie. Je lui fais des farces pour ne pas lui montrer le fond de ma pensée, tout en surface, à fleur de nerfs remordus, tout au trac et autres frissons que ça me donne d'être tombé sur une chochotte aux pommes. Tellement compliquée dans ses poursuites qu'elle y trouve des bonnes raisons de sourire au gâchis de ses meilleures intentions... Pour un rien, elle lève, elle se met au-dessus de la loi des sentiments... Elle est si belle avec les yeux chiffonnés de ma mère, elle fait sentir si bon le shampooing et le savon !... Je le lui dirais bien, mais elle aurait l'air de quoi ? De m'inspirer ?... Me donner des forces pour l'abîmer encore, la reflétrir ?... Et puis, chochotte comme j'ai dit, et comme je l'aime, elle aime mieux que je ne dise rien, que je n'y touche pas, que ça perce sa place par ses propres forces parmi tout ce qui pousse dans notre drôle de jardin.

« Mon opinion chéri, c'est que tu te traiterais mieux si tu étais ton chien.

— Moi c'est des rats que j'ai et que je traite bien.

— Pourquoi pas. On se trompe sur les rats. Ils ont tellement tort qu'on oublie qu'ils sont foncièrement innocents, qu'ils n'ont rien fait pour être des rats. Ça leur est tombé sur la gueule, comme ça. Ils leur ont dit : les petits gars, vous allez tous être des rats, que ça vous chante ou pas. Ça a fini là, il a fallu qu'ils se démerdent avec ça. »

Elle me sert ça à la sauce croquignole, pour ne pas en faire un plat, mais il y a quelque chose de pédagogique là. Comme des conclusions sans appel qu'elle aurait tirées sur mon destin... Qu'à cela ne tienne. Je surmonte tout d'un coup la petite horreur incestueuse qui me gâte mon envie, et je l'embrasse aussi fort que j'ai envie, je lui salope toute sa bonne figure. Je lui boufferais le nez tellement il est bon pour ce que j'ai, lui et tout le rejaillissement sur moi, magique, injustifiable, de sa personne. Elle a le souffle coupé, les joues cramoisies. Elle a eu la surprise de sa vie. Elle m'a même un peu repoussé, comme si elle avait eu peur que je la croque pour de vrai. Elle retourne à la cuisine sans attendre que j'aie fini mon café.

On a trouvé dans *Love Story* deux mots que je n'aurai aucun mal à retenir : *lurido* et *fottuto* ; « poche luride migliaia » se rapportant à la bibliothèque de Radcliffe, qui n'a que « quelque *sales* milliers » de bouquins, et « Cristo ho bisogno di quel libro fottuto » se laissant traduire tout seul. Ce sont des mots dont on dit que c'est pas beau. Et, pour une raison ou pour une autre, il se passe quelque chose quand c'est pas beau... J'ai mis de côté, intactes, ses trois sales bougies. Je ne les allumerai pas avant qu'elle me prouve qu'il y avait de quoi, qu'elle me refasse ses trois foutus pas quoi. Le jeu l'amuse mais elle prend l'enjeu au sérieux. Résolue à réussir du premier coup, elle réchauffe d'abord ses sales bras avec ses sales petits poids. Elle a perfectionné son dispositif de lancement. Elle n'a plus qu'à caler son foutu fauteuil sur le mur, bloquer les roues, et frapper deux fois dans ses mains devant son nez (la façon consacrée de mettre Avalokitesvara de son côté). Soulevée sur ses cannes, elle amplifie peu à peu, pour bien la mesurer, la force de l'élan qui doit la projeter en avant sans la jeter à plate face par terre. On craint mais ça tient : elle porte par ses propres moyens sur ses quatre propres pattes... Ça flageole mais le pied suspendu dans le vide avance, couvre la distance, entraîne l'autre pied, qui se pose sur l'autre semelle collée sur le linoléum. Elle me jette un coup d'œil tout écarquillé : as-tu vu foutu bas-du-cul, es-tu estoma-

140

qué, ahuri, est-ce assez sensationnel, je marche !... Elle flanche encore au numéro quatre, mais elle se ramasse sur les genoux, en chute parfaitement contrôlée. Je la loue un maximum.

« Je sais pas comment tu marchais dans le temps que tu pouvais, mais je suis sûr que tu marchais pas comme ça... Avec cette classe-là.

— Attends, attends un peu que j'aie repris mes foutues forces ; tu n'as encore rien vu. »

Sans tabouret, ni autre ressource que son swing de skieuse, comme elle l'appelle, elle réussit à se redresser, et aller se reloger sans difficulté dans la roulante.

« Qu'est-ce que je disais chéri ?... Autonome !... »

Toute distance qu'un bolide peut parcourir sans être ravitaillé, c'est de l'autonomie, c'est officiel. D'autant plus s'il décolle à volonté et atterrit en douceur.

« Qu'est-ce tu veux pour Noël ? Des foutus patins ? »

Sa figure se trouble dans le feu des trois bougies, qui naît et qui tremble. Elle sait ce qui lui plairait mais elle s'est promis de ne pas demander, le plus beau cadeau qu'elle peut me faire, et qu'elle tient à me faire, étant de ne plus rien demander.

« Tu es libre.

— Dis toujours... C'est le meilleur moyen de le savoir, si je suis si libre. »

Elle aime mon raisonnement, elle lâche le morceau : que je l'accompagne à la messe et au réveillon des Vétérans ; avec ce qui reste des frusques à Léon, elle me déguiserait en chef de cabinet, ce serait fantasmant... Je suis partant. Si on peut se paqueter naturellement... Et crasse comme je suis, je saute sur ce que la patronne a déjà plus ou moins renoncé pour créer une ouverture à l'invitation de Juba : elle était tellement désappointée quand je me suis dérobé et ça la rendait tellement irrésistible...

141

« On a prévu un petit apéro, deux verres de vin et le pousse-café... C'est peu, mais je peux te filer ma part...

— Je m'excuse de le prendre de haut, mais la veille de Noël, nous les crottés, on donne notre grand coup ! On se défonce, on se damne jusqu'au trognon... C'est sacré. C'est même tout ce qu'il y a de sacré dans cette sacrée bondieuserie !... On rit mais je me vois pas rouler sous la table entre les chaises roulantes, la main sous la soutane du révérend... »

On ne voit plus ce qu'elle pense. Elle a caché ses yeux derrière ses jumelles. Elle cherche Loulou parmi le tourbillon de mésanges toutes masquées pareil qui persécutent, d'une boule de suif à l'autre, un petit pic pas gâté avec son petit fleuron vermillon sur le bout de la tête (pas de nouvelle encore du matamore à huppe érectile). Elle reconnaît Loulou à son mauvais caractère et ses manières autoritaires, qu'une plume qu'elle avait de travers lui a permis d'observer. Loulou, oui, mais Loulou qui ? Loulou Atricapillus ou Loulou Hudsonicus ? Son guide sommaire la laisse perplexe. Loulou aurait le loup plutôt atricapillus mais ça dépend aussi de son cri et on ne peut pas démêler si c'est du *qui es-tu tu tu* ou du *chickadee dee*. Il n'y a qu'Andrew qui s'y reconnaît dans les mésanges, et autres drôles d'oiseaux à qui elle a toujours affaire.

« Tu as raison. Je n'ai pas à t'imposer une routine d'infirme... Asexuée par-dessus le marché.

— V'là autre chose !...

— Tu as raison ! Et je veux que tu te donnes raison !

— Tu te rends ridicule. Tu sais très bien que c'est toi qui as raison ; pas ce qui est tout confus et tout tordu, mais ce qui est net, comme toi. Et puis j'aime mieux avoir tort. C'est bon pour ce que j'ai.

— Je sais, je suis la patronne ; et c'est dans ton sang, de te mettre sous un règne. Je sais, je suis l'ordre

142

dont tu ne peux pas te passer. Parce que tout ce que tu sais faire, c'est subir et transgresser. »

C'est de la psychanalyse bouddhiste tout craché.

« Parlant d'Andrew, as-tu fini ta lettre ? »

Non. Plus elle lui écrit plus elle trouve de choses à lui dire, si chargées d'amour (elle dit « amitié ») qu'il ne les mérite pas, et qu'elle ne croit pas qu'elle va les lui communiquer... Elle me regarde et, comme si elle avait vu que ça porterait au comble mes amères satisfactions, elle me fait passer un autre extrait du procès qu'ils m'ont fait.

« Il disait : tu l'as pris dans ta maison pour brûler tes ponts, et le nôtre y passera comme les autres... Mais il en avait ras le bol. Pendant que je m'échinais à te défendre, à exploiter tes alibis, il a mis une cassette. Des balafons guinéens-Bissau, si ça se trouve. Je lui ai dit que sa musique m'ennuyait. Il me l'a fait jouer jusqu'au bout puis il m'a dit que ma musique lui faisait le même effet... On n'a plus les mêmes goûts en musique... Et c'est toi, chéri, qui m'as gâté l'oreille... Parfaitement !

— Ah le cruel, le baveux. Ah j'aurais pas fait mieux. »

Je suis allé à la bière à pied, pour sortir plus tôt et que ça prenne plus de temps. Je suis rentré à la grosse noirceur. Ça fait des journées courtes, trépidantes comme je les aime. Elle m'a bu une canette. Ça me prive et ça la force, mais je ne peux plus m'en passer, ça me fait trop plaisir. Elle avait enregistré des chansons à l'émission *Sette sere*. Il y en a une qui nous a tapé dans le tympan. On l'a usée à la faire tourner, en notant chacun de son côté les mots qu'on pouvait attraper. *Stelle nelle tasche più non ho.* C'est fou mais ça me prend à la gorge. Moi non plus, « je n'ai plus d'étoiles dans mes poches ». Je les ai toutes jouées sur un rêve, et toutes perdues. Il ne nous en est pas retombé une, Bruno et moi, du ciel où nous dormions avec les dieux et les saints, la tête sur l'épaule du chemin. Une grosse enseigne au néon crépitait avec les criquets qui nous berçaient dans le courant du trafic happé par le pont de la baie de Tampa, trois mille de long, interdit aux piétons.

Le shampooing, on n'est pas plus avancé quand on fait comme à la télévision, en versant la moitié du flacon pour s'en tirer en une seule tripotée. La mousse se déchaîne. C'est la croix et la bannière pour s'en débarrasser. Le truc est de se limiter à un plein bouchon et répéter l'opération. On ne laboure pas le cuir chevelu avec les ongles non plus ; ça abîme. On masse avec le bout des doigts. Les jambes, c'est une autre paire de manches. Il faut les lui maltraiter : taper, frotter, gratter jusqu'à ce que le sang noie les pores et démange les muscles. Elle crie aïe, aïe, mais elle n'en a jamais assez, comme si elle avait péché par où elle a été punie... Les seins, sortis tout tremblants de leurs tentes, tout palpitants de la vie, de la présence monstrueuse qu'on leur a données en faisant trop semblant de les ignorer, il faut les dédramatiser. On tourne autour en empiétant petit à petit, jusqu'à ce qu'il ne reste plus que l'extrémité, un point abstrait déjà débordé par la mousse et qu'il n'y a plus de raison qu'on ne savonne pas pour de bon, à la va-comme-je-te-savonne, comme si on était venu à bout de l'anxiété créée par les mamelons, la crainte de Dieu inspirée par le mystère des voies lactées, la magie des astres qui se percent pour nourrir. Mais le vice est plus fort que le vicieux ; toute leur grâce mouillée, renforcée par le rinçage, me les fait admirer en pleine face, avec l'audace des grandes défaillances.

« Qu'est-ce qui arrive ?

— J'étudie comment c'est fait...

— Mêle-toi de ce qui te regarde.

— Je sais pas si ça me regarde... mais ça regarde ! »

Elle se regarde, pour voir ce que je veux dire. Elle va pour riposter du tic au tac mais elle se ravise. Et sa plaisanterie ravalée se met à l'éclairer de l'intérieur, comme une folie, une jeunesse moins perdue que négligée, rangée comme on dit quand on parle du cœur en termes de placard. De la même façon, je vais pour m'innocenter mais je laisse tomber. Qu'elle continue de s'imaginer que je l'ai lutinée, si ça peut lui faire plaisir, comme ça a bien l'air... A moins qu'elle n'ait vraiment rien à se mettre derrière la tête et que ce ne soit moi qui me fais des idées qui me font plaisir...

« Bonne nuit chéri. Je t'aide bien va. »

Le petit train est entré en gare à bout de vapeur, chargé de malheurs. On ne peut pas placer un mot. Juba vous tourne la tête en dépotoir sans vous laisser ouvrir la bouche pour aérer, comme on change d'oreille quand c'est rôti ou de bras quand c'est engourdi. Il ne suffit pas d'écouter sans fausser le débit, il faut encore la stimuler, la chauffer, profiter de ses soupirs pour pousser quelque exclamation (shit ! fuck !) qui la relance... Et je ne triche même pas. J'en redemande !... J'en raffole !... Je suis fait comme ça. Le cœur sur la main et la main aux fesses. Si je m'étais fait, je ne m'en vanterais pas ; je ne me prendrais pas pour Dieu en tout cas.

« Je l'haïīīīīīs !... »

Bruno. Mon frère macchabée comme elle me l'a surnommé... Il avait appelé pour lui dire qu'elle ne le reverrait plus. Il est revenu comme d'habitude, à quatre pattes à quatre heures du matin. Il a fallu qu'elle se ramasse, qu'elle s'habille, qu'elle descende payer le taxi... Il avait tapé sa mère et sa sœur pour se louer une garçonnière et recommencer sa vie mais, dans l'autobus Voyageur, il s'est trouvé assis avec le tournant de sa vie, un ange avec des petits boutons d'avitaminose et le mot LOVE épelé sur ses petites phalanges. En fourrageant dans son petit sac à franges pour lui donner du feu, elle a coquettement bouleversé une petite cuiller, une seringue, un mouchoir tortillé en garrot. Il a tilté, il a lévité, il était tout mouillé. C'était Kitty Winn incarnée et elle le racolait, elle le faisait jouer dans son film... « Veux-tu scorer, j'un bon contact. » Elle sautait sur le téléphone en débarquant, le stock était en route, il a fallu que Bruno crache. Toute la sollicitude familiale y est passée. La petite garce s'est engouffrée dans le parking du Palais du Commerce pour conclure sa louche affaire, et elle n'est plus ressortie... Kitty Winn n'aurait pas mieux roulé Bruno. Il était *possédé*, il ne s'appartenait plus. Il l'a cherchée toute la nuit, dans tous les bars surveillés, tous les trous qui avaient l'air ravagé qu'elle avait. Ayant vu Kitty Winn se shooter dans la première chiotte venue, il fonçait dans les toilettes de femmes et tapait aux portes des cabines occupées... Du moins, il s'en est vanté ! Et cet après-midi, quand il est reparti, il était encore plus épris, si inspiré que ça le purifie... C'est fini, il ne galvaudera plus sa libido. Juba aura à se priver de ses services quoi. Il ne s'exténuera plus une fois par mois quoi.

« Toi qui as grandi avec lui, qui m'as si souvent plaidé sa cause, rejetée dans ses bras, comment trouves-tu qu'il agit ? Non mais franchement, comment tu trouves qu'il me traite ? »

*

Ça a fini mal. Dans la bave et le sang. Et ce n'est qu'un commencement. Mais je n'ai pas pu la tuer, j'étais trop soûl, elle est trop costaude, elle a trop de cran. Mais je tremble et j'ai froid comme si son cadavre soufflait sur moi ; j'ai la peau glacée, la chair de frousse ! Je ne téléphone pas là-bas, c'est la police qui va décrocher !... Le jour se lève, il entre, il a mon portrait, il accomplit avec son atroce minutie sa besogne de me désigner, me coincer, me coffrer dans les relents du canapé où je fais mes prières (maudite ordure de Christ de dégénéré, ah là ah tu vas y goûter là mon pété, mon effrontée calamité, mon petit Christ de sale, de mental, de frustré foireux). Je compte sur les autres cachets que Juba est montée chercher chez Nicole pour m'exaucer, desserrer un peu la corde, que j'avale l'os, que je respire !...

Je me suis ramassé ici en taxi. Torse nu. Rien sur le dos que la petite chaîne de grand-maman Carbo. Pas d'anneau ! Je n'ai pas pu perdre l'un sans l'autre, ça ne tient pas debout. Je l'ai cherché dans l'escalier, dans la neige, dans le trafic de l'avenue du Parc... Je le cherche encore, dans ma tête, où je ne vois que du rouge. Des mains pleines, pissantes. Mais je n'ai pas pu me laver si bien qu'il ne reste plus rien, même pas sous les ongles. Et ça ne pouvait pas gicler sans m'éclabousser, sans laisser une trace, une tache ; ça ne tient pas debout !... Mais quoi ? Qu'est-ce que j'ai fait qui me rend si dément ?... Négocions. Mettons violence et grossière indécence... Ce serait bien assez. Et Francine n'en demandait pas tant pour me démasquer, faire mousser ma crasse de petit taré, me traîner dans la boue sur la place publique. Tant mieux pourvu

147

qu'elle le fasse en personne, pleine santé, pleine possession de tous ses moyens pervers. Ô Tara, née des larmes d'Avalokitesvara, la pompe à poisse déborde, faites que je l'aie battue, que je l'aie violée même et que je croupisse vingt ans en prison, mettez-en, pourvu qu'elle vive, qu'elle soit d'attaque, d'humeur à en profiter un maximum !... Dans la gueule aveugle où je me suis fourré, il n'y a pas de petites délivrances. J'aime mieux vingt ans tout de suite qu'encore une heure avec ces crocs plantés dans mon crâne.

La veille de Noël a commencé comme si nous avions assez lutté, payé assez cher avec toutes nos infirmités pour que ça se mette une fois pour toutes à bien aller. Tout baignait dans l'huile. Je me suis levé de bonne heure et de bonne humeur, et on a fait en équipe la distribution des paniers à ses familles nécessiteuses préférées. La patronne me prenait la main, m'appelait chéri sans raillerie, me regardait en souriant sans rien dire, s'amusant à transformer chaque geste, chaque expression, en démonstration de solidarité. Avant de se quitter à l'hôpital des Vétérans, on a été stationner au fond du parking, comme des adolescents pour se bécoter. On l'a même un peu fait.

« Eh bien, joyeuse défonce ! »

Elle me le souhaite sur la bouche, insistant, sur la bouche encore, avec une vraie ferveur, comme si elle y croyait, pour que je lui prouve que ça peut se faire dans la joie.

« Amuse-toi. Descends à Montréal. Vois tes amis. Va au diable. Va aux moules... Mais ne prends pas la voiture, j'ai trop le trac. Entends-tu, ça me terrorise... Fais-moi plaisir, trotte, lâche ton fou, mais prends le taxi. »

Elle me remet une carte de Noël où un reçu du chauffeur des Quatre-Coins m'assure sa disponibilité jusqu'à minuit. Puis elle prend sous son bras, comme pour l'emporter, sa dernière boîte de cadeau. Mais au moment où je l'installe dans son fauteuil, elle me l'offre, avec une hésitation qui nous la fait tomber des mains, unanimement.

« Je me suis dis... tant qu'à se rendre malade pour se rendre malade, qu'il se rende au moins malade à ma santé. C'est fou ! »

Tu parles. Du cognac ! Pardon, une fine Napoléon. Elle a tout prévu quoi. Flatté toutes mes tentations. Des plans pour me faire faire mon ménage et mon lavage, par esprit de contradiction.

Après une bonne lampée, j'ai trouvé mieux, une idée comme quand on n'en revient pas d'avoir trouvé ça tout seul. J'ai affilé ma hache et, le chat accroché à l'épaule, je me suis enfoncé dans le bois, aussi loin qu'il a fallu pour repérer le parfait sapin des cartes de souhaits. Mon petit Bouddha à trompe était tout ce que la patronne, qui l'avait même financé, recevrait comme étrennes, mais il serait logé aux pommes, au pied d'une merveille de la nature ornée à la main avec rien d'acheté au magasin. Des clous neufs au bout des branches créaient des glaçons extra. Après une bonne attisée dans la cheminée, et une autre dans le corps, je confectionnais des cheveux d'ange, en arc-en-ciel, à coups de bouts de fil cassés un par un à même une batterie de bobines. J'en avais pour des semaines. Quand la sonnette a retenti. Et que Francine a surgi. Du moins ce qui en restait sans son air bête et buté. Elle me souriait ! Pas beaucoup, ni les yeux bien en face des trous, mais elle ne me bavait plus dessus. Du tout.

« J'ai quelque chose à vous parler... »

Elle me refilait le paquet enrubanné que ce barbarisme désignait, déjà occupée à se déchausser, pour ne

149

pas salir... Il n'y avait que ses pieds dans les bottes fourrées. Tout engourdis par le sommeil des trop petits, tout sagement rangés par ordre de grandeur, et comme blessés par leurs masques limés, vernis, plantés dans la peau, ses orteils m'ont sauté aux yeux. J'ai vu rose. Elle m'a pris sur le fait. Elle m'a laissé faire. Sur je ne sais quel invraisemblable ton de familiarité parfaitement contrôlé, elle engageait la conversation. Elle veut offrir des Adidas (des souliers de course) à Madame, et elle se demande si même si Madame entend rire ce n'est pas pousser le gag un peu loin. C'en est un d'une certaine façon mais n'empêche qu'elle s'est bien informée et que c'est ce que Madame peut chausser de mieux pour soutenir ses chevilles quand elle fait ses exercices.

« C'est génial !... Et ça tombe bien, je lui bricolais un petit arbre de Noël. »

Génial, qu'elle s'exclame à son tour. Elle qui ne me grognait pas bonjour. Elle se fout du monde. Je m'en fous moi. Je ne demande pas mieux moi qu'elle me tende un piège qui me fasse succomber. Je me sens déjà bien attrapé... Pourvu que ça dure, qu'elle ne me lâche pas, qu'elle me fende encore un peu le cœur avec la violence de ses rondeurs, propagée jusque sur ses pieds trop blancs, comme poudrés pour jouer la comédie eux aussi.

« Mais c'est un peu chenu, je trouve... »

Aussitôt dit, aussitôt elle a pris charge des opérations. Elle descendait du grenier avec une peau de bison qu'elle aménageait en jardin pour camoufler le piétement. Elle enrobait de papier d'aluminium une étoile des Rois Mages en carton. Elle façonnait des choux et des cocottes inspirés par ses notions d'origami. Elle commandait du papier, des ciseaux. J'allais chercher la colle et la farine pour faire la neige et le verglas. Je retombais dans mon rôle préféré de faire les commissions et de me réchapper en me jetant dans la boisson. Je voulais jouer dans sa main, comme on dit au whist, mais elle n'ouvrait pas son jeu. J'anticipais le pire : la patronne me l'offrait comme étrenne ; la coquine attendait le coup de minuit pour s'étendre au pied du sapin et que je la déballe. Je prenais les devants en lui offrant du cognac.

« Ça me donne mal au cœur.

— Qu'est-ce que tu penses que ça me donne, à moi ?

— Personne vous force.

— Tu veux que je te force ?... »

Je l'ai suppliée, à genoux. J'ai dû renoncer à lui faire emboucher mon goulot, qui la répugnait trop, mais obtenu de lui en servir « un petit brin » dans un verre. Je lui en ai mis plein un ballon, où elle m'accordait de puiser pour me récompenser quand je lui rendais service, ce qui fouettait mon zèle. Elle a eu chaud, elle a ôté son tricot, elle est restée en maillot, ou quelque chose comme ça, échancré autour des épaules. Quand elle levait les bras pour percher ses créations, ça sentait bon l'herbe mouillée.

« Regarde, ça me dégoûte pas moi de boire sur tes traces poisseuses !... Au contraire ! »

Je lui prenais le ballon et je le lui dévorais, puis je remplissais et j'engloutissais encore. Si elle était impressionnée, elle me le cachait bien, mieux que le reste, qui débordait pour peu qu'elle se penche et qui, pour peu qu'elle se redresse, se dandinait dans le coton, dansait sur ses pointes.

« As-tu vu ? Le coup de l'escalier de la Coopérative !... T'as manqué quelque chose !...

— Z'avez rien qu'à recommencer... »

Je suais à grosses gouttes, j'avais le cœur qui cognait, je n'ai pas hésité, je le lui ai refait. Elle a jeté un coup d'œil, par-dessous le bras, entre les poils. Elle me houksait.

« Y a rien là !

— Puis on a rien pour rien, hein ?... Alors fifty-fifty : je te montre les miens, si tu me montres les tiens. »

Je lui retroussais mon chandail pour l'allécher. Elle m'a rachevé en me montrant sa langue. Un petit bout, une crête. Avec des airs, qu'elle se donnait ou que je lui prêtais, de me sortir ça de sa culotte.

« J'aurai tout vu ! »

Puis j'arrachais mon tricot pour qu'elle voie tout à son tour. Puis les images qui explosent dans ma mémoire ne s'enchaînent plus. Ou je cherche à escamoter ce qui cherche à s'imposer...

Elle rassemble en guirlande des festons découpés dans La Presse, et c'est clair dans ma tête à peu près revissée d'aplomb : je me rends ignoble exprès, pour sauver l'honneur, venger les genoux râpés à ramper pour leur plaire, toutes autant qu'elles sont, ma mère la première.

« Regarde-moi que je voie ta face... Ton autre face... La face que tu me fais quand tu me regardes comme tu me vois.

— Prenez sur vous, vous allez encore capoter. Ça me ferait de la peine...

— Un taré, ça fait de la peine à qui ça veut, quand ça veut. Ça a le droit !... Si ça l'a pas, qu'est-ce que ça a ?

— Tut tut... Voyons donc... Vous si capable ! Si homme qu'elle vous fait porter un jonc...

— C'est l'anneau des tarés qui ont raté toutes les épreuves... Il irresponsabilise. On peut tout gâcher, tout saloper : plus de danger ! On est blindé, immunisé !...

— Je sais, je le connais. »

Me remordillant son bout de langue, elle empoigne

l'anneau avec la chaîne et me les tord autour du cou, jusqu'au point de rupture.

« Je le veux.

— Pourquoi faire ?

— Pour voir si vous êtes assez cave pour me le donner.

— Pas si t'es pas assez garce... »

Elle a compris. En un tournemain, elle m'a jeté son maillot à la figure.

« Donne à cette heure ! »

Pendant qu'elle ouvrait l'agrafe et testait le bijou sur ses doigts, je me prosternais sur ses pieds, j'aspirais leur moiteur en reniflant, j'enfonçais les dents dans la mie en grognant, chevrotant, roulant les râles les plus défaillants pour achever de la dégoûter, pour l'écœurer jusqu'à ce que ses os craquent. Elle était ravie ! Elle avait flairé ces talents qu'elle poussait au plein épanouissement.

« Dix-huit carats. Combien ça peut valoir ?

— Ça vaut pas tripette si ça vaut pas ton nombril, je veux voir ton nombril. Ton nombril et ta luette. Ah montre-moi ta luette. »

Je luttais pour l'éplucher, lui arracher ses jeans. Et je ne rigolais pas. Et elle ne se défendait même pas. Elle remontait son zip pour me « niaiser », puis elle croisait les bras pour jouir du spectacle. J'avais beau m'emporter, m'épuiser, baver, délirer, elle n'était pas pressée, pas menacée, elle n'allait pas quitter son siège avant que le diable enfourne le possédé.

« Ôte ça, tu vas voir, tu le regretteras pas, tu resteras pas toute nue, je vais te rabrier à mort, t'emmitoufler à la grandeur en épaisseurs de caresses, ôte ça va, tu vas voir, je vais te tatouer des mots d'amour partout, te mordiller des bagues à tous les doigts, te sécréter des perles autour du cou, te mignoter des pendants d'oreilles qui vont traîner jusqu'à

153

terre, sois pas chienne avec moi, ou sois plus chienne que ça, que je te régale, je t'aime, je t'aime... »

Puis il m'en manque encore un bout... Puis je vois que j'ai renoncé : je m'en fous, à grands coups de cognac au cœur.

« Ça tue, tu sais...

— Ça prend du temps.

— Je suis pas inspiré, garce... »

Ça n'a pas traîné : elle a tout enlevé. Et je me suis jeté au fond de ma fine Napoléon comme si ça avait été au fond d'elle, et je suis resté au fond de ce dont je remonte avec un trophée de plus en plus lourd de peau qui saigne et de tripes qui crient.

\*

Juba ronfle jusqu'à travers la porte. On n'a plus les princesses qu'on avait. On guette au plafond des signes d'activité pour aller quêter d'autres démerols à Nicole. Ça fait du bien, ça rend crétin. Mais les crétins sont des rêveurs. Pour peu qu'ils dorment, ils font des cauchemars. C'est encore le sang qui m'a réveillé. Il imbibait le maillot de Francine, chiffonné, jeté au pied du sapin où s'enroulait sa guirlande en dentelle de journal. Francine, je criais Francine plein mon ventre, plein la cuisine, la salle de bains, la véranda. Et puis ça klaxonne. C'est le taxi, gagné par ma panique, toujours plus stridente. Je grimpe à l'étage, je suis stoppé net, saisi à la gorge : *je sais*. Mais c'est trop fort, ça se rompt, j'explose à l'intérieur, je n'ai jamais eu si peur, j'ai peur de faire peur au chauffeur, je cherche à justifier mes tremblements, mes sueurs.

« C'est une pétée. Elle a sucré mon café avec des cubes de LSD !...

— La petite Frappier ?... »

Il glousse. Ils se tiennent tous, tous alimentés par le réseau de renseignements de la mafia des Quatre-Coins. Et les ordures qui se frottent à leurs petites Frappier, ils les débitent à la tronçonneuse. Mais pas tout de suite. Ils les aiment mieux rongées à fond par leurs rats morts.

Nicole me regarde dans le blanc des yeux, excepté que je n'ai plus de blanc dans les yeux. C'est jaune, comme tout mangé par une moisissure jaune. Pourquoi qu'elle est si cruelle, qu'elle ne garde pas ça pour elle ?

« Si jaune que ça ?

— Jaune jaune.

— Jaune criminel, ça s'appelle.

— Si tu le dis c'est que tu le penses, que tu te programmes pour que ça t'arrive, si c'est pas déjà fait comme tel. »

Elle s'en fout elle. Elle dit ça comme elle dirait n'importe quoi, en poursuivant sans pitié l'examen de mes globes. La joaillerie des siens est brouillée elle aussi, mais comme j'aime, par ce qui émane de ce qui dégage trop de chaleur.

« J'ai bien du bien à dire des tiens mais je te mets ça de côté, hein ?... Hein ?... »

Tout ce qui l'intéresse c'est que je fasse une hépatite, un fléau qui cloue un mois au lit. Adé lui en a fait deux. Il y en a qui en meurent.

« Quelle bonne idée !... »

Quand Adé est tombé (au champ d'horreur), elle a dû s'adapter. Déguisée en blonde, elle a appris à Ophélie à faire la planche, à flotter, ça lui a de plus en plus plu comme état, elle l'a adopté, il n'y a pas de

155

flotteuses heureuses mais ça soulage tellement finalement de n'avoir plus de bonheur à chercher. Elle
médite à la transcendantale mais sur le dos, en ciblant
un flash d'Adé : le désordre nul jeté dans l'hiver
arctique par le plongeon du harfang sur un lemming
aussi blanc... Elle attire les moineaux sur le bord de sa
fenêtre en leur beurrant des tartines.

« Je te crois pas. »

Elle ne ment pas : elle n'a pas aussitôt ouvert que le
courant d'air lui en charrie vingt qui se sauvent en me
voyant. Elle reconnaît les mâles à leur espèce de
cravate.

« Nous, on a attiré un pic, un monstre, panaché,
bariolé, un vrai perroquet ! »

D'autres oiseaux lui sont peu à peu venus. Des
nocturnes. Ils entrent, ils sortent, s'ils restaient elle ne
les garderait pas, elle ne leur demande rien, ils
donnent ce qu'ils ont, le pharmacien des remèdes, le
libraire des livres, le contrôleur du métro des tickets
d'autobus, c'est la même chose sauf qu'elle ne prend
pas le métro, elle a peur des profondeurs, toutes les
profondeurs. Ils font ce qu'ils peuvent, surtout pas de
sacrifices. Ça fait des victimes, les sacrifices. Ils la
traitent bien. Elle a tout ce qu'il lui faut, et rien dont
elle n'aurait rien à faire.

« Qu'est-ce que tu donnes à Juba ?

— On fonctionne à un autre niveau.

— Où il se passe rien comme tel. Fais-lui des
cadeaux, tu verras, elle te les rendra plusieurs fois
finalement. »

Ça déborde dans l'armoire à pharmacie. Pressés les
uns sur les autres et par-dessus les autres sous leurs
bonnets blancs, les petits pots transparents confondent leurs espèces de graines de plantes extraterres-
tres. C'est de toute beauté multicolore. Nicole y a
trouvé une gélule qui dégonfle mieux la tête, qui fait

plus vite désenfler cette contusion, cette atroce excroissance. Je me déshabille pour prendre ma douche. Elle est restée dans la porte avec son verre d'eau et elle écarte, pour ne rien manquer, la mèche portée à lui tomber sur l'œil.

« Je regarde si t'as des bobos. »

La jaunisse, le satyriasis, la schizophrénie, ça va ; elle a même un drôle d'oiseau qui a un cancer qui s'est anastomosé, et ça ne la dérange pas. Mais les bobos, comme les boutons dans le dos, elle ne supporte pas. Ça la dégoûte ou quelque chose comme ça. L'horreur est humaine...

« Sois pas inquiet, t'es correct... »

Ne t'en fais pas va, je ne suis plus inquiet, plus une miette, tellement pas que ça m'inquiète, je me retiens, je refrène le sourire qui m'envahit, qui me tord tout le corps, je me rince à mort à l'eau glacée pour ne pas sombrer dans l'euphorie fofolle. On se sent si bien après avoir eu si mal que si c'était à recommencer je souffrirais plus fort. Je suis aussi ignoble, aussi charogne, mais comme ça m'est égal ! Comme ça m'est inférieur, comme on est petit quand on se voit de l'extérieur, comme il y a de l'air, comme on respire !... J'ai battu, violé, éventré, mettez-en : c'est du feu et j'ai le pied sur la pédale qui le transforme aussi raide en pure énergie, puissance propulsante, essor glorieux pour me catapulter à volonté jusque par-dessus la mort. Ah grimaces et déchirements, ah dérisions, ah on ne m'y reprendra plus. Je ne m'en ferai plus, des montagnes qui se digèrent avec une pincée de poudre !

On le sait, mais on n'y pense pas assez : on est une erreur qui se corrige en se gommant. Pas besoin de regretter, se martyriser pour se racheter, on est pardonnés d'avance, de force, pas rien qu'absous mais dissous, déjà nettoyés petit à petit par le vide. On ne

157

peut pas s'en vouloir, on n'est pas dans notre état normal : on est vivants ; on a des visions, on hallucine. Je comprends tout, à un régime tel que j'en escamote la moitié à Nicole, que je harcèle pour qu'elle acquiesce et qui me change ses draps tout étourdie.

« Non mais c'est vrai : on se trouve coupables parce qu'on s'est pas bien regardés, pas vus comme on est vraiment : tordants !... On est tous en train de se noyer, comme les avortons qu'on est, les embryons jetés avec le bocal. Qu'est-ce qu'on fait ?... Notre lessive !... On lave notre conscience !

— Quand on est fatigués, on parle trop vite, et on a des accidents... Aie pitié de toi, couche-toi. »

Je n'ai que de l'admiration ! Je ne veux pas dormir, je veux un café bien noir pour galoper encore, chevaucher à fond ma métaphysique d'affranchissement. Je la suis, je lui marche sur les talons, je l'aide à scruter l'eau pour voir si elle va bouillir dans la casserole qui en a vu d'autres.

« T'en as mis trop. C'est rien que de l'eau, tu me diras. Pas pour tout le monde, tu sauras. En Italie, c'est de l'*acqua*. Ici on marche *le long de la plage*, là-bas *piaggia piaggia*. Il se passe quelque chose quoi ! »

Je lui remets ça avec *pigio* (une foule) et *pigia pigia* (quand elle se fâche). Ça dégénère en théorie de l'effet des sons sur le sens des choses, ça tourne à la persécution, je ne vais plus la fermer si elle ne prend pas les grands moyens, elle me la bouche avec la main, je la prends comme un bien que je lui lèche comme un chien, elle dit que c'est assez mais mes lumières renforcées, jetées au fond de ses pensées, saisissent que je l'ai intéressée. On dirait en effet que je lui fais sexuellement de l'effet. Je n'ai jamais vu ça, je ne sais pas comment prendre ça. Elle me le dit : en me déconseillant d'en profiter.

« C'est trop facile avec moi, ça vaut pas la peine. »

Elle ne me fera pas avaler ça, surtout pas comme ça, en baissant la tête pour me donner le dessus sur elle, moi qui n'ai jamais le dessus sur rien. Je lui déclare mon amour en lui bouchant la bouche à mon tour, pour qu'elle réfléchisse avant de répondre.

« J'ai un gros cul.

— Et puis quoi encore ? »

Ça n'a pas traîné. On est tombés dans les bras l'un de l'autre et elle s'est serrée si fort qu'il ne restait pas de place, entre nos deux carcasses, pour le moindre doute : ce n'était pas pour faire des farces, mon heure était sonnée. Elle haletait dans mon cou et moi dans le sien comme si nous avions couru tout le long, tout le temps que nous avions passé à réduire la forte distance en aussi forte coïncidence. Elle était trop pressée. Elle détournait la face pour ne plus que je l'embrasse, elle griffait mes mains pour que je cesse de tâtonner.

« Non, non, tout de suite !...

— Tout de suite ? Ici ? Dans la cuisine ?... »

Elle s'abandonnait à mes transports qui comptaient sur ses compétences. Je la renversais sur le plancher, dans les saletés. Elle s'est échappée en repoussant d'autres enfantillages. Je l'ai rattrapée et coincée contre la table, où elle s'est aussitôt répandue. Je veux me rappeler au moment de mourir cette minute où j'étais si riche, ses doigts de pied qui me riaient au nez, ses talons qui battaient ma poitrine et qui faisaient refluer ses fleurs imprimées jusqu'au fond de son jardin, où il n'y avait qu'elle... Puis elle s'est roulée et blottie sur son ventre, les yeux enfouis dans les cheveux versés sur la nappe...

« Je veux pas que tu regardes. »

Elle lance ses mains sur les miennes pour attraper les bords de sa jupe qu'elle rabat par-dessus sa tête, comme si elle cherchait à se cacher mieux pour ne pas voir si je regarde... Elle est toute blanche. Elle n'a pas de secrets. Pas une ombre sur la rose qu'Adé voulait dire quand il l'appelait sa rose sans épines, où mes palpes plongent encore, chassés encore. Elle a hâte que ça commence ou que ça finisse. On ne voit plus trop où on va dans son cinéma.

« Non, non, toi toi !... »

La vie s'arrête, elle est finie. On n'a plus à chercher, on est logé, à mort, comme si la mort était chaude, était faite de tout ce qu'on souhaite au lieu de tout ce qu'on craint.

« Bébé, qu'est-ce que tu fais ? »

Elle remue pour me faire faire quelque chose, mais il n'y a rien à faire. Parce qu'il n'y a rien à changer. C'est si fragile, tiens-toi un peu tranquille que ça tienne, que ça prenne, que je m'enracine, je veux rester planté là jusqu'à ce que je pourrisse.

« Laisse-moi pas partir toute seule, viens avec moi, viens... »

Je me suis retenu, je l'ai retenue, j'ai combattu le peu que j'ai pu le ridicule qui tue, l'explosion absurde de la joie qui se détruit parce qu'elle ne se supporte plus. Mais j'ai perdu la face en lion, en la mordant dans le cou, bien d'aplomb, pour lui faire passer le goût d'en faire un scandale international... Moi qui pensais que je n'étais bon qu'à ça... Il n'y a pas moyen d'en sortir, on fait tout à sa ressemblance. Et ce n'est pas pour me vanter mais je ne me suis pas raté comme ressemblance. Plus ressemblant on bouffe sa merde... Il n'y a pas de justice : je m'inflige les pires supplices et je ne me fais pas arrêter par la police. J'ai été me coucher sans me laver. Elle est venue me laver sans rien dire, excepté qu'il restait de l'eau qui bouillait si je voulais encore mon café. Mais elle n'a pas insisté. Elle avait intérêt.

On m'a dénoncé : le taxi. Ils ont la preuve du crime : la victime. Ils sont six, dix, ils défoncent, ils me saisissent par la tête, les membres, ils tirent chacun de leur côté, ils tordent jusqu'à ce que ça casse, ils me jettent aux pieds de Francine. Elle brandit les ciseaux. Elle les a empoignés ouverts et elle me « niaise ». Bravant mes menaces de lui arracher l'anneau avec l'annulaire, elle serre le poing sur les tranchants, qui lui fendent la main. Le sang lui pleut sur le ventre et les cuisses et elle presse encore, elle raille encore.

« Envoie, Ti-Poil, donnes-y tout ce que t'as. Fais-moi peur, j'aime ça, je veux jouer moi avec. Tu vas me faire peur puis je vais te faire peur puis on va voir qui qui va avoir le plus peur... »

Je me réveille en sueur sous une compresse de cubes de glace appliquée par Nicole... Je pensais que je faisais un cauchemar et c'était encore mon cauchemar qui me faisait. Ces grimaces en rafale de flash-back, c'était du cinéma documentaire.

« Joyeux Noël... »

Nicole est au-dessous de tout, droguée jusqu'aux cheveux.

« Je vois pas ce que tu veux dire. »

Elle veut juste dire que c'est encore Noël. Je me suis endormi à Noël et je me réveille à Noël.

« Pas de nouvelles ? »

Juba est montée pour me souhaiter un joyeux Noël, elle n'a pas osé me déranger, elle est partie embrasser sa tante Ottla qui déprime à Noël.

« Elle a rien dit ?

— Elle t'a laissé ton cadeau de Noël. »

Je le reconnais, c'est le trou de ses vieux collants... Elle l'a collé sur un carré de carton, où il encadre la tête de singe libidineux qu'elle m'a faite. Elle m'écrit qu'elle a joué mon sort au dreidel et qu'elle est tombée sur le *noun*, le signe du Miracle : je suis sauvé !...

161

« Attends, je te reviens tout de suite. Et toujours. »
Elle a mis en post-scriptum : « J'ai téléphoné là-bas.
Personne en danger... »

Qu'est-ce que ça veut dire ça ?... Combien de monde
à l'hôpital ?... Je demande à Nicole, qui ne voit plus
que sa mèche lui bouche la vue. Ça ne lui fait pas un
pli. Moi non plus dans le fond. Je suis rassuré. Trop. Je
n'aime pas ça. J'aime mieux la tremblette, la chienne,
l'alerte, les nerfs chargés pour le pire.

« As-tu quelque chose comme un tonique au
trac ?... »

Ça cogne plus dur quand qu'on les croque. Elle en
croque un couple elle-même, même si elle a déjà réglé
tous ses problèmes. Elle reste plantée là à me regarder
comme si elle me cherchait. Je ne la retrouve pas toute
toute non plus. La lumière brutalise son teint de
rousse attendrissant, accidente la géographie de ses
mains aux ongles trop courts, perce le mystère de ses
yeux.

« Tu m'es tellement étranger, tu me rends étrangère
à moi-même... Ça me plaît bien quelque part.

— Avance un peu ici que je regarde de plus près ce
que je t'ai fait.

— Il y a pas de quoi. »

Je m'en fous, je veux m'en fourrer partout, en
profiter avant qu'elle ait réussi, mêlée dans ses fioles
comme elle est, de m'empoisonner, ce qui est toute la
grâce que je me souhaite.

« Je sais pas si tu le sais mais on est les cadeaux
qu'on a eus pour Noël. Et je t'ai même pas touchée.
Même pas toute vue... Ils vont me pendre et j'aurai pas
vu exactement pourquoi. Montre-moi. »

Elle s'est laissé regarder, les mains sur la figure,
pressée de refermer les cuisses où mes traces s'impri-
maient dans les rougeurs d'une sensibilité qui
m'échappait, puis pressée de se pousser, de se plan-

quer sous moi. Je lui voulais du bien, et je voulais lui faire le bien que je lui voulais. Mais en luttant pour elle j'avais trop à lutter contre elle.

« Arrête, ça m'irrite.

— Christ, attends au moins que ça te fasse du bien !

— J'en ai pas besoin ! »

Alors je lui ai fait tout ça tout seul, désespéré, puis poussé par le désespoir à recommencer, encore plus fort, encore plus mal, bachi-bouzouk total. Pas plus vache, elle résorbait l'agitation consécutive à chaque échec en me pressant un bon coup sur la poitrine qu'elle n'a pour ainsi dire pas.

Les patates pourrites pusent et Juba ne revient pas. Chose m'a prêté un pull à poux et gréé de la cape à son Adé. On est partis se promener, prendre un bol d'air. On a fini par prendre tout l'air de l'avenue du Parc. Angle Sherbrooke, elle a vu l'autobus venir, elle a eu un flash.

« Finalement, j'en ai un pour toi, un cadeau comme tel... En tout cas, c'est tout ce que je peux faire pour toi. »

Elle me prenait la main pour me hâter de monter, elle s'était émue et animée, je ne pouvais pas me douter que c'était une leçon qu'elle voulait me donner. Ce n'est pas la porte à côté. Il n'y a bientôt plus personne dans l'autobus, ou dans la rue. A la halte Pie-IX, en haut de la côte de je ne sais quelle toundra, il n'y a même plus d'autobus. Je suis trop gelé, on descend à pied jusqu'à la rue Hochelaga, où il n'y a plus rien, d'aussi loin qu'on peut voir les lampadaires n'éclairent que leurs perchoirs. Elle a des petites Roches plein le fond de ses poches. Les montantes d'un côté, les descendantes de l'autre. J'ai dû me tromper quand je me suis resservi pour élever ma température ; je vois double et je parle d'un seul côté de la bouche.

« Et toi, ça flotte ?...

— Je suis toujours irritée... Ça commence à m'agacer. »

Mais elle n'a toujours pas froid avec ses souliers à talons hauts, ses bas de nylon à ciel ouvert, son boléro en peau de carriole, sa toilette de vampire du bar des Soupirs, qu'on a trouvé fermé. Elle se met devant moi pour me mettre à l'abri du vent. Elle monte après moi dans l'autobus pour que je sois le premier sauvé.

« Saint-Jean-de-Dieu, s'il vous plaît. »

J'imaginais une beuverie tournant à l'orgie ; elle m'emmène à l'asile. Le relent du pot d'échappement m'étourdit et ça me porte à rire, du même côté de la bouche que tout à l'heure.

C'est une forteresse engloutie avec tous ses phares allumés, une idée que se fait la bourrasque et qu'elle balaie, dispersant ses aperçus au fond de la grande allée où j'emboîte à tâtons le petit pas tricoté par sa jupe trop étroite ; j'ai comme la face qui crépite et craquelle. Pas elle.

« Toi c'est pas pareil, t'es pas faite en soie de fesses ! »

Je me trouve comique, pas elle, qui se demande quel choc elle va encore encaisser et qui trotte comme elle peut pour être plus vite fixée. Je picore encore dans ses poches. Je fais confiance à la science. C'est comme rien, c'est fait pour faire. Mes genoux plient sous le souffle camphré du porche. Elle me traîne vite fait jusqu'à l'ascenseur, où je fonds. Je me dissous et me répands dans le fond. Elle me secoue en m'exhortant à me secouer.

« Secoue-toi, bébé !

— Il se secoue, toutoune; il lève, il arrache tout!... »

C'est mécanique, c'est l'embrayage qui se renclenche tout seul à la troisième personne. Je comprends Camus, sa manie de se mettre à cette vitesse. On finit par se retourner pour voir si on se suit. On s'est *dépassé*!... On est passé à l'étranger, avec les autres!... On est tous frères enfin : tous personne! C'est sensationnel!

« Ah Seigneur, lui qui avait une si belle tête!... »

Nicole a vu juste en m'emmenant : il se passe quelque chose. Ce n'est pas elle que son Adé reconnaît, c'est moi! Il me regarde en pleine face, fasciné. On se ressemble. Si c'était moi qu'ils avaient rasé, on ne verrait pas de différences; j'aurais le même crâne, les mêmes sourcils. J'ai des frissons partout : il me sourit avec la dent qui me manque, la même canine. Nicole a peur qu'ils l'aient charcuté... Les yeux exorbités, elle tourne autour de la table où il joue aux cartes. Au whist! Comme à Belle-Terre. Je suis sensible au souci qu'elle se fait, je l'apprécie, mais pas lui, elle l'énerve, il la décolle. Elle n'a pas repéré de cicatrices mais elle est tout aussi retournée : il a des bobos, toute la tête comme infectée de piqûres de bébites!...

« Vous vous en occupez pas? »

L'infirmier la remet à sa place en un coup de cuiller à pot. C'est parce qu'ils en prennent soin eux qu'ils l'ont tondu : il se mutilait, il se cisaillait le cuir pour extraire la racine des poils blancs qui se sont mis à lui pousser... Il a une autre manie : il se touche, il joue avec son petit Adé, comme il l'appelle. Il ne se lasse pas.

« Il se rend pas compte!...

— Je sais, madame.

— Non, vous ne savez pas! Vous ne savez rien, vous

165

ne savez même pas que ça ne vous regarde pas!... »

Elle n'en peut plus, on s'en va, non on ne peut pas s'en aller comme ça, on va rester un petit peu mais on ne va pas le déranger, on va aller s'asseoir avec les autres et regarder la télé. Elle se serre les mains sur la figure. Sa spécialité.

« Hé regarde, il te regarde... »

Il l'a ciblée pour l'écœurer, amuser ses copains à ses dépens avec ses obscénités. Il se tripote, se lèche le doigt, se le fourre dans le poing, part en tape-cul sur sa chaise. Elle lui murmure le bouton d'une sonnette branchée ailleurs, dans un autre rêve.

« Sens-tu comment je t'aime?... Lis-tu?... Veux-tu lire?... As-tu des livres?... Veux-tu des livres?...

— Gros cul!... »

Elle trouve que ça ne veut rien dire. Il disait ça de toutes les filles, comme *salope* ou *charrue*. Moi je trouve qu'il ne le lui a pas envoyé dire!... Ce n'est pas pour me vanter, mais je l'admire. Sa façon rada de faire des farces me force à m'associer, me joindre à lui pour jubiler gras avec lui, tout lâcher pour me fondre à lui dans le flot de la rigolade où je tousse et j'étouffe en harmonie, charrié avec les autres, dans le même bain que les copains, aussi tordu, plié en deux et épaté qu'eux. Qu'est-ce qu'on se paie comme pinte de sang pourri!... Mais il n'y a pas de danger puisqu'on n'en reviendra pas oh oh oh ah ah ah!... On ne s'en remettra pas!... Parce que si on s'en remet, qu'est-ce qu'on s'en repentira oh oh oh ah ah ah, qu'est-ce qu'ils vont y goûter ces troncs-là!... Je ne veux pas voir ça! Je pique un ticket à Chose et je me pousse.

\*

Une infirmière était altièrement penchée sur mon cas. Je me suis dit ça y est, je suis Adé, je suis possédé par ce démon. Je cherchais mon nom, je trouvais le sien. Tout au long ! Adélard Bergeron.

« Vous n'avez pas de femme, pas de femmille ?

— Non.

— Vous avez bien une mère ?

— Ça ne se fait plus voyons, c'est trop tronc.

— Cherchez, vous avez bien quelqu'un.

— On peut pas rester ici le reste de sa vie ?...

— Personne vous aime ici...

— Vous puis qui ? »

Francine Frappier, bourg des Quatre-Coins !... C'est sorti tout seul ; ça a crevé comme un abcès. Puis j'ai attendu la police, impatient d'avouer tout ce qui leur chanterait, jouissant d'avance de ma délivrance, mes poumons déchargés, ma liberté de respirer.

J'ai mal tourné. A dix-huit ans, je rêvais d'être un poids mort, un fardeau, petit peut-être mais qui y tient, de tous ses dérisoires moyens, sans jamais les perdre, comme il y en a tant, amers et timorés, rongés jusqu'au trognon. Je n'avais pas le choix ; j'avais été compté, pesé et jugé bon à rien, aucun jeu de société. Je payais cher ma place qui n'en était pas une, assez cher pour la glorifier, l'occuper comme un trône, ne plus rien devoir à personne, surtout pas des excuses... C'est le fond de ma pensée, le noyau que je me suis trouvé en creusant comme on creuse quand on refait surface sanglé sur une civière. Ils m'ont cueilli au bout de la ligne Hochelaga, l'écume à la bouche, la langue en coin. Le petit docteur m'écarquille les paupières. Il marmonne. Je comprends : « Dilaté ? » Il répète : « Dilantin ? » Un anticonvulsif.

167

« Je suis pas un épileptique, je suis un volcan. »

Mais c'est trop à articuler avec mon organe mordu, tuméfié. Après deux valeureux efforts de son oreille dominante, il me laisse tomber.

« Voyez votre médecin traitant. »

Je creusais encore. Je cherchais le noyau du noyau, un principe si dur que les sabots de la police et les marteaux de la justice ne le broieraient pas. Mais c'est un autre pouvoir qui s'est manifesté. La joue rose, les yeux ronds, la bouche comme un fil à couper le cou, Francine jette à ma surface mon képi par-dessus mon blouson, puis de l'autre main, largement bandée, l'anneau de grand-maman Carbo dans le képi. Puis ça finit là.

« Vous en venez-vous ? »

Baveuse ! Ce n'est pas beau mais il n'y a pas d'autre mot pour exprimer ma joie de la retrouver intacte, entière. Je ne la suis pas, je plane quelques pas derrière, pour éviter que le soufre de mon souffle l'atteigne, altère, abîme tant soit peu son mauvais caractère...

« Embarquez en arrière ! »

On dira ce qu'on voudra, elle a le tour de ne pas vous culpabiliser, de vous décourager de vous jeter à ses genoux pour lui demander pardon. Il n'est même pas question que je la remercie de faire le taxi.

« Trompez-vous pas. Moi, je vous aurais laissé là. C'est une idée à elle...

— Qu'est-ce qu'elle a dit ?

— On ne fait pas ça à un chien... J'aime pas les chiens. Ça lèche. »

Mais encore. Comment est-ce qu'elle compte me régler mon compte ?

« Cassez-vous pas la tête. »

Ça la fait glousser, puis piquer quand j'insiste.

« Que c'est ?... Je vous ai pas assez niaisé ?... Pour ce que ça donne, je me ressalirai pas les mains, ôtez-vous ça de la tête... »

Elle n'a plus rien voulu dire. Excepté, pour se vanter, le total de ses points de suture. Dix-huit. Son âge. Qu'elle trouve avancé. Dont elle a l'air complètement mortifiée. Comme si c'était lui l'irréparable outrage.

Diminou m'attendait debout, tenant le coup sur ses cannes pour mieux m'accueillir dans ses bras. Je ne méritais surtout pas ça. Trop c'est trop, ça a débordé. Par les trous. J'ai versé une larme de crocodile ou deux. Si c'était ça. Je ne m'y connais pas. A Belle-Terre, on ne pleure pas. J'ai appris à grogner, rouspéter. Je ne peux plus m'arrêter.

« Oui Bottom, je sais, on s'est trompés. Mais on n'est pas si tartes, on a compris, on va en profiter... »

Elle était épuisée, écrasée, réduite aux seules forces de supporter tous les torts qu'elle se mettait sur le dos. Elle n'a pas hésité ni chipoté ; elle m'a tout recombiné ça et cuisiné ça aux pommes. Elle se fait un procès d'intentions axé sur la fine Napoléon. Connaissant mon grand courage, elle savait que je la défoncerais. Elle voulait me faire plaisir et me rendre malade. Pas furieux, juste gâteux. Privé des moyens d'aller me casser la gueule en auto, quoi... Non, elle voulait me garder à la maison, tout bêtement, comme si on avait le droit, la nuit de Noël, d'empêcher les gens de découcher en les écervelant. Puis ça a mal tourné dans sa tête : je m'étais assommé sur le coin de la cheminée, le feu se répandait, je rôtissais. De mauvais sentiments en mauvais pressentiments, elle a eu le malheur de relancer Francine et de s'empêtrer dans le sens à donner au service qu'elle lui demandait.

« Prends le taxi aller-retour. Je te défends de te déranger plus longtemps.

— Me déranger, vous ?... Je me jetterais à l'eau pour vous ! »

Quand Francine lui a assuré qu'elle pouvait réveillonner tranquille, qu'il ne m'arriverait rien, qu'elle y sacrifierait son propre réveillon s'il fallait, la patronne s'est doutée que la petite sauterait sur l'occasion pour se donner de l'importance... Mais la patronne avait assez fait de bêtises à son goût ; elle a préféré laisser courir... Quand elle est rentrée après la fête et qu'elle a allumé dans sa chambre, elle n'était pas préparée malgré tout à encaisser le coup réalisé par Francine, recroquevillée en petit bébé sur le lit, hébétée, ensanglantée, la main entaillée.

« J'ai eu trop peur. Elle a craqué. Elle m'a fait une crise de larmes, une grosse confession et demandé pardon. Je lui ai pardonné et demandé moi-même pardon. Tout un cinéma en mouchoirs mouillés et secrets jurés... Rien à craindre, elle ne parlera pas ! »

Francine a avoué qu'elle s'était massacrée pour me faire « tilter », mais que je l'avais mérité parce que je l'avais un peu violée...

« Je l'ai violée le plus que j'ai pu. Le peu que j'ai pas fait, j'ai juste pas pu ! »

Mais la patronne ne veut rien savoir qui ne me blanchit pas. Qui ne me rend pas victime de ses propres machinations, puis victime des turpitudes de Francine. J'ai joué son jeu d'enfant névrosée qui se cherche une mère et qui s'ingénie à capter son attention. Prévenue contre un possible accès de ma lubricité, elle a ricané, elle s'est vantée, comme un boxeur, qu'elle pouvait en « étamper » plusieurs, des lubriques de ma grosseur... Mais je ne fais ni une ni deux et désavoue cette défense à outrance, ces arguments spécieux, indignes d'elle. Je repêche au fond de ma

170

poche une « alliance » trop inconditionnelle, et je la lui rends, en la lui faisant claquer sur la table.

« J'ai pas d'excuses, j'en cherche pas, j'en veux pas !... J'aime mieux mon gâchis. Tourmente-toi pas, va. J'ai été assez taré pour le créer, je serai bien assez taré pour vivre avec.

— Il n'en est pas question ! »

Elle m'attrape par la petite chaîne pour me la dégrafer et m'y renfiler l'anneau, d'autorité, comme heurtée de me voir revêtir une responsabilité qui attaque sa propre probité. Est-ce qu'elle a une tête à jeter une gamine dans les bras d'un soûlon ?

« Écoute, elle a été te chercher à l'hôpital et elle a tenu à y aller toute seule, pour s'excuser d'avoir été si vache... C'est son expression.

— Mettons. Mais moi, j'ai une tête à m'être imaginé que tu me l'envoyais pour que je me la farcisse, que tu me l'avais payée. C'est déjà deux attentats !

— J'aurais dû y penser, tiens. Elle se serait fait une joie de m'accommoder, pour mieux me tenir sous sa patte de petite vache. »

Elle badine, mais dans les heures qui ont suivi, et où elle s'est encore entêtée à me récurer la conscience, j'ai un peu joué dans la sienne, où une autre petite vache a fait des ravages : une enfant de leurs amis que Léon et elle avaient trouvée jolie ensemble, gâtée ensemble, puis choisie pour figurer, comme bouquetière, au premier plan de leurs photos de mariage. Or, dans le temps où Léon était si distrait qu'il lui fonçait dessus en marche arrière, l'enfant s'était donnée à lui et l'épuisait... Aussitôt le fauteuil rodé et le treuil installé (la roulante et la grimpante, comme ils sont encore appelés), le beau Léon pliait bagage ; il emménageait dans la bonbonnière qu'il avait meublée pour les dix-huit ans de Calla Desmarais. Mais elle n'était plus si petite ; il en cherchait déjà d'aussi petites qu'elle était aux jours exaltants où s'engendrait la Crise d'octobre.

« Je lui laissais même pas lever le bras tranquille. Parce qu'elle avait rien dessous et qu'elle transpirait, je le lui détenais pour y mettre mon nez, mes yeux, mes saletés. »

Je la violais puisque mes sens saisissaient ses propriétés. Il n'y a pas à sortir de là. L'acquittement du plus dur tribunal ne me réconcilierait pas avec ça. Le Christ se ferait recrucifier exprès pour moi que ça ne me rachèterait pas.

« Ne te tue pas à me démontrer que tu es dégueulasse, il n'y a pas de mérite à être dégueulasse ; vous l'êtes tous, vous avez été créés et dressés dégueulasses ; il faut se distinguer autrement, mon petit bonhomme !... Pourtant, personne n'attente à ma pudeur, moi. Pourquoi ?

— On se le demande.

— Parce qu'ils n'ont pas intérêt !

— C'est ce qu'on se disait. »

Elle aime ça rosse. Grisée par l'épuisement émotif, ou juste fêlée, elle se bidonne.

« Tu avais raison, je te l'ai envoyée pour que tu te la farcisses. Si ça avait été Léon, il aurait su y faire !... »

Mais il n'en aurait pas fait une aussi grosse affaire, où je la découvre dans toute sa splendeur injuste et malhonnête. Le petit sillon que le mal que je lui ai fait a creusé sous ses yeux trop parfaits, je le trouve magnifique. Son eau coulée, son dos frotté, elle me rappelle et me surprend encore. Elle me fait fermer la lumière, déshabiller et grimper dans la baignoire avec elle. C'est elle qui me lave les cheveux, elle en profite pendant qu'il en reste, c'est sensationnel.

« Tu sais chéri, le jeu des remords mène à un point de non-retour. On finit par faire ce qu'on va regretter

172

pour le regretter, pour alimenter la douleur, le démon en nous qui nous abomine. Ça s'appelle l'enfer. »

On sent du sacré au fond du frisson répandu dans la pénombre, et toute la grâce qui gracie dans la grâce des mains qui lavent les miennes jusqu'aux épaules. On s'amuse à s'asperger d'eau froide avec la douche puis à se réchauffer avec le séchoir à cheveux. Une chanson de Fred Astaire, quelque chose comme *Quelle belle journée pour se faire attraper par la pluie*, lui est montée à la tête et elle s'en fredonne des petits bouts, par à-coups, pour elle toute seule, comme pour marquer le détachement qui régit son plaisir, la distance qui dissout l'ambivalence, l'anxiété où me jette, moi qui n'ai pas de classe, le signal des contacts et des frottements. Être bien élevé, c'est être porté à une hauteur où le vertige vous empêche de vous pencher, vous mettre à la merci de ce qui traîne. Pour agir sur vous, il faut monter jusqu'à vous. Mais, dans le fond, j'ai la même admiration pour toutes les femmes. Je suis tellement respectueux que je n'ai jamais pu en regarder une entre les genoux sans baisser les yeux. Bottom, tu es trop tronc, trop « ignare, apathique et rétrograde » colon, Lord Durham avait bien raison.

« Tu brûles... »

Elle l'éprouve à la bonne nuit que je lui souhaite sous les yeux, dans son petit pli, le signe du faible qu'elle a pour moi. C'est magique comme ça colle, comme nos températures, élevées par l'exténuation, fusionnent. Mon moteur se remet à tourner trop vite. Je trotte autour du lit, de plus en plus trop agité pour la quitter tout de suite. Fais-moi une petite place que je m'assoie cinq minutes, que je pose un peu ce poids qui déborde ma masse de nerfs avant de me hasarder dans l'escalier. J'ai les jambes qui flageolent, des plans pour que je me casse la gueule.

« Reste ! Reste toute la nuit si tu es à l'agonie...

— Ça te va bien de traiter les autres d'agonie !

— Ne râle pas si tu n'es pas à l'agonie ! »

Tu te moques, tu me provoques, tu l'auras voulu, je te tombe dessus, je fonds sur toi comme une proie, étreins-moi, contracte-toi autour de moi et réduis-moi jusqu'à ce que je sois assez petit pour être issu de toi, puis nourris-moi à même toi, oui, et diminue-moi encore, ôte-moi la raison que je me rende au plus vite complètement ridicule.

« Ne fais pas l'enfant, j'ai horreur de ça. »

Elle me fait honte mais elle me couvre ; elle tire la couverture par-dessus ma réputation, elle sauve ma peau en la faisant jouir du droit d'asile sacré de sa nudité. Mais je me recroquillais encore, rampant après je ne sais quelles sources et elle ne l'a plus supporté, révoltée assez pour jouer des bras et me hisser sur elle, à hauteur d'homme, où elle me tenait, comme pour me montrer une bonne fois, à ses dépens s'il le fallait, à ne plus déchoir.

« C'est pas trop lourd ?

— C'est fait pour faire... Tu peux fermer les yeux tranquille... et dormir, si ça te fait plaisir. »

Elle le disait comme elle le pensait mais ses jambes étaient coincées dans les pans de mon peignoir. Et au hasard des efforts qu'elle a faits pour trouver son confort, le mien s'est trouvé tout seul, dans son petit intérieur... On jouait avec le feu, il est arrivé un accident. D'une extrême gravité complètement exagérée.

« Oups... »

On l'a dit en même temps, et on a eu la même envie de rigoler, qu'on a tous les deux réprimée, du commun accord de nos corps outrés, dépassés par ce qui se passait. Mais il était trop tard pour rien changer, et c'est ce qu'on a fait. On est restés là, figés en flagrant délit entre ses portes forcées. On n'a plus bougé et notre mal s'est conservé dans l'état où on l'avait trouvé : à moitié fait. On a pris tout notre temps. Pour une raison ou pour une autre, on n'était pas pressés de rentrer dans nos limites.

« Ça m'apprendra à jamais savoir quand m'arrêter...

— C'est ma faute. Je voulais savoir ce que tu voulais... Pauvre Léon ! »

Elle ne l'avait jamais trompé, même à peu près. Ni avant son mariage ni pendant ni après. On rit mais c'est une bonne personne, quelqu'un à qui on peut se fier, ma patronne.

*

On se lève tôt. On a hâte de recommencer à vivre comme si c'était à notre portée. A vaquer à nos petites affaires d'aucune foutue importance. Je suis à cran et d'attaque, anxieux de faire quelque chose pour moi, de la culture physique, me jucher assez haut sur la pointe des pieds pour mettre mon cœur sur la glace, m'exercer à marcher avec ma tête, obtenir ça, pas à pas. Les sept premiers du petit Bouddha ont mesuré l'univers et lui ont imposé son rythme. La patronne en a collé quatorze à travers la cuisine, du seuil de mon coqueron au seuil de l'entrée. Il lui reste une semaine pour tenir son pari de les parcourir.

« Si j'y arrive, qu'est-ce que tu me donnes ?...

— J'ai rien de propre à donner que tu m'as pas donné pour commencer...

— Qu'est-ce que je t'ai tant donné ?... Un képi ?

175

— Tu veux je te donne mon képi ?... Tu rigoles ! »
Elle rigole assise par terre, où elle chausse les Adidas à Francine. Elle compte dessus pour améliorer ses performances. Je lui serre ses lacets en ressassant ce qu'elle m'a dit des vishnouïtes kalapatas, du dérèglement des sens qu'ils pratiquent, comme la plus grande forme du renoncement, une recette pour détruire au plus vite l'accessoire.

« Je l'ai trouvé, mon absolu. Je le sais, ce que je veux. Je l'ai toujours su d'une certaine façon.

— Oui. Une femme qui va finir ta bière après ta mort... Comme dans la chanson.

— Je suis écœuré de servir à rien. Je veux servir. Je veux te servir, toi, parce que j'aime comment tu es faite et que je me plais dans ce que tu me fais. Je crois en toi. Je veux prononcer tes vœux, je veux entrer dans tes ordres, je veux que ça aille jusque-là, j'ai assez rigolé... »

Pour se mettre en confiance, elle entend s'é!ancer debout du mur de départ. Vraiment debout. En se levant, se hissant, par ses propres moyens. S'agrippant tant bien que mal au chambranle, elle réussit son coup de force. Elle ne consent à se poser sur ses poteaux qu'une fois bien dressée, et bien persuadée de pulvériser son record, qu'elle pulvérise du premier coup, de deux pas, un vrai puis un faux, qui l'étend de tout son long, en pleine rigolade.

« On n'a jamais assez rigolé chéri. »


Après tous les examens que les assurances lui ont fait subir, son avocat lui a imposé une série de contrôles d'examen. Elle est contente parce qu'elle passe le final cet après-midi : une autre promotion dans les tissus.

« Bottom, on va lessiver Léon !

— Ou il va dire pourquoi sacré nom d'un petit téton ! »

Je regarde dans le miroir pour voir si ça lui rappelle quelque chose, lui a laissé des marques visibles à travers son manteau. Elle fourrage dans son baise-en-ville. Elle a apporté le romanzo et le dizionario, pour qu'on rattrape un peu notre retard dans nos progrès. On en met un coup, deux pages, tout le rendez-vous au Midget Restaurant : elle a des jambes de vingt sur vingt, elle étudie la polifonia del Rinascimento ; il étudie le declino del Medio Evo, il a un corpo atletico et un bisnonno qui a légué un pavillon à l'université ; ils se trouvent élégants, intelligents et beaux comme deux gouttes d'eau, ils s'aiment, tu parles, où est le travail, où est le bordel ?... La patronne, en feuilletant son vieux Garnier, retrouve un mémo où Léon relève des « petits liens privilégiés que nous avons avec les Italiens : ils disent *magagne* (tares, vices, marques, malheurs, infirmités) et nous *maganer* ; ils disent *calare*, comme nous *caler*, pour descendre, baisser, s'enfoncer ». C'est daté de Dresde. Ça l'envoie sur la lune.

« C'est pas tout des flics par là, tout des communistes ?... Qu'est-ce qu'on fabrique à Dresde ?

— L'amour, qu'il appelait ça...

— Je connais ça. Ça donne des boutons.

— Non, c'est le fric et le nationalisme qui donnent des boutons. »

Toutes les chochottes sont citoyennes du monde. C'est bien connu. Je réserve mon opinion. De toute façon, elles ne vous laissent pas parler si vous ne savez pas vous exprimer comme si vous aviez de la suite dans les idées.

La Clinique l'attendait. Ils lui ont fait ça vite fait. J'ai attendu dans l'auto pour faire tourner le moteur

177

et garder la chaleur. J'écoute la radio et, que le cric me croque, je tombe sur Léon, dans toute la splendeur de ses nouvelles fonctions : il a crevé son plafond de ressources pour les logements sociaux ; la clientèle en perte d'autonomie sera la première affectée... Quelle puissance ! Qui peut résister à cette autorité dans la défense d'une position ! Ah, ça nous prend là !... Parlant de morpions, ça me pique, j'espère que Nicole ne m'en a pas donné. Même si équipée comme elle est elle n'a pas pu, ça ne me rassure pas, si je vois ce que je veux dire ; j'éprouve la folle angoisse du ravissement anticipé dont parle Benjamin Constant, qui avait fait ses folies à Dresde lui aussi. Il faudra examiner ça de plus près...

On est rentrés direct à la maison. Ressaisi par le trac de me faire attraper et étriper, j'ai escamoté mon escale aux Quatre-Coins... CFMB égrène le chapelet des scores. Naples est l'équipe à battre (la squadra da battere).

« Bottom, cinq heures sont passées. »

Ça a l'air pire que c'est. Elle veut dire qu'il est passé cinq heures, l'heure de ma tétée. Zut alors, que je lui réponds sur le même ton, que lui inspire l'horreur du jargon national.

« Ne sois pas ridicule. Mets ta petite casquette, cours acheter tes petites canettes. »

Elle le dit comme je le pense. Elle a les yeux si clairs que je me vois à travers, avec ma soif qui me tord comme un ver. Ce n'est pas à mon honneur, que je défends.

« Non mais, t'en as pas eu assez ?... Mé mé mé, tu y prends goût Christ. C'est du vice ! »

J'abuse. Je profite de ses bonnes dispositions pour repousser les limites de sa tolérance. Ça peut toujours servir.

« Tu les gagnes. C'est même tout ce que tu gagnes. Prends-les. Ça rime à quoi de rester les mains vides à se mordre les doigts ?... Tu vas tenir combien de temps avant de tout faire sauter ?... Si tu n'y vas pas, j'y vais. En toboggan !... »

Qu'elle ne compte pas sur moi en tout cas pour aller au Marché Soir améliorer mon cas de maniaque sexuel. J'aime mieux, pour ma santé, me figurer l'affaire faite. Les parties honteuses arrachées par la population féminine, le sang léché par l'escouade canine. Mon cas réglé une fois pour toutes les fois que je l'ai mérité et que je m'en suis tiré de justesse. Comme la fois que j'ai demandé à ma mère d'ouvrir les jambes. Pour voir le jour. Comme si ça m'était dû. Comme si tout ce qu'un taré était autorisé à demander ce n'était pas pardon, pitié.

« Il fallait le dire ! On va descendre en force, en équipe. On va prendre Francine en passant. »

Je crois voir ce que c'est. Du bouddhisme mouillé. Elle a fait un gros examen de conscience sur mes tribulations et promis à Avalokitesvara, qui est contre qu'on empêche les rats de faire les rats, de me laisser faire l'ivrogne. Il se peut aussi qu'elle me traite en masochiste fini, qu'elle ait échafaudé la théorie qu'à force de me sentir coupable de boire je ne bois plus que pour me punir d'avoir bu, et que je ne boirai plus si elle réussit à me rendre heureux d'avoir bu... Ça s'est vu. Il n'y a pas de limite à tout ce que l'intelligence peut trouver intelligent. Je me donne des grands airs de dire que ça ne prend pas, qu'on ne me la fait pas, pas à l'intelligence en tout cas... Elle me le fait à la pression. Elle m'a mis le blouson sur le dos, le képi sur la tête et elle se pend à mon cou, qu'elle ne va pas lâcher avant que je ne l'aie portée jusqu'à l'auto, où elle tient à s'installer sur la banquette avant, tout à côté de moi...

179

« Je me demande comment Francine va prendre ça...

— Elle me le comptera. Elle sera ravie ! »

Elle le fut, même de s'humilier, d'aller au-devant de mes anxiétés, pour rassurer la patronne sur les projets de diffamation qu'elle aurait pu nourrir. Au Marché Soir, où j'avais aussi du lait à prendre et la commande du chat à remplir, elle ne m'a pas seulement accompagné et assisté, elle m'a présenté à la caissière, sa cousine, en me traitant de monsieur gros comme le bras. Ensuite, inspirée parce que le parking de l'hôtel était bondé, la patronne lui a demandé d'entrer prendre un verre avec moi, avec mission de me faire d'autres belles façons.

« Si elle pense que ça me fait de quoi !... Vous êtes zéro pour moi. Tas, mais trop petit tas pour me tacher. Même pas en foirant sur moi pour me violer, si ça peut vous couper la tremblette... Madame finira bien par s'ouvrir les yeux. C'est tout ce que je demande. Qu'elle se laisse pas écœurer par un cave et un sale !... Elle mérite pas ça ! »

Dans l'auto, Madame me passait une canette puis elle s'en débouchait une, comme pour finir d'édifier la petite... De même, à l'arrivée devant sa porte, elle lui offre une gorgée.

« Trinque, tu l'as bien mérité.

— Merci mais ça me pue au nez.

— Fais-moi plaisir. »

Elle le lui fait aussitôt, jusqu'à la dernière goutte, en lui roulant je ne sais quel feu dans des yeux de velours. Après lui avoir saisi une main, qu'elle lui embrasse à deux mains, vite, en demandant pardon pardon et bondissant dehors, elle reste plantée là, comme si quelqu'un avait oublié de la prendre en passant...

« J'ai horreur de ça. Je me déteste quand elle me

180

traite comme ça. J'ai beau me défendre, elle me cherche : elle me pousse à la repousser. »

Ça ne daigne même pas se laisser adorer, ces chochottes-là... Mais ce n'est pas une perte totale : j'en prends de la graine.

Si sinueux qu'ils soient, ses encouragements à suivre mes mauvais penchants sont trop sincères, ils m'agressent, m'acculent à la résistance. A me surpasser pour réduire ma consommation, ces six bières dont je me suis assez prouvé que je ne les supporte pas, qu'elles produisent une énergie de plus en plus destructrice et des résidus de plus en plus visqueux... C'est à cette fin, et pour commencer sur-le-champ, que j'en ai acheté douze, ce qui fait bien rigoler la patronne, même après l'explication de mon système, où elle ne voit qu'une ruse de paysan. Je vais régler ma soif sur la sienne, me contentant d'une bière si elle n'en boit qu'une, n'attaquant jamais les suivantes avant elle.

« Comme tu y vas quand tu te décharges de tes responsabilités !... Bottom, tu m'impressionnes ! »

Mais c'est décidé et ma décision lie les deux parties. Il reste neuf canettes. Je les compte et les divise, avec toute la solennité dont j'entends revêtir le contrat. Je lui en donne quatre, j'en garde quatre et je verse la dernière moitié-moitié dans deux verres. Je l'attends. Ce n'est pas un piège mais on va bien voir jusqu'où, et de quel côté, elle va pousser le sens du devoir.

« Qu'est-ce que tu me demandes ? De te sortir du trou ou que je descende dedans ?

— Quelque chose comme ça mais aux pommes.

— Chiche !... »

Et elle s'en jette une couple dans la tuyauterie. Coup sur coup. Pour commencer.

Le diable l'emporte à travers la maison. En pleine gloire, elle donne la chasse au chat. Elle le débusque en défonçant les portes entrouvertes, en se ruant à fond de train sur les meubles.

« *Accidenti !...* »

Elle se précipite sur le pick-up qui déraille et se refait chanter, un cran plus fort, *It was dark in his arms and I lost my way*. Elle valse sur ses roues en faisant trinquer les scalaires dans leur bac, le vrieséa dans son pot. Avalokitesvara dans son bol. Elle en sème partout, je la suis avec le torchon, elle m'en verse sur le coco. Elle n'a jamais été aussi heureuse, c'est une catastrophe.

« Bottom, viens ici un peu, ferme les yeux, j'ai une surprise pour toi, devine !... »

Ça se mange ou ça se porte ? Ça se mange et ça se porte... Ça se met où ? Il y a pas de place où que ça se met pas... Je donne ma langue au chat... Elle me flanque la chose sur la bouche. C'est un baiser.

« C'est tout ?

— Non, il y en a encore beaucoup. Beaucoup beaucoup. »

Elle est fière de son affaire mais le genre de coquetteries qui encouragent les hommages qui mènent aux derniers outrages ne lui siéent pas trop trop. Ça lui dessine une grimace qui me fait un drôle d'effet, le même que je me fais quand je la regarde de la même façon. A moins que je ne la regarde de cette façon justement et que ce ne soit l'effet que ça lui fait qui la fait grimacer...

« *Voler bene !*... Aimer, en italien, c'est se vouloir du bien. Doux Jésus, qu'est-ce qu'on s'en est voulu, Andrew et moi ! Qu'est-ce qu'on n'aurait pas inventé comme zèle, comme loyauté, pour se soutenir, se protéger... Qu'est-ce qu'on se creusait la nénette pour trouver les bonnes paroles, toujours, année après année... Et puis crac, ça crève, ça se couvre de vermine... Andrew, comment ça se fait ? Qu'est-ce que je t'ai fait ?

— Andrew Andrew, on s'en fout d'Andrew. Je t'avertis, je vais te parler de Lucie si tu me parles d'Andrew.

— Je parlerai d'Andrew tant que je n'aurai pas fini de parler d'Andrew. On s'en foutra *après!* Quand j'aurai *fini!* »

Je lui dois bien ça comme petite crise de terrorisme. Elle avec le chat dans la grimpette, moi sur les marches avec la canette qui reste de la bière, on monte au Samten Dzong pour recenser les dernières pages de sa « Lettre d'une rechigneuse sur une chaise », comme elle l'appelle, avec un renvoi aux lettres de je ne sais quelle religieuse portugaise.

« Tu étais mon frère. Un frère, c'est jeune et c'est fou. Ça ne change pas, ça ne vieillit pas, ça se garde comme c'est, ça me garde comme je suis. Tout ce que ça peut faire qui ne nous ressemble pas, c'est mourir. Es-tu mort, Andrew ? Sommes-nous morts, Andrew ?... De quoi ? »

On s'en fout mais c'est beau. Elle le sait et elle en tire vanité à travers ses grands reniflements éthyliques.

Elle cherchait le nom des fleurs. Andrew connaissait leur fiche d'identité en latin. Il se voyait botaniste en terre inconnue. Il découvrirait des jardins confits dans les glaces de l'Arctique. Il avait une passion pour Frederick Pursh. Il voulait faire justice à ce sacrifié, lié à ses aïeux marchands de fourrure. Il se préparait déjà à soutenir une thèse sur son cas. Un été, leur plus bel été, il l'emmenait à Dresde, où Pursh avait été formé. Ensemble, au Jardin botanique royal, ils se documentaient sur ses maîtres, les plus forts de l'époque. Passé

183

ensuite aux États-Unis, sans le sou, Pursh avait aidé les pionniers à classer leurs collections. Mais il avait son propre projet, où il pourrait herboriser en roi et maître : une Flore canadienne. Le nécessaire gagné, il se poste à Montréal, il s'y met, il repart chaque année ratisser les brousses de la colonie. Il recueille ses derniers spécimens en 1818, sur l'île d'Anticosti. L'hiver suivant, le feu rase sa maison : tous ses spécimens sont détruits. Il est ruiné, défait. Il meurt de chagrin, à quarante-cinq ans... Et la patronne écrit qu'en courant à reculons pour rattraper l'amitié, elle la saisit comme une mission sacrée, un complot jeune et fou pour empêcher l'herbier de Frederick d'avoir brûlé.

« On n'a pas tout fait. Si on avait continué, Andrew, on n'aurait peut-être pas réussi, mais on n'aurait pas failli. »

On a jasé jusqu'au *tocco* (l'heure préférée de sa jeunesse, l'une-heure-du-matin des Italiens). Elle réclame un bain froid. Pour se dégriser. Elle ne s'est pas déshabillée. Elle attendait que je lui fasse. C'est une corvée qu'il n'y a plus de raison d'exclure de mes fonctions. J'éteins. Elle rallume... Encore du nouveau, encore un discours.

« Déshabille-moi. Et regarde-moi. Jusqu'à ce que tu me voies... Regarde mes grands pieds, mes genoux cabossés, mes cuisses qui se décharnent, mes mamelons qui durcissent comme s'ils se glaçaient, regarde, je n'ai rien pour que tu me fasses ces yeux-là... Tu ne penses qu'au sexe, bon, mais ce n'est pas moi le sexe, voyons, alors finissons-en, c'est trop bête... Je t'aime, moi. »

Elle me regarde dans les yeux, comme si elle voulait me les nettoyer par le feu.

« C'est vrai, Bottom. Je t'aime, j'aime ta personne, ton singe comme tu dis.

— C'est pas juste.

— La justice, tu sauras mon petit gars, ça se fait toujours comme ça. Le plus mal possible. »

Je la porte sur mes bras, nue comme un commencement. J'entre dans la salle de bains du pied droit.

« Qu'est-ce que tu es costaud ! »

N'importe quoi !...

\*

Sac de couchage, plate-forme de forage, site d'enfouissement génital, Bruno me l'avait dit, Juba m'avait averti, je pisse des lames de rasoir, je saigne du feu, me faire ça à moi qui la valorisais tant malgré tout. Je ne sais pas ce que c'est, je suis sûr que c'est la syphilis, j'ai regardé dans l'encyclopédie, tout y est, ça se jette au cerveau, moi qui n'en ai pas de reste. Je ne perds pas espoir que ça se passe. A tout hasard, je marche. Vite, pour que ça se passe plus vite. Mais il n'y a que les heures qui passent. Quatre heures. Cinq heures. La sonnerie de son réveil est montée pour sept heures, ma dernière heure si ça continue à ne pas lâcher. Ça amuse le chat, il se jette dans mes jambes, il reçoit un coup de pied, il remet ça, je lui pile la queue, ça lui apprendra, je le prends aussi raide dans mes bras, pour que ce ne soit pas retenu contre moi au tribunal de la syphilis. Ça déforme la colonne puis ça monte au cerveau. On se ramasse bossu puis gaga. Foutu pour foutu je m'en fous, mon idée est faite, bien faite, la vie est trop triste pour qu'on la prenne au

185

sérieux. Je me fais bien rigoler à la fin. Mais il y a un os, coincé en plein par où je rigole : j'ai infecté la patronne, elle va pourrir aussi, la contamination est automatique, c'est attesté par tous les scientifiques. Je serai parti en jetant mon venin dans la porte. J'attendais qu'il soit à point, assez virulent pour qu'elle ne me pardonne plus, elle qui tenait si mordicus à m'innocenter que c'était elle, quand elle avait fait ses comptes, pesé mes saloperies avec sa balance détraquée, qui regrettait de m'avoir mal traité... Elle qui ne me devait rien et qui me faisait jouir de toutes ses complaisances, qui me buvait de la bière, qui me trouvait presque beau... Quel gâchis !... Quelle horreur ! Mais c'est l'heure... Je ne peux plus échapper au verdict, à mon sort, coincé entre les cuisses de cette mongole. Il faut que j'appelle Nicole.

« Tu me réveilles. Pourquoi tu me réveilles, bébé ?

— Pour te faire de la peine, Christ de chienne. »

Elle lâche un gros soupir qui revient à dire encore sur moi que ça tombe. Je la pousse aux aveux, je n'ai pas besoin de pousser, la résistance n'est pas son fort.

« As-tu quelque chose ?

— Quelque chose comme tel ?...

— C'est ça, quelque chose comme t'as... »

Qui ne dit mot consent. Mais elle continue de consentir comme si ça finissait là.

« C'est tout ce que ça te fait comme effet ?...

— On a rien pour rien... »

Prends de la pénicilline, si t'en as pas viens j'en ai plein. De la pénicilline ! Quel rapport, à quoi ça ressemble, ça change quoi à la fleur qui essuie un crachat en s'ouvrant, ça sert à quoi si ça ne guérit pas le cracheur d'avoir craché ?... Je jette le képi au milieu de la table, et l'anneau dans le képi, avec la petite chaîne, si légère, une plume. Je m'en retourne comme je suis venu, avec ma tuque brune à pompon brun. Je ne peux pas partir comme ça. Tout sale, tout sexe, c'est au-dessus de mes forces de résister au hautbois du chat. Je rouvre la porte, il me saute sur l'épaule, il frotte son nez mouillé dans mon oreille. Il déchantera. Ça ira le temps que ça durera, après on verra. J'étais parti pour partir à pied, mais je ne pouvais pas exposer Clarinette aux rigueurs de notre climat, j'ai été pris pour prendre l'auto, tu ne me le pardonneras pas non plus, j'espère, en tremblant, comme si j'avais dans le corps tous les chiens qui couchent dehors.

Ça me fait deux otages, ça peut toujours servir. Mon système lutte à coups d'adrénaline et moi à coups contre, les bras endoloris par les décharges. Je suis gentil dans le fond, je serre les dents pour m'empêcher de crier et couper la ronronnette à Clarinette, juchée sur le dossier pour ne rien manquer, un pied posé sur moi pour s'appuyer. Et puis je sais, j'ai essayé, crier ça ne soulage pas, ça ne fait pas tomber la pression comme si on expulsait de la vapeur, ce serait trop facile. Il n'y a rien à faire, rien ce matin pour réveiller personne sur l'autoroute éclairée comme un bal sans danseurs, pas de bon Dieu pour sauver personne dans mon église tout en long, tout en lampions gelés. Il n'y a rien tout court, concentré bien épais. Mais il ne s'agit que de passer à travers. Il suffit, le mot le dit, d'avoir la force *nécessaire*. Et cette force n'existe pas. C'est une idée qu'on se fait. Je vais me la faire. Ce dont on a besoin, on se le met dans la tête, on lui ordonne de s'y trouver. Si on le sent, on l'a, on peut s'en servir. Dans cette boîte à fictions, il s'agit d'imaginer. Si on fait assez semblant, ça fait aussi bien l'affaire.

Avec son grouillement rugissant de souffleuses, niveleuses, chargeuses, le cirque des ravaleurs de neige a envahi les abords de la Coopérative de frais funéraires. Je suis pris pour me garer deux intersections plus loin, au diable, avec un problème de chat sans solution. Sur mon épaule, il s'affole, s'arc-boute pour sauter, se sauver, aller se faire écrabouiller par la chenillette qui nous fonce dessus. Dans mes bras, il se débat, il griffe, il va me dévisager. Je l'enferme dans l'auto, je l'abandonne, je le condamne à grelotter, attraper la crève, je ne m'en remettrai pas, je ne l'aurai pas volé. Je me ramasse avec un soulèvement de sonnette. Elle ne veut pas travailler pour moi. Même avec l'oreille collée au carreau et le bouton enfoncé jusqu'au trognon, je n'entends pas bourdonner. Je frappe avec la main, le poing, je cogne avec le pied, les deux, ça ne marche pas, ça n'émeut personne à travers les blasphèmes des monstres diesel. Affalé sur le bourrelet de glace incorporé au perron, je m'expose aux hémorroïdes. Ça n'améliorera pas mon cas. Ça ou autre chose. Il ne nous arrive rien qui ne nous ressemble pas, comme dirait la patronne. Mon père disait : « S'il mouille il mouillera, s'il neige on pelletera. » Il a pelleté jusqu'à ce qu'il n'ait plus de pelle et plus de devant de porte à pelleter. Qu'il se ramasse avec une porte tout court. Avec son nom gravé dessus et pas de maison autour. Les dictons, c'est bon pour le moral, ça le détruit.

Le chat est pelotonné sur le dossier. Je tape dans la vitre, il ne me regarde pas, complètement dégoûté par ma conduite. Je continue mon chemin. Jusqu'à quelque cabine téléphonique.

« Où est-ce que t'es, qu'est-ce qui te mange ? »

Je ne peux pas dire à Bruno que je découvre soudain que je n'ai plus rien à lui dire, ça fait que je ne lui dis rien. Il comprend.

« Grouille pas, je te passe la divine. »

Juba ne demande pas, elle commande, de toute

l'autorité du cœur qu'on croit qu'on a dans ces cas-là.

« Qu'est-ce qui t'arrive, qu'est-ce qu'ils t'ont fait encore ?

— Tu vas m'ouvrir la porte que je monte en haut, j'ai affaire à Chose. J'ai téléphoné, elle dort, comme la souche qu'elle est. »

Je crâne. Je te charrie pour me mettre à l'abri de toi. Où veux-tu que je me mette, il n'y a pas de place où se mettre à côté de toi, et j'avais besoin de toute la place à côté de toi. Ça engage à quoi, les serments de loyauté, si on ne peut pas compter sur toi quand on ne peut pas se passer de toi ? C'était ton test, tu l'as raté.

« Je t'attends, on va la réveiller plus vite à deux. Si elle est morte, on va la piller.

— Non je te dis, je veux pas te voir, j'ai ni le cœur ni la tête assez solides.

— Je frapperai ailleurs, viens !

— Je suis sensible partout partout. Surtout partout partout. »

Ce n'est pas en faisant l'indépendant qu'on les éloigne. Elle m'attend derrière la porte avec sa cigarette et sa tasse de café, avec le carreau sale qui l'encadre comme un chef-d'œuvre trouvé dans un grenier. Elle est si belle dans sa jungle, le fouillis crêpelé de ses cheveux défaits ; d'un cauchemar à l'autre, on oublie à quel point. Elle ne me rend pas le compliment.

« Ils t'ont ôté tes bandelettes ?... Prends vite une gorgée avant de tomber en morceaux ! »

J'éprouve mon infection comme sordide, une crasse qui va prendre sur elle, poisser ses mains, qu'elle m'applique sur la figure pour me réchauffer. Écœuré pour elle, je la repousse.

« Qu'est-ce qui te prend ?... Sale bête ! »

C'est trop compliqué, je ne peux pas lui expliquer

que c'est ce qui me fait le plus de bien et que je ne peux pas le supporter.

« Si sensible que ça ?... »

Elle recommence, du bout des doigts. Ma sale bête la repousse encore, en même temps que toute mon âme la retient, que j'ai des idées frileuses qui prennent toute la place que les bessons encore à moitié endormis ne prennent pas dans la veste à moitié déboutonnée de son pyjama.

« C'est lui qui t'a déboutonnée ou si c'est toi, pour moi ?

— Il déboutonne plus rien ici, lui. »

Bon, qu'est-ce qu'il a encore inventé ? Elle me repasse son mégot et me prend par la main.

« Monte que je raconte. Ah c'est con, c'est pissant. »

Elle me fait mettre à table et rissoler une galette de pita fourrée au fromage Velveeta. Elle a beau me laisser tomber, me sacrifier à ses intérêts masochistes, m'employer sur-le-champ à m'y absorber encore, quelle chic fille c'est, qu'il fait chaud ici, qu'on meurt bien assis ici. Elle a fermé la porte de la cuisine pour que Bruno n'épie pas, ce con-là, comme elle l'appelle toujours pour me consoler.

« Il retournait chez sa mère. Bien redécidé. Il attendait au terminus. Le même autobus, sur le même quai. Qui c'est qui débarque ? Sa piquée. Sa Panic in Needle Park. Il la voulait. Il l'a eue. De l'autre côté de la rue. Dans le parking du Palais du Commerce... Ils se sont mis à l'abri du vent le long du mur entre deux voitures. Elle veut lui faire ça vite, en spécialiste. Il veut faire ça en grand, en événement. Il la veut toute, il se fout de ce que ça coûte. Elle s'en fout de se coucher mais elle s'est fait une beauté et la glace est trop crottée. C'est bachi-bouzouk qui s'est étalé et qui s'est fait sauter ! Elle s'est accroupie dessus et puis hop là hue !

— Avance un peu par là peureux...

— C'est ça la mode hippie, leur fameux amour éclaté. Tu te rends compte ? »

Avec exactitude. Bruno a de l'Amour jusque pour la façon dont la fille se défait de sa culotte, qu'elle l'escamote dans sa poche. Elle a une autorité, une dextérité d'idole. Il la ferait recommencer. Mais elle flotte déjà, elle trône déjà comme un bateau trop chaud sur lui qui se dissout sous elle, dans l'idée qu'il se fait d'elle, ce courant qui grandit en la grandissant, qui monte en s'étalant sur tout le continent où les empreintes des pneus se pétrifient dans le cambouis... Ta main glacée me cherche, et trouve avec des doigts qui brûlent. Tu t'enfonces autour de moi jusqu'à ce qu'il ne reste plus rien de moi sur la terre, que je disparaisse sous ta surface. Mes forces s'amplifient jusqu'aux confins de ton espace, qui se contractent jusqu'à ce que j'explose, et qu'on n'entende plus jamais parler de moi. Ah princesse !... On aura complètement passé à côté !

« Il a vidé ses poches. Il manquait cinq piastres. Elle voulait laisser tomber. Il a insisté. Il se faisait une fête de la garder une demi-heure encore, et dépenser cinq autres piastres en taxi pour venir me taper. »

Quand Bruno est redescendu, Panic avait verrouillé sa portière. Elle a pris l'argent par la vitre, qu'elle remontait aussi vite. Il lui serrait la main, il ne voulait pas lâcher. Mais il était coincé d'aplomb, et elle forçait la manivelle.

« Il portait son poignet comme un trophée : *elle me l'aurait cassé la chienne, elle a pas de limites !*... Il était hors de lui, il jubilait... J'ai piqué une crise, je l'ai giflé, pas trop fort, pour pas le marquer... Bande d'amateurs ! Il m'a traitée de bande d'amateurs !...

Elle rit par-dessus le marché. Le plus drôle c'est qu'il lui raconte tout, en long et en large, qu'il n'a rien de plus pressé en rentrant de ses chasses que de vider son sac sur la table, avec le sang, la boue et tout, pour lui faire prendre sa part... Comme s'il avait vécu pour les deux, s'il s'était tapé toute la sale besogne, s'il attendait des compliments pour s'être mis devant, avoir mangé les mauvais coups à sa place... Et ce n'est le cas qu'aux meilleures conditions, quand il est de bonne humeur et qu'il la prend pour sa complice, sa sœur.

« Il est si sûr de son affaire : j'écoute, je me prends au jeu, je m'intéresse aux péripéties... Elle sentait pas trop le fromage ? As-tu mis un condom ?... C'est con mais je suis tellement conne que sur le coup je m'en rends pas compte, tu te rends compte ?... »

Elle me regarde, vachement impressionnée.

« Tchou, on touche plus terre, on est sortis de la réalité, tous ces pétés sont en train de nous faire capoter. »

Je ne la suis pas. Je suis rendu plus loin que ça dans les dégâts. Et je fais un abcès de fixation sur le chat. La patronne a son intelligence pour se défendre, comprendre que ce n'est pas pour lui faire du mal que je la fais souffrir. Le chat a froid, a peur, et ça se borne là. Ça n'a pas d'issue, pas de sens. C'est à moi qu'il se fie pour comprendre, et j'ai abusé de cette confiance, et je la trahis encore en m'employant à le regretter plutôt qu'à lui porter secours, et c'est si lâche et si cruel que je me reconnais bien là et que c'est bon pour ce que j'ai. Juba a son sommeil qui la reprend. Me bâillant démesurément son désir de retourner se blottir contre son bourreau, elle m'apporte le balai à taper dans le plafond pour réveiller Nicole.

« Alors tu lui as fait son affaire ?... Pourquoi tu me fais languir, sale bête, raconte ! »

Au lieu de la dégoûter avec mes pertes, je lui fais des coquetteries de goujat contenté.

« Elle a pas de poils. Je sais pas si ça a pourri ou si ça s'est usé ou ce que ça change à l'affaire... En tout cas, elle m'a pas coûté cher.

— Je te coûte cher, moi ?

— Pas assez. Je sais. Elle me l'a dit... Mais même si je te décrochais la lune, tu la refilerais aussi vite à Bruno pour qu'il aille dans les parkings se payer des expertes. »

Ça m'apprendra à dire n'importe quoi pour avoir l'air au-dessus de mes affaires.

« Je l'attendais celle-là !... Je me disais bien aussi !... Mais je me rassurais : non non, pas lui, il est différent lui... Ton argent, s'il vaut ce que je pense à se faire gagner comme je pense, tu peux te le fourrer où je pense. Et tu le sais parfaitement. Tu sais très bien que c'est pas moi qui t'en réclame mais toi qui me harcèles pour m'en donner. Parce que quand on paie, n'est-ce pas, on a des droits !... »

Ma parole, elle se croit. Et elle ne se contente pas d'invertir les termes de nos rapports, elle dénature mes intentions.

« Quand vous êtes pas à la hauteur, vous vous dégonflez pas, vous faites ni une ni deux, vous sortez votre fric. Vous êtes tous chiens pareils !... Tous à flairer une bonne affaire !...

— Tous et puis qui encore ? On est combien en tout et pour tout ? »

On s'est dit qu'on se dirait toujours tout. Je le lui ai dit. On s'est dit qu'on ne se brouillerait jamais, quoi qu'on se dise. Elle se débrouille déjà pour tenir parole. Je cherche de la bière dans le frigidaire. Si j'en trouvais ce serait le monde à l'envers. Pas de danger. Tout est sous contrôle, tout est en ordre. On est bien gouvernés tous les deux.

« As-tu fini de moi, que j'aille me recoucher ?

193

— Ferme bien la porte, que je parle tranquillement au téléphone...

— C'est pas quand tu m'engueules que tu me fais de la peine, c'est quand tu me fais des cachettes. »

Elle bêtifie. J'adore ça. Elle le sait et ça lui plaît par répercussion, le dos contre la porte de notre chambre à toucher, la main sur la poignée qu'elle ne se décide pas à tourner.

« Tu m'embrasses pas ?

— Ce serait pas juste.

— Pourquoi ?

— Parce qu'il y a pas de justice, Christ. »

Si elle est remontée à l'étage, elle n'entendra pas sonner. Pour accourir du fond de la cuisine ou de la véranda, je lui alloue dix coups. Elle répond au premier. Je suis à jeun, ce qui me rend encore plus tronc et plus poltron : je fonds en sueurs froides et chut, chut, je lui défends de parler. Un seul mot et je raccroche, anéanti par les prestiges de sa voix.

« Patronne, excuse-moi mais je pouvais pas rester, ni partir sans t'emmener avec moi, sans te prendre la main ou quelque chose de chaud comme ça... Alors sois plus inquiète pour Clarinette, je m'en occupe, j'en prends soin comme j'aurais dû prendre soin de toi... C'est la bonne nouvelle. La mauvaise, je te l'annoncerai une autre fois, quand j'aurai les jambes moins molles. Ça peut traîner... »

Bien traîtreusement, mais dans l'intérêt des deux, j'ai combiné de lui faire craindre le pire, l'abomination de la désolation, pour que le mal lui-même lui fasse tellement moins mal qu'il la soulage.

« Tu vois patronne, c'est encore pire quand tu pardonnes. »

Je reste là-dessus, sur le silence que ça crée, qui s'épaissit puis qui fermente, jusqu'à ce qu'il se mette à

194

transmettre la vie : elle pleure. Elle me fait cet honneur indu, démesuré, monstrueux, que je ne peux ni supporter, ni attaquer en coupant la ligne ou en troublant le climat qui me le vaut... Après ce que j'ai dit, je ne peux plus parler sans dire moins, et risquer de perdre mon espèce de pouvoir, le sursis indispensable dont il me fait déjà jouir. Je me tais ; je bloque tout et je résiste. Mais le terrible malentendu est déjà interrompu par le surgissement de Juba, inquiète, et dont les éclats de voix trop typiques se répercutent en un coup sec, final, à l'autre bout du fil.

« Qu'est-ce tu fais si extasié, paralyses-tu ?...
— Je comprends pas !... Il faut que je crie au secours pour que tu dormes sur tes deux oreilles ? Que je m'arrache les cheveux, que je crache le feu pour que tu viennes pas t'en mêler ? »

N'importe quoi pour faire sortir un peu ce qui me dépasse, me déborde, que je retiens et que je ne sais pas pourquoi, dont je ne sais même pas si ça veut brûler ou jubiler, dont je me demande si c'est le coup de grâce ou l'état de grâce ou si ses larmes ne confondent pas les deux en miracle.

Je me suis regardé dans la glace, ça m'a refroidi net. Nicole n'est pas trop sexy non plus avec son petit œil au beurre noir. Mais ça dépend des goûts. Ça a quelque chose de fou qui ne lui va pas si mal après tout. Elle m'a reçu pelotonnée en chien de fusil, les couvertures par-dessus la tête, livrée à la concupiscence des sommeils violés. Elle s'y est arrachée quand j'ai claqué la porte du frigidaire, où j'ai trouvé des fèves germées pour nourrir une armée, mais pas une goutte de bière. Elle me salue en me demandant si je suis mort.

« Salut, t'es pas mort ?
— Je sais pas encore. Ça dépend de sketa Kesta ?

— Rien. Je suis tombée.

— Dans le péché. Puis tu t'es cognée sur le coin de la table en tombant. Je sais. »

Ma parole, elle a oublié qu'elle m'a dosé... Je suis outré, tout crépitant de colère rentrée, qu'elle confond avec une autre passion.

« Je suis tombée sur un fou. Je tombe toujours sur des fous... Par goût. Pour pas faire de jaloux qui font des scènes. Ça réussit pas à tout coup. »

Je ne lui dois rien, et elle ne s'attendait à rien de ma part, à rien de si ordinaire en tout cas, de si bas, de moche et de petit comme ça, comme on en frappe des petits tas partout où on met les pieds dans cette société de consommation. Elle a beaucoup d'amis, qui se réjouissent tous qu'elle ait beaucoup d'amis parce qu'elle les choisit tous assez fous pour lui vouloir du bien...

« As-tu d'autres questions comme telles sur mes fréquentations ?

— Une. Qu'est-ce que c'est, la moisissure qu'ils transmettent ? »

C'est bête, ça lui était sorti de la tête. Elle s'excuse, c'est un réflexe d'immunité acquise : trop ballottée par son vécu elle a pris le pli de minimiser au maximum, comme l'Étranger de Camus. Elle ressort de sa pharmacie avec deux espèces de pastilles.

« Une gonorrhée, ça se soigne les yeux fermés finalement. »

Je n'en crois pas un mot, je n'administrerais pas sa pénicilline à une poutre.

« Tu m'as déjà empoisonné une fois, je sais pas moi, tu peux aussi bien contracter des habitudes, connasse !...

— Arrête de japper, fais un homme de toi, vas-y va, crains pas, je fais pas le poids, casse-moi la gueule finalement.

196

— Tu recules devant rien, hein ? On peut vraiment compter sur toi quoi, connasse !... »

J'ai lavé mon sous-vêtement à l'eau de Javel. Elle me le fait sécher avec son séchoir à cheveux pendant que je prends mon bain, me résolvant à aller consulter un spécialiste, même si c'est au-dessus de mes forces. Elle n'en connaît pas. Il y en a mais ça ne se trouve pas, ils sont tous aux travaux forcés, pas cinq minutes pour respirer avant deux mois et demi trois mois. Je prends sa parole, elle a l'air ferrée... Il reste le service d'urgence des hôpitaux, qu'elle connaît par leurs petits noms. Je me fie plus aux Anglais. Si je suis pris pour mourir, ils vont me le dire, ça va leur faire plaisir, une grenouille de moins dans leur mare usque ad mare.

« Au General c'est plus facile de se parquer mais au Jewish ils sont plus gentils. »

Elle me rend mon sous-vêtement avec une serviette sanitaire dedans. Des plans pour la lui faire bouffer.

« Mé mé mé... vas-tu arrêter de me mutiler ? »

Il n'est pas question que j'y aille tout seul. J'ai peur de virer de bord ou de sauter par-dessus bord. Elle accepte de m'accompagner mais, avec sa manie de minimiser, elle refuse de cacher son ecchymose derrière des lunettes noires même si je lui fais valoir que c'est moi qui vais avoir l'air sonné.

« Je vais avoir l'air intelligent !... »

Elle n'aime pas les chats, ils mangent les moineaux. Ni les autos ; elles écrasent les chats mais elles asphyxient les arbres où se perchent les moineaux. Elle est comme tout le monde : bourrée de principes minés par ses bons sentiments. Elle passe l'après-midi à faire la navette entre la salle d'attente, où elle presse ses fesses sur moi pour me sécuriser, et l'Oldsmobile, où elle a découvert des caresses qui font ronronner Clarinette. Mais ça ne l'épate pas autant que de

réussir à faire partir le moteur et régler la chaufferette.

« Que veux-tu, t'es douée, il y a rien qu'on peut pas
te faire faire.

— J'ai des réserves comme telles au niveau envi-
ronnement mais quelque part finalement c'est pas si
débile, une auto. Ça marche, ça regarde où ça va, ça
vibre, ça crie, ça dort, ça tombe malade, ça meurt...
Quand tu m'as hmm-hmm, j'étais en période d'incu-
bation, j'avais pas de symptômes... Tu comprends ?

— Non. Puis j'en ai rien à hmm-hmm. »

De la façon qu'elle minimise, tout lui passe par-
dessus la tête. On n'a qu'à se baisser pour jouir des
agréments de l'insolence. Ils m'ont prévenu de m'attendre à attendre. Les cas prioritaires sont traités en
priorité et ils m'ont classé dans les quelconques pour
faire changement. Tantôt, ils en ont roulé une qui
délirait à vous déchirer l'âme, une autre fille tout en
fleurs et en cheveux, qui cherchait sa jambe, qui la
suivait, sur une autre civière. Chose a caressé la sienne
en marmonnant merci mon Dieu.

« C'est pas ton Dieu qui tient à ta jambe, c'est ton
genou ; il faut dire merci mon Genou. »

« Calling for *P. Lafond !... On demande P.
Lafond !...* »

C'est mon nom qui est crié au microphone, je
l'entends parfaitement, mais je ne le reconnais pas.
Puis je fais le joint mais ça n'accroche pas tout à fait,
ça vient de trop loin, d'une cour de récréation à
Sainte-Exite de Belle-Terre, qui se télescope avec un
centre de détention en banlieue de Saint-Jérôme.

« C'est moi ?... »

Elle ne sait pas elle ! Est-ce qu'elle sait elle
comment je m'appelle !...

« On dit chaude-pisse, mon fils. »

Je suis tombé sur un sacré farceur qui corrige mon

198

français et qui me demande si je suis allergique à son antibiotique après me l'avoir inoculé...

« Avant, tu peux toujours mentir. Après, où serait l'intérêt ?... »

Je sors de l'hôpital comme un enfant du confessionnal. Délivré et soumis. Non seulement décidé à recommencer ma vie, mais obligé, forcé, puisque tout est effacé. Merci mon Genou. Nicole résiste. Je persiste. Pourquoi louer un bon Dieu qui nous laisse tomber quand on a un bon Genou qui nous soutient ? C'est parce que ça va de soi que c'est si dur à expliquer à une fille compliquée, qui ne me pilote pas jusqu'à la pharmacie de son ami pour augmenter sa clientèle mais faire remplir à l'œil mon ordonnance. Il est drôle : plus elle lui en doit plus il est content.

« C'est plein de drôles que plus on leur en doit plus ils sont contents. »

Ça se trouve entre De Courcelle et Delinelle, juste en face de St. Henri Uniforms. Le monde est petit, et rempli de difficultés, mais grâce à sa carte codée Nicole n'en rencontre aucune : ma facture est aussitôt débitée à son compte privilégié. Je suis vachement impressionné, si ça peut lui faire plaisir. L'alcool est contre-indiqué. Même pas une bière ? Pas une goutte, a décrété le sacré farceur avec délectation sans donner d'explication. Tant mieux que je me suis dit, sur le coup. Mais je conçois tout à coup ce que j'encours en perdant mes moyens de brouiller la réalité, et ça me rassomme. Monte, descends, me sonnant la tête au plafond puis le coccyx par terre, je suis coincé dans un ascenseur emballé... P. Lafond, on demande P. Lafond ! Je m'appelle pour voir si je vais venir, si le cocon où je me suis boudiné va craquer, la larve éclater avec fracas à travers le miroir de l'armoire et aller jouer avec les papillons. Mais il n'y a pas de chair dans le nom. Il n'y a plus que du semblant, un imitateur qui personnifie un fornicateur, un acteur tripoteur de texte, tordeur de kleenex.

« Tu dévisages ta Méduse ?... »

Adé, c'est comme ça qu'il appelait ça quand il se regardait comme ça, cramponné aussi fort au lavabo. Il ne le supportait pas mais c'était ce qu'il cherchait. Ça l'inspirait. Ça le poussait à s'enfoncer plus loin, à se dépasser, s'envelopper dans sa cape et partir s'amocher, se défigurer, se ravager assez pour qu'au prochain face à face ce soit lui qui fasse peur à son monstre.

« Il n'allait pas plus loin qu'au bordel, il paraît. Avec ton chèque d'assistance.

— Il faisait ce qu'il avait à faire. »

Elle s'en glorifie... On voit ce que ça a donné mais on tient sa langue. C'est trop sacré. Ici, on ne touche pas à la poésie sans avoir ceint l'étole et la chasuble.

« Il ne s'évertuait pas à faire des poèmes comme tels, mais à faire un poète. En fait, il en a laissé malgré lui. »

Des petits bouts qui se chiffonnaient au fond de ses poches. Elle les recueillait dans la potiche écaillée qui trône comme une urne funéraire sur le frigidaire. Elle en repêche un au hasard. Elle m'en fait cadeau, pour me prouver qu'elle ne s'est pas donnée à moi par principe, comme elle s'imagine que je le crois, mais parce qu'elle avait un penchant pour moi, une vraie envie de me faire entrer dans sa femmille. « *Enfin c'est l'enfer, entrons nous chauffer, que le Diable m'emporte, ils ont barré la porte.* » On dira ce qu'on voudra, ça rime et ça déprime. Aussitôt que Nicole a le dos tourné, je rentre ce cri dans son cratère, comme un malpropre. C'est l'intention qui compte. Elle avait serré le carton où Juba a monté et illustré le trou de ses vieux collants. Elle me le rend. Tout ça commence à lui donner des airs de vouloir me larguer qui ne me reviennent pas.

« A quoi tu veux que ça me mène, ça ? Jusqu'où tu penses qu'on va avec ça ? Remets ça où t'as pris ça ! »

Je suis épuisé, je ne tiens plus debout, mais je suis trop nerveux, je ne tiens pas en place. Je tiens le coup en persécutant Nicole. Je la poursuis. Elle ne sait plus où se planquer pour rattraper le retard qu'elle a pris dans son programme de méditation transcendantale.

« Tu fais languir ta princesse ?

— C'est une bonne idée, tiens. Je me demandais quoi lui faire sans la caresser, ni lutter tout le temps pour me retenir, parce que ça m'enivre, même de lutter et de me retenir... Contre-indiqué comme c'est dans l'état où tu m'as mis, ça me ferait vomir !

— C'est bête !

— C'est à se taper le cul par terre !... »

Et je me le tape sur-le-champ. Je m'assois en tailleur à ses pieds et je lui donne une petite démonstration qui ne laisse rien à l'imagination. Elle ne l'oubliera pas dans ses prières, aussitôt qu'elle pourra les faire.

« Veux-tu que j'aille voir si Bruno est parti ? »

Il n'existe plus. Il est foutu, vermoulu. Je l'ai eu. Piqué, rongé, digéré. Parasité à mort !... A bout d'alibis pour s'échapper, avoir la paix cinq minutes, elle se rabat sur le cas du chat. Assez expatrié à son goût, il a planté ses griffes dans la banquette et refusé net de quitter l'Oldsmobile. Écumant ses sacs à main, elle rassemble assez de sous pour aller acheter une boîte de thon et tâcher de l'amadouer.

« Morale : on ne se fait pas casser les pieds quand on sait cacher ses fesses ! »

Elle me regarde comme si elle n'avait jamais vu pareille émergence au niveau du vécu d'un contenu refoulé.

Les pattes allongées de chaque côté, Clarinette me couronne, et si serré que je l'entends ronronner à l'envers du sommeil où je rêvais que je dormais dans mon coqueron, tranquille au cœur du royaume de l'ordre et de la santé. Mais ça glousse aussi. Et dans l'ombre qui se dissipe au pied du lit, se dandinent mes hôtesses, épatées par mon confort. Bruno leur a fait fumer du hasch et elles bêtifient, tout essoufflées par les événements qu'elles se mettent à relater en se coupant la parole. A tour de rôle, elles descendaient chouchouter le chat, le réchauffer, voir s'il allait daigner s'alimenter... Bruno s'est fâché rouge. Elles se tapaient sa sainte dope à la sauvette, entre deux portes ! Elles la lui traitaient comme une merde !... Il a pris les choses en main, et par la peau du cou du pauvre minou, qui se tordait, s'étranglait, sacrait. Elles hurlaient aussi fort, aussi violentes dans l'indignation et la dérision. Quelle poigne !... Quelle chance de pouvoir compter sur le mâle du siècle !... Elles le talonnaient en le conspuant, applaudissant, faisant suer un maximum. Ça allait mal tourner.

« Il a capoté. Les yeux sortis de la tête, il nous traitait de furies ferrées à glace, fées Carabosse à cornes...

— De juments avachies, truies vautrées sur lui... Puis il a claqué la porte !

— Puis il a rouvert la porte pour la claquer plus fort !... On tremblait, toutes secouées, pliées en deux !... »

Elles ont attrapé Bruno juste à temps. Il démarrait, il se poussait avec l'auto, il parlait de faucher les lampadaires et il avait une tête à faire pire. Elles lui ont sauté dessus, tapé dessus. Elles ameutaient les passants, les clients de la Coopérative. Elles pleuraient, pour s'exalter, s'exciter à ne reculer devant aucun moyen pour réparer la gaffe qu'elles avaient faite d'oublier les clés sur le contact. Il les a rendues quand elles l'ont mordu ; elles se seraient jetées sous les roues s'il avait fallu !... Elles en ont encore tout le sang monté à la tête. Elles n'auraient jamais cru que c'était si pâmant de jouer la tragédie. Et si affamant. Elles s'empiffrent de chips, à même un sac format géant, le genre à deux compartiments. J'en veux. Elles luttent pour me servir, de la main à la bouche, avec le bout des doigts qui pénètre. C'est si bon et si salé que ça donne soif par-dessus le marché. Elles ont laissé en bas leur magnum de coca-cola. Elles s'y précipitent, toutes les deux plus vite, plus intoxiquées, gorgées de cette électricité qui fait éclater les orages qui étanchent tous les appétits. Elles crépitent ; je n'ai qu'à les toucher pour que ça se décharge en orgie. J'ai sous la main la chance de ma vie, qui remue, qui me presse, qui me crie qu'elle ne repassera pas, et mon état, plutôt trop bon quand il n'y a pas de quoi, me force à la repousser. Quel gâchis ! Ça me tue d'autant plus que je sais que j'en garderai, comme pour les joyeuses jumelles de Pensacola, des rats morts qui me remordront de plus en plus fort, et que ça renforce la structure d'une conduite qui se reproduira jusqu'à ce qu'il ne me vienne plus une pensée qui ne saigne pas.

*

Clarinette est tombée en disgrâce. Elle n'a fait ni une ni deux, elle a attrapé le premier moineau à venir picorer la tartine. Nicole l'a sauvé in extremis et hospitalisé dans sa pantoufle. On se demande s'il survivra avec la moitié de la tête arrachée. Son cœur pompe si fort que tout son corps bat. Ça donne un choc. Un frisson qui se combine au trac qui ne vous lâche pas pour vous secouer comme une masse de poisse. J'ai beau recommencer aux quarts d'heure, laisser sonner jusqu'à ce que ça sente le caoutchouc brûlé, la patronne ne répond pas. Je la tenais... S'est-elle sentie tenue et contre-attaque-t-elle en inquiétant à son tour ? Ce serait normal dans un rapport de forces normal, mais il n'y a rien de normal qui tienne entre nous, ce n'est pas assez chic pour nous, nous ne portons que nos propres créations originales. Pourquoi m'accable-t-elle, moi qui suis encore plus victime de mes sales coups qu'elle, elle qui me l'a expliqué, qui l'a compris jusque dans son ventre ?... Est-ce que tout est toujours à recommencer, que personne ne donne jamais la communication pour vrai, qu'on est condamné pour toujours à la demander ?... Pourvu qu'elle ne me traite pas comme je l'ai quittée, par bonne volonté, pour la délivrer, qu'elle ne se figure pas que c'est une cage qui se fracasse quand elle me laisse tomber... Non, je ne sais pas ce que je fais ici, si je n'y suis pas en mission, en service commandé par toi, pour les intérêts supérieurs de ton état. Je ne me dégonfle pas. Mais j'attends tes instructions !...

La maison est vide. Nicole est partie enterrer le moineau, dans une boîte d'allumettes scellée au ruban gommé. Elle y a mis la date, le nom qu'elle lui a donné en lui fermant les yeux et qu'elle n'a pas voulu me dire, puis quelques mots qu'elle n'a pas voulu me lire. Je tiens le coup assommé par une triple dose d'antibiotique, affalé sur le canapé râpé par les caresses, dont mes premiers travaux pratiques... Je compte mes quelques piastres pour voir si les filles ne m'ont pas un peu fait les poches. Mais je ne sais pas combien j'avais pour commencer. De toute façon, elles n'y toucheront plus, je m'y accrocherai, cramponnerai, par amertume, pure méchanceté... Veau pour veau, je le vaux, qu'elles m'entretiennent comme elles ont entretenu Bruno, en plumant des pigeons de ma sorte. Il n'est pas revenu de sa crise de paranoïa (on en est tous là) et il n'y a personne qui verse des larmes de sang sur son sort pour le rachever à distance. Juba est partie trotter à son heure, la conscience tranquille, le cœur léger. C'est un gars qui a tout, même le tour de prendre sa liberté sans l'ôter à personne.

« *Mange !*... »

Juba a pris la peine de m'en faire une lettre, de mettre le mot dans une enveloppe où elle me donne mon nouveau nom (Tchou Bottom) et ma nouvelle adresse (la sienne)... L'ordre désigne une vieille cuisse de poulet qui a l'air de sortir d'une boutique de farces et attrapes, mais elle a fait ce qu'elle a pu pour lui donner de la gueule : trois pelletées de canneberges réparties avec un souci de symétrie. Clarinette a sauté sur la table pour voir ce que ça disait ; elle a ressauté aussi raide sans passer de commentaires.

« *Dormant*. Qui n'a pas de courant : les eaux dormantes. *Dormeur*. Qui dort ou qui semble dormir : poupée dormeuse. *Dormeuse*. Boucle d'oreille formée d'un diamant ou d'une perle montés sur pivot et serrés sur le côté intérieur de l'oreille. »

Et c'est tout illustré de gravures où je la fais figurer... Je repose le Petit Larousse entre les annuaires et collection de magazines génitaux. Je me recouche et je ferme les yeux pour m'écouter parler d'elle, ma patronne, en espérant que le ressort douloureux de mes pensées se tende assez pour déclencher une réponse dans le téléphone, serré dans mes bras. On n'a rien sans souffrir et j'ai l'embarras du choix. Je fais tout mal, même ce que je ne fais pas (déplacer l'auto pour ne pas me faire coller un autre ticket) et tout ce qui est mal fait souffrir. Mais du mal que le chat me fait en miaulant pour retourner à la maison au mal que je me fais en m'énervant puis au mal que je me fais en le frappant, lui pourtant complètement innocent, même quand il assassine en torturant, tout est mal, tout s'oppose ; le vide et l'absence en entier, en personne, résistent à nos pulsions, exercent une force de contraction qui conduit à leur étouffement final. Même être malheureux, être malade, c'est mal ; les pestiférés se fouettaient entre eux pour expier ce qu'ils croyaient avoir attiré sur eux... Et je saute le pas, je mets le doigt sur le vrai bobo. La tumeur dans la tête de mon singe. La conscience. Où est le mal si on détraque cette moulinette emballée qui se prend pour une boussole ?... Tronc comme je suis, je suis sûrement le dernier à y avoir pensé. Je m'y emploie sur-le-champ, en serrant les paupières avec toute ma mauvaise volonté : un acteur ne lutte pas contre son personnage, il lutte avec lui ; on a sa fierté ou on est une chiffe. J'excelle comme salaud et je me suis encore signalé en lui arrachant le cœur après l'avoir salopé jusqu'au trognon. Qu'elle pleure !... J'ai rempli ma tâche de trahir, qu'elle fasse son devoir de victime. C'est dur mais il fallait que ça se fasse. Et on ne pouvait pas compter sur les Achille et les Penthésilée pour le faire à notre place. Si on était tous beaux, tous grands, tous épatants pareil, on aurait l'air de quoi comme drame ? Comme action, suspense... Le téléphone me fait dresser les cheveux ; la sonnerie m'a surpris en flagrant délit.

« Ouais. Badeau. »

Tout le monde qui swigne connaît Badeau, le batteur de Crigne, le chef de sa bande. Mais il fait surtout dans les mœurs et le langage ; il les révolutionne. Il demande No... Le Doc quoi fuck.

« Il est pas ici. Il y a personne ici. Tout le monde se demande où il est passé. Un coup de tête.

— Wo, man. Pas de fuzz. Juste le buzz. »

On voit tout de suite le genre. Le genre courant. Courant au-devant pour se mettre au courant. Mais en l'occurrence, il est en panne. Bruno lui avait promis un coup de main pour déménager la Grosse, il a dû se soûler avec l'avance qu'il lui a escroquée...

« La chanteuse ? Elle déménage ?...

— Ça te fait triper ?...

— Ça ou autre chose. Au point où j'en suis, man.

— Ouais ?... As-tu des grosses capacités ?

— Je suis petit mais je suis *t'ardent*. »

C'est l'occasion que j'attendais pour m'affranchir, sortir de la misère morale et la domesticité totale. Je serai connu dans l'industrie du rock'n roll, dont l'expansion crée des tas d'ouvertures dans le camionnage et la manutention. Malgré mon dossier judiciaire, dont des artistes n'ont rien à faire, je pourrai embrasser une carrière, sexy par-dessus le marché. Je tombe sur les filles en sortant, elles repèrent à mon air agité qu'il se passe quelque chose.

« Pas encore ?... »

J'expose l'affaire. Juba ne veut rien savoir : ces farceurs ne la font plus rigoler. Mais Nicole est partante, et pendant qu'elle assourdit ses récents malheurs en rinçant le moteur, l'autre m'entraîne dans notre cage de l'escalier pour me demander quelque chose.

« Dis-moi que tu m'aimes comme avant... Pourquoi on se parle plus, pourquoi tu me fuis ?... Le courant va manquer si on joue trop avec les interrupteurs. J'ai peur...

— Tu dis ça pour me faire plaisir. »

Je dis ça pour la faire rigoler. Ça marche. Mais avec mes scrupules de la souiller je l'embrasse de trop loin, et elle me regarde partir en agitant une main désâmée à travers le carreau qui ternit son sourire. Ça me fait une grosse tête enflée, et c'est Chose qui en profite.

« Pourquoi tu t'accotes sur la porte ?

— Pour rien.

— Pourquoi tu t'accotes pas sur moi *pour rien* ? »

Ça la confond, et elle ne sait pas comment le manifester autrement qu'en se rapprochant, à petits coups de fesses réticents.

« Encore !...

— Vas-tu me faire chauffer le char après ? »

Blond jusqu'aux épaules, beau comme une fille, l'air féroce d'un tigre, Badeau a tout ce que je n'ai pas et il ne s'en prive pas. Il vous impose son autorité au premier couac, en vous rebaptisant.

« Qu'est-ce tu fais à part de ça, Tarzan ?

— Je drive des trucks, par exemple. »

Je mets le paquet, bien encodé, pour que le hint ne soit pas dur à catcher... Il me dispense de lui présenter Nicole. Il la connaît, c'est Lili. Lili Kopter. Pour une raison ou pour une autre qui tient sans doute à sa façon de planer.

« Bon bien, OK mon Tarzan, tu vas trucker les caisses pour commencer. »

Il y en a des piles, bourrées de livres et de disques, à moitié défoncées par leur force d'inertie, en plein dans mes prix. Crigne emménage au sommet du même immeuble, du côté du fleuve ; on n'a qu'à se baisser pour regarder les bateaux passer. Quand on se croise dans l'escalier, elle n'évite pas de me frôler. Elle est magnifique : tout en force et en hauteur. Une déesse de l'Olympe, un peu penchée, portée à toucher, sécuriser, dont la chipie des chansons et la matrone des photos ne donnent aucune idée. Elle n'est même pas grasse, juste solide, équilibrée, pas le genre à se faire maigrir pour marcher sur la neige tôlée. Quand la statue s'est animée, qu'elle m'a donné une main parfaitement chaude à serrer, je suis tombé dans un état second, et je n'en sors pas, je ne veux pas, sans compter que je n'ai pas trop pour accomplir ma besogne de toute l'énergie que ça me donne.

« On se connaît ?

— Gosier-en-Pente...

— C'est pas vrai !... »

Elle ne s'en remet pas. Elle me fait encore *ghrrrrr* en m'apercevant, les ongles sortis comme pour m'arracher les yeux. Sous le coup du frisson d'une collision réussie, je m'échappe.

« Christ que vous êtes belle !...

— Chut, c'est un secret, garde ça pour toi. »

Modeste avec ça. Comique. Un peu comme toi, de la même classe que toi. Propre. Pas une trace de sexe sur elle ; pas un regard, un sourire, un contact qui n'élèvent pas le désir à une autre puissance, irréductible aux idées toutes faites... Avant de s'épuiser sur le canapé et l'armoire à glace, on s'attaque au plus gros morceau. Au pied de l'escalier, où le piano évoqué avec effroi a été roulé, Badeau cafouille avec les courroies. Je m'en mêle et je réussis sans hésiter à nous harnacher, mon premier triomphe sur le plan artistique. Je suis plus adroit mais Badeau, plus intelligent, se met devant, pour ne pas absorber tout le poids, ni se faire écrabouiller si ça dégringole. Nicole se porte comme elle peut à ma défense.

« Attention, c'est un émotif... »

Crigne aussitôt vient me flanquer, prête à périr à mes côtés. Les quatorze marches sont à pic et à chaque arrachement, le cou cassé par le harnais, j'ai la pompe qui flanche et tout le sang qui redescend. Mais aussitôt que j'ai le dos tapoté par la « Jeune Géante » (de Baudelaire) il remonte, et le piano suit...

« Compte pas sur moi, petit ; prie !...

— Il y a pas de saint Gosier-en-Pente. »

Elle rit. Elle trouve que j'ai de l'esprit. Elle n'est pas difficile. Comme toi. C'est à croire que j'étais destiné à frayer avec la crème de la société.

Elle nous a commandé une pizza. J'étais là, je l'ai regardée faire, agenouillée au-dessus du téléphone posé par terre, et je ne l'ai pas cru, je n'ai pas pu concevoir que Bruno l'ait sodomisée, comme il s'en est vanté, un soir qu'elle avait trop le trac avant d'entrer en scène. Autour de la table, la conversation roule sur lui. Tout le monde donne tellement d'importance à son cas, se fait tellement de souci attendri, ça ne m'étonne pas qu'il se conduise en sinistré. Mais je ne m'explique pas pourquoi ça marche pour lui et pas pour moi, sinon parce que ça n'a aucune prise sur lui et qu'ils aiment mieux ça quand ça ne prend pas, que ça leur reste sur le cœur, tout frais, tout intact.

« J'ai téléphoné, il est pas chez sa mère. Il est reparti après sa shooteuse. Elle le fait marcher. Il demande pas mieux. Ça le dérouille. Il va courir. Jusqu'à ce qu'il lève. Ou qu'il tombe.

— Sur la tête, oui !... Putain de dope.

— Il cherche une fille pour faire la mort. Une garce. Une dure, qui va dormir aussi dur que lui, qu'il va serrer dans ses bras aussi fort et aussi longtemps qu'il a envie, qui ne le réveillera pas au milieu de l'éternité parce qu'elle a peur dans l'obscurité. »

Je le sais, il me l'a dit. Mais ça ne compte pas. Ils tiennent moins à lui, qu'à l'idée qu'ils s'en font. Chose aussi, avec sa manie de prendre tous les minables pour des poètes.

« C'est un rêveur, un fou qui croit aux paradis. Un perdant. Parce qu'il faut l'avoir perdu pour sentir ses anges à l'abri... »

210

On avait tout coltiné, terminé. Mon heure de gloire égrenée était répercutée par les parquets où les moutons roulaient, guettés par quelques épingles à cheveux. Je me suis offert pour passer l'aspirateur... Nicole était restée par solidarité, ils sont venus la chercher pour fumer ; je n'ai pas trouvé ça chic. Sa Majesté a tenu à me « récompenser » en personne, et profiter de ce que j'avais une tête à me faire tordre le bras ; j'ai trouvé ça chiche. Comme elle ne finissait pas de minauder et moi de m'obstiner à ne rien accepter, Badeau nous a poussés dehors en fourrant dans ma poche un billet déjà prêt, plié... Nicole n'a rien eu.

« C'est pas pareil, c'est mes amis. »

Elle a beau minimiser, ça l'a dégoûtée d'apprendre à conduire. A moins que ce ne soit ma propre conduite...

« Pourquoi qu'il te traite de Lili Kopter ? Il t'a tourné la tête ?... Il a osé, ce puant, ce baveux ?

— Moi ou une autre... Vous comptez pas les tours.

— As-tu vu comment c'est organisé ?... Les puants qui fricotent avec les baveux sur le dos des crottés limités aux étreintes des téteux ! Bien correct d'écraser, mais bien défendu de mordre. C'est ça, leur ordre ! Puis ça marche ! As-tu vu ?

— Je me suis pas penchée pour regarder.

— Elle se laisse posséder les yeux fermés, comme si elle aimait ça !

— Tu parles comme Adé. Attention, ça va te rattraper.

— Il y a pas de justice. »

Il n'y en a pas parce que s'il y en avait personne ne s'en servirait, qu'elle dit, en baissant la vitre, pour faire sortir les bébites. Puis elle se blottit sur la portière, qu'elle a bien raison de trouver mieux fabriquée que moi.

« Je te demande pardon.

— Demande ça à d'autres. Je te dois rien finalement. »

Juba m'attend au Juke Bar. Elle m'a laissé un mot sur l'oreiller du lit qu'elle a dressé sur le canapé.

« J'ai caressé ton chat. Je n'avais rien à faire. Je ne peux même plus siffler. Ce n'est pas une vie pour un petit train de guetter si sa petite gare va passer. »

On la sent qui savoure tout l'amour que je ne lui donne pas pour une fois, le seul amour qui l'intéresse dans le fond. Gémis sur ces tendresses que tu jettes comme si tu ne demandais pas mieux qu'elles ne valent rien, que je te mette hors de danger de te les faire payer en te les rendant, oui princesse, et soupire après les nuits atroces que tu passais à m'affrioler puis me repousser, m'emballer pour me lâcher, me forcer à partir, pousser à courir après les précipices !...

J'ai laissé poireauter cette allumeuse (ça lui fait tellement plaisir, ça lui inspire de la poésie). Je suis plutôt monté relancer la flotteuse. Qui a craqué. En douceur. Sans un bruit ni un mot plus hauts que l'autre.

« Je te laisse la chambre... »

Elle a gobé sa poignée de pilules puis été se coucher dans le débarras, son petit sac de couchage sous le bras. Elle serait mieux installée dans le salon, mais le boudin ne serait pas aussi bon !... Tant pis, car je n'infeste pas son intimité pour pimenter ses délectations solitaires, mais parce que ça me tue ; par atrocité, pure, comme un alcool trop fort. J'ai été grimacer dans le miroir pour voir si c'était vrai. Il y avait ton petit tondu mais je ne l'ai pas reconnu. Il était si tordu qu'il a perdu la face, et j'ai perdu sa trace. Patronne, je ne suis pas un chien sans ta porte à garder, pas un pou sans tes cheveux à gratter, pas une tortue sans toi sur ma tête. Je ne saurai plus comment je m'appelle si tu ne réponds plus quand je t'appelle ; je ne saurai pas quel animal je suis tant que tu ne l'auras pas entendu, reconnu à sa sorte de cri.

« Résidence Dunoyer... »

Francine. Dans tous ses états féodaux... Je bénis la voix qui m'a honni ; je baise les plus jolis pieds qui m'aient foulé.

« C'est moi, passe-la-moi.

— Madame Dunoyer a donné ordre de ne pas la déranger.

— Oui, Francine. Oui !

— Elle repose. Elle a eu des mauvaises nouvelles... de sa santé.

— Alors elle est vivante, entre bonnes mains... C'est tout ce que j'avais besoin de savoir.

— Alors très bien. »

Elle va raccrocher, pas une miette ébranlée par mon désintéressement pathétique. J'ai une seconde pour la rattraper.

« Pas de message pour moi ?

— Bien... elle aimerait bien ravoir son chat et sa voiture. Si vous en avez fini.

— Oui... Mais si elle ne veut plus me voir, ni de près ni de loin, elle va peut-être préférer envoyer quelqu'un... »

Elle ne saisit pas la perche que je lui tends. Elle saute sur l'autre.

« Où ? »

Je lui donne l'adresse, avec le numéro de téléphone de Nicole. Elle les note, elle me les fait répéter pour s'assurer qu'elle les a bien notés, elle coupe la ligne. Sans dire merci ni au revoir ni crier gare. Je ne lui en veux pas. Je veux avec elle. Je suis aussi pressé qu'elle de me défaire de moi et de ne me soucier que de « ma dame », de la faire rentrer dans tous ses biens. Mon plus gros poids est ôté : elle sait. Je peux respirer, le pire est arrivé... Et passé. Elle se fait soigner. Dans une semaine, elle sera guérie. Dans six mois, la petite l'aura tellement chérie, dorlotée, nettoyée de moi, elle gambadera... Même le mépris compassé de Francine me réjouit. Ah un ton, une élocution qui vous étendent raide, comme à Westmount, chez Maggie et autres excédées sexuelles toutes refaites au scalpel, grandes intestinctives péteuses dans l'eau, chic il pleut tout le monde à la piscine!... Fricaille, va!... Tant qu'à se soulager!... Mais ho le père, hé, arrié, l'ascenseur se remballe, attention à la tête.

Mais la bonne surprise passée ne me laisse que mes cigarettes pour tousser en attendant Juba dans l'escalier. Plus personne. Plus rien que des morts et des blessés. Les maisons ne sont plus gardées, ni les rues défendues. Je suis libre! Comme l'eau qui a cassé ses cruches. Forcée de se répandre partout, et absorbée partout. Seul tout à coup, avec le vieux cri coincé à travers ma gorge, qui le serre pour ne pas qu'il sorte, que la force d'expulsion me vide jusqu'au fond des talons, et que le silence complètement refait me disperse au complet; je me retrouve seul tout à coup, comme si je ne l'avais pas cherché, à la façon d'un aveugle hostile, qui jette les lampes à terre en cherchant son chemin avec les mains. Je suis perdu. On en a trop grand à regarder quand on n'a pas un visage à regarder, avec ses deux lumières pour nous éclairer, viser le point noir au milieu, la tête d'épingle où l'océan peut s'engouffrer, le fleuve se jeter, les rives se rétrécir jusqu'au quai, et le vaisseau qui fait eau accoster... Je reste là, à attendre je ne sais quoi de Juba, qui ne reviendra pas puisque c'est moi qui suis parti, qu'elle fait partie de ce qui est fini, qui dessèche la bouche où elle tournait sept fois sa langue avant de réfléchir, qui a eu la peau du singe qui faisait rire son corps jusqu'à ce que le lit déborde... Reviens pareil, on est une bonne équipe, on résistera ensemble, on se survivra. Viens princesse, viens faire ce que tu peux, ne fût-ce qu'un peu de bruit, vite on ne s'entend plus... Elle descend justement du taxi, joyeuse et joyeusement accompagnée. Un genre représentant de commerce, en couvre-chaussures et couvre-chef en fourrure. Un roi Dagobert que sa culotte a mis à l'envers et qui fait sa parade nuptiale, la bouche en cœur et la cuisse légère. Elle est si soûle qu'elle ne tient pas debout. Elle se pend à son bras, avec la prise à deux mains qu'elle me fait parfois pour me montrer combien elle tient à moi. Ça me fait de quoi mais ça ne casse plus rien. Comme si elle était ma sœur et que son ordinaire sexuel ne me regardait pas. D'ailleurs, j'ai toujours aimé des sœurs. Avant Lucie, la sœur à Bruno, j'avais fantasmé sur Loulou, la sœur à Ti-Noute, de la famille que les bonnes gens appelaient les Guenillous. Elle avait les cheveux noirs, les yeux noirs, pas de chaussures, et elle s'accroupissait pour voir le mal que ça vous faisait de tout voir sous sa robe noire. Il y a de ses éclats de rire parmi ceux que Juba fait retentir jusqu'au fond du sac de couchage, où j'ai persuadé Nicole de m'accueillir en m'autorisant de leur cruauté. Elle a même tourné le dos pour que je m'agrippe à ce qu'elle a de mieux, même si c'est peu. Elle est chaude et aride, comme l'été où la sœur à Ti-Noute courait nu-pieds sans se couper dans le dépotoir, ange des cieux sens dessus dessous, constellés de tessons de bouteilles.

« Raconte-moi une histoire. Parle-moi de quand t'étais petite. Étais-tu vicieuse ? »

Elle n'a jamais été petite : elle a rêvé qu'elle était petite. Comme elle rêve cette nuit qu'elle est grande et que je l'empêche de dormir, et de rêver d'autre chose.

« Et puis personne me croit quand je dis la vérité comme telle... »

Il y a de quoi. Elle se prétend l'enfant abandonnée d'une prostituée et du curé qui l'avait dévoyée pour la recruter dans le bordel qu'il exploitait.

*

J'ai fait un rêve où je t'ai vue bleue, claire et bleue de toutes les couleurs, comme un chromo de Samanthabhadra en majesté-ballottée sur le dos de son éléphant. Ici, les dieux portent leur ciel bas, gris gras, glacé crasse. J'aime mieux l'automne, les feuilles courent après moi. Juba est montée me chercher, catastrophée ; l'ouvrier achevait de changer sa serrure et elle n'avait pas le premier sou pour le payer ; j'ai craché. Bruno lui a téléphoné hier après-midi, pour lui signaler sa disparition... Monté sur ses grands chevaux d'adolescent, il l'a adjurée de faire une croix sur lui : il ne l'aime plus assez pour ce que ça coûte ; aimer par commodité, usure ou défaut, c'est une perte d'amour, une vraie perte, qui diminue la quantité, et il est temps à trente ans qu'il commence à compter, à avoir peur de se ruiner, d'en manquer, d'en avoir trop peu pour faire sauter le système quand le courant va repasser...

« Puis toi ?... T'es pas tannée toi, de fuckailler ? De vivre au-dessous de ton niveau de vice ?... »

Tel quel. Fou de même. Fanfaron fini ! Elle lui a montré !... Elle s'est pomponnée aussi raide, elle est partie putasser. Dans ses plates-bandes. Elle s'est offerte en spectacle, frottée à tous ses petits copains.

216

Elle les lui a affriandés puis plantés là, se jetant dans les bras du premier « pingouin » à se pointer, pour bien leur donner de quoi tricoter de la gueule. Quand elle est rentrée Bruno était passé, et il avait fait sauter les derniers boulons. Elle avait trop bu, elle n'a rien vu. Elle a eu le choc ce matin : il est parti avec sa chaîne stéréo. La table tournante, les haut-parleurs, tout !... Un cadeau de la tante Ottla, une manière d'héritage, un sacrifice de mille dollars !... Une bassesse, une écœuranterie, un coup de cochon pourri !...

« Et il est fier d'avoir eu le cran !... Il a osé, il a réussi, il s'est défoncé, il s'est plongé sous ses limites, il vit sans respirer !... »

Insultée, dépouillée, profondément humiliée, Juba crache le feu. *Fuckailler !*... Elle qui lui a tout offert, tout permis, même quand ça faisait trop mal, pour lui donner confiance en lui, faire un homme de lui. Elle s'est déshonorée, elle a trahi son père et les assiégés du Haut Atlas pour lui. Elle s'est laissé tripoter, elle a exploité ses meilleurs amis pour le gâter. Elle a lutté avec Hydro-Québec, Gaz Métropolitain, Bell Telephone, elle a fraudé l'Assistance sociale pour lui. Elle a été une sœur, une complice pour lui, une femme quand il n'était pas trop soûl ou qu'il ne lui demandait pas de tenir la chandelle pour lui !...

Elle lui fait sa valise. Encore une fois. Mais c'est la bonne. On dirait. Elle a tout vidé : les tiroirs, les placards. Elle a fait un tas bien sinistre au milieu du salon. Les revues de filles, les guenilles, le rasoir, la brosse à dents, les chansons, les romans, les pipes à kif, les cendriers sales, les bouteilles vides, les bottes à traverser les États-Unis, les jumelles de Pensacola qui avaient fait notre lessive et mis le verrou à leur buanderie pour rester toutes seules avec lui, elle va tout fourrer ça dans des cartons puis lui empiler ça sur

217

le perron !... Ça ne fera pas un pli. Mais c'est dur. Elle presse ma main sur son cœur qui se débat.

« Tu me laisses pas tomber, hein ? »

Pendant qu'elle prépare un casse-croûte pour refaire nos forces de déménageurs, je cours les rues avec Chose et son œil viré au beurre frais pour mendier des boîtes aux marchands accablés.

« Qu'est-ce que tu vas faire de toi finalement ?

— C'est toi qui vas faire quelque chose de moi. Un petit roi en m'exaltant. Ou une ordure en me jetant. »

Elle ne sait pas comment prendre ça, ça a trop de bon sens. Elle va nu-pieds dans ses flip-flop, comme une chiffonnière. Et elle ne chipote pas. Elle tape à fond dans les flaques coagulées, les pâtés de boue de trafic, la purée de pommes de neige au calcium. L'épicier a besoin de ses cartons pour faire ses livraisons. Le quincailler nous regarde de haut en bas comme s'il ignorait tout du carton et des flip-flop (sandales de plage en caoutchouc synthétique).

« Meurs pas va, je te taquinais. Ça crève les yeux, ce que tu penses de moi.

— Je te juge pas, bien au contraire...

— Tu m'aimes ! Je le savais mais j'aimais mieux que tu le trouves toute seule. »

Elle se retrouble. Elle est si sérieuse, si profondément superficielle, que je sens que je n'aurais pas de mal à lui faire prendre ce trouble pour tout ce que je voudrais.

« Franchement !... Qu'est-ce que tu me trouves ? »

Elle me regarde comme si elle me trouverait irrésistible si elle pouvait me supporter... On est pleins de préjugés. Le magasinier de la Régie des Alcools était si rebutant avec ses paupières soudées sur son œil crevé qu'elle a rasé virer de bord. Il ne lorgnait pas les roses brodées partout sur ses jambes, même entre, pour sarcasmer, mais fantasmer, et il le lui rend en l'emmenant faire son propre choix dans son assortiment. Elle prend quatre cartons pareils. Qui ne s'emboîtent pas, qu'il faut trimballer à raison d'un par main. Le trottoir n'est pas assez large, on empiète sur la rue. Mais c'est d'un autre embarras, le même que tout à l'heure, qu'elle cherche à sortir en se creusant les méninges depuis tout à l'heure.

« Si je suis responsable de toi, tu es responsable de moi quelque part... Au même titre.

— Oui. Mais on est pas de même force. Toi, tu peux me faire tout ce qui te plaît. Moi, tout ce que je peux te faire si ça me plaît pas, c'est de t'en vouloir...

— Il y a pas de solution dans le fond...

— Il y a pas de problème puisque tu m'aimes dans le fond. »

Avec un gros soupir d'enfant martyre, elle laisse tomber le sujet. Les boîtes aussi. Qu'elle ramasse aussitôt, mortifiée de les avoir maltraitées, plongées dans la gadoue. Elle ne serait pas si comique si elle avait le sens de l'humour, comme il y en a tant.

Elle ne sortait pas des toilettes. Juba a été voir si elle était tombée dans la cuvette en tirant la chasse, et elle n'est pas revenue non plus. Elles ont taillé une bavette sur mon dos pendant que je ficelais les cartons comme un faux jeton, puis que je les imperméabilisais avec des sacs à déchets pour me donner bonne conscience : il en faut une costaude pour résister aux reproches totalisés et interprétés par le chat, décidé à miauler après sa maison jusqu'à ce qu'il obtienne satisfaction.

« Elle peut pas te garder cette nuit, elle est occupée, elle va voir *Persona* avec un de ses pauvres types, il monte un truc sur Chastelard, le petit poète mort d'amour pour Marie Stuart, ils l'ont trouvé dans un placard de sa chambre à coucher, ils l'ont décapité, crime de baise-majesté, j'ai une idée pour l'affiche, la tête coupée qui mord la langue qui pend entre les cuisses crispées de la reine agrippée à son trône, le scandale me lancera, tu seras mon modèle, je te rendrai immortel, tu dormiras sur le canapé, ça se transformait en lit, c'est coincé, cet abruti me l'a tout esquinté avec son gros tas, je l'haillis, qu'est-ce que je disais ? »

Elle parlait de Nicole, qui s'est bricolé une petite vie qui va se disloquer si je continue à m'en mêler. Elle ne se remet pas de l'égorgement de son moineau. Elle s'imagine qu'il est mort convaincu qu'elle lui avait beurré toutes ces tartines pour lui tendre un piège.

« Laisse-la tranquille. Installe-toi ici, on va bien s'arranger avec un verrou sur ma porte. Je veux pas coucher avec toi. Si on tombe dans cette routine, je suis foutue. Je me ramasse avec un autre amant foireux et personne pour me plaindre... Reste comme tu es, tu es tout ce qui me reste. Quand tu travailleras tu paieras la moitié du loyer. Je suis contente, on va pouvoir tout partager, comme j'ai toujours rêvé. Combien il te reste ? »

Elle a tout confisqué, l'Oldsmobile avec. Je l'ai promenée tout l'après-midi. Elle a fait le tour des bars, pour relever la trace de Bruno, dont personne n'a entendu dire qu'il cherchait à bazarder une chaîne stéréo. C'est chez Ogilvy, où les fiancées s'équipent, qu'elle tient à s'offrir son verrou : un petit prétentieux, tout en anneaux d'un or douteux... Avant qu'elle ·flambe tout, je la débarque à la première épicerie, me chercher une caisse de vingt-quatre. C'est trop lourd mais elle me défend de me porter à sa rescousse. Elle va y arriver, en deux escales, pour me montrer tout le cœur dont elle parle quand elle dit qu'elle me donne son cœur.

« Le vois-tu comment je t'aime, sale bête ?...

— Oui, comme une dégénérée. Aujourd'hui moins que demain et que ton petit verrou !...

— Je t'aime tellement, je t'aime mieux quand tu m'engueules. »

Je la rengueule parce qu'il ne me reste plus de quoi m'acheter un rasoir.

« Je t'aime tellement, je trouve plus beau pas entretenu, pas toiletté, avec ta gueule dévadée... »

Veuve sans enfants, la tante Ottla vieillit toute seule, comme une shiksa : dans sa famille, on n'épouse pas dans une autre secte ; on aide encore moins une nièce à se faire avorter. Avec le cafard des clochettes de traîneaux à la radio, elle a attrapé une grippe qui lui fait garder le lit. Juba se fait un devoir de la visiter tous les jours. Elle est montée pour cinq minutes. J'ai poireauté une demi-heure. Une autre. A un moment donné, les rideaux se sont écartés. J'ai su par la suite qu'on m'avait observé parce qu'on s'était fait raconter que j'étais un artiste.

« Ça la rassure qu'il existe des artistes. »

Juba est ressortie avec une biographie de Marie Stuart, entrelardée à son insu de billets de dix dollars. Elle l'a ouverte machinalement et le vent en a emporté un. Un enfant a couru qui l'a attrapé, qui continuait tout droit pour se sauver avec, puis qui s'est ravisé. Juba a trouvé sa volte-face courageuse, et lui a fait garder sa prise. Je ne suis pas d'accord. Ce crétin est tout content d'avoir regretté, de s'être laissé culpabiliser, d'avoir cédé à sa conscience, cette pulsion de mort. Il va recommencer.

« Ce sera de ta faute.

— Essaie pas, tu me le feras regretter, je me laisserai pas culpabiliser. »

Ils sont venus. Ils étaient deux. Un gars, une fille. Jeunes mais vieux jeu. Un costaud ténébreux, les cheveux en brosse. Une poupée aux yeux ronds, le nez pointu : un petit gendarme hérissé, une pelote d'épingles.

« Il faut être paqueté pour s'y frotter... »

Francine et son frère n'ont pas fait à Nicole une bonne impression. Ils ont demandé où était le char puis ils sont rentrés dans leur fourgonnette bardée d'échelles. A cinq heures, ils attendaient encore. Ils sont partis avec le chat. J'ai trouvé mes petites affaires sur le perron, dans la petite valise que ma mère m'avait achetée pour solenniser mon entrée dans le monde carcéral. Elle avait l'air abritée, protégée, avec la cape d'Adé posée à califourchon par-dessus. Ça m'a frappé, attendri. Affaibli assez pour être jeté à terre par la caresse que la patronne m'inflige en me rendant malgré tout, après tout, l'anneau de notre alliance. Dans l'enveloppe, elle a mis aussi une dizaine de billets de dix (c'est la journée). Mais pas un mot. Je fouille encore, au prix de froisser tout ce qu'elle a plié et rangé avec un ordre et une propreté qui troublent mes sens : rien. Qu'est-ce qu'elle aurait pu écrire ?... Au revoir et merci, tes bébites m'ont bien fait bobo ?... Mais est-ce qu'elle ne me dit pas qu'elle ne me chasse pas tout à fait, qu'elle me garde un peu en gardant ma tronçonneuse et mes outils ?... Il y a un flou là. J'y reviendrai, si je suis encore là, quand j'aurai absorbé le choc avec ma caisse de vingt-quatre. Je la prends sur mes genoux, je l'étreins comme une femme. Je reloge les bouteilles bues dans leur trou en renfonçant la capsule sur leur bec, pour qu'il n'y ait rien qui traîne, que l'ordre et la propreté, qui sont tout ce qui reste qui ressemble à l'amour, règnent. Et tant mieux si la bière renforce mes microbes. C'est bon pour ce que j'ai. Mon apathie sexuelle m'affranchit, me donne une prise sur Juba, une indépendance d'esprit où je peux tellement mieux me défruster qu'en la tripotant. Ça me rend mordant au lieu de lécheux. C'est aussi chien mais ça ne déshonore pas la race.

« Qu'est-ce qui m'a encore pris de coucher avec ce con ?... Je suis tellement conne !... J'avais même pas envie, merde !... J'aurais dû le faire cracher... Trop conne !... Ce serait pas arrivé si tu m'avais pas laissée toute seule. Je t'avais lancé un SOS. On peut plus compter sur toi ou quoi ?

— Fais pas ta pécore. Je t'ai vue, tu te frottais sur lui.

— Oui, comme une conne. Qui te dit le contraire ?... Qu'est-ce que ça prouve ? Qu'est-ce que tu connais aux shiksas ?

— Que c'est jamais sous moi qu'elles se jettent quand elles ont pas envie...

— Quand on a pas envie, on a autre chose. C'est une plaie ouverte ; ça fait toujours mal. Demande à Nicole !

— Si tu savais tout le bien que ça me fait, tu me dégoûterais pas comme ça. »

Elle râle parce que même après deux bains elle se sent encore sale. Pour faire la paix, elle me prend une gorgée, une bonne, qui pompe jusqu'aux dernières gouttes au fond de ma bouteille, puis elle retourne se laver, avec l'Ajax et la brosse à plancher...

« Garde-toi des jambes pour marcher ; je te sors ce soir, mon cher !... »

Je me suis entortillé le fil autour du cou de façon que le combiné me pende sur l'épaule ; je peux l'écouter grelotter toute la journée chez la patronne sans risquer de me démettre une omoplate en levant le coude avec le cou tordu. Même si ça ne répond pas, ça opère : la ligne me reconnecte à ma centrale, la sonnerie à l'autre bout redonne un pouls à mon coma, une cible aux sirènes de mes ambulances. Mais qu'elle réponde, qu'elle y vienne, je suis paré. J'ai un plan d'attaque aux pommes. Je l'étends en partant, d'un direct au cœur.

« Tu sais chochotte, ô ma chochotte, les soixante secondes où je me suis glissé entre tes petits rideaux et que tu m'as reçu dans ta plus stricte intimité ont été les soixante plus belles années de ma vie. Et toi, dis-moi, qu'est-ce que ça t'a fait comme effet ? »

C'est le salut par la poésie, par l'élévation à un niveau de communication qui fait rentrer dans leurs vraies dimensions les microbes et leurs dégâts. Mais je vois que je les lui ferais toucher en lui expliquant tout ça, et je ne pourrai pas ; l'horreur me reprend qui m'a fait perdre la tête et créer cette situation dont nous avons tous les deux perdu le contrôle. Alors je raccroche... Dagobert, le voyageur de commerce qui a visité la plaie de Juba, n'attendait que ça pour l'inviter à souper, à son hôtel. Elle y comptait.

« Chic, chouette, comme c'est gentil, dakar, je saute dans un taxi, oui oui, tout de suite, je monte directement à ta chambre alors, dakar, dakar, moi aussi j'aurai une surprise pour toi. »

Elle entend se servir de moi pour se payer sa tête. Je proteste. Il la traite comme une putain mais elle l'a cherché, comme elle s'en est elle-même vantée. Et puis on s'en fout... Je ne vais pas rester ici comme un ver à me tordre et me rouler par terre. Je rehisse la grand-cape, mais bien lesté par les bouteilles dont j'ai garni les poches que le poète avait créées pour piquer à l'étalage des supermarchés. Le Bonaventure a un hall en bunker que j'attaque embusqué derrière le dos de Juba, qui flotte sur ses talons hauts tandis que je m'enfonce dans mes bottes, absorbé et réprimé par le luxe des tapis. Dans leur aura rouge, où l'air s'épaissit en bain, on n'ose pas ouvrir la bouche, même le

224

perroquet employé comme mascotte à la réception. Ce n'est pas pour me vanter mais je fais un gros effet à Dagobert en surgissant dans son tableau de chasse. Les bras lui tombent, la face aussi, avec toute la tension de sa moustache marinée dans l'eau de Cologne. Juba le rassure comme elle peut, sans s'éreinter pour garder son sérieux.

« C'est rien, c'est mon frère, le terroriste de l'air. Inutile d'en faire une affaire, il est pas fier. »

Dagobert non plus. Le champagne est frappé, on le sablera. Il va nous montrer qu'il est un homme bien élevé, qui sait recevoir et qui entend s'amuser.

« Il risque rien avec sa bouille de bon petit Québécois.

— Tu l'as pas bien regardé. Il y a pas plus bougnoule que cette tête en motte de terre.

— On a la tête en quoi, les Québécois ?

— En pâte de guimauve. »

Ça l'égaie, mais comme je fourrage dans ma doublure pour extraire une bière, il change d'air. Et en même temps qu'il m'imagine brandir un revolver, son bouchon saute. Juba lui ôte le précieux Clicquot pour qu'il n'en sème pas partout, puis elle le confisque, elle va se le boire toute seule, en le serrant entre ses cuisses entre les coups, le bras serré autour de mon cou.

« Panique pas va, c'est juste un raton rêveur, un maquereau comme on dit. Mon comptable quoi ! Qu'est-ce qu'on s'ennuie !... Viens Youssouf, on va aller faire pipi. »

Comme fiévreuse, furieuse, elle s'en prend à moi, elle se déchaîne sur moi, à pleins bras, à pleine bouche. Elle se mord et se brûle après moi. Elle dit tout ce qui lui monte à la tête.

« Plante-le, étampe-le, pète-lui la gueule !... Tu en vaux deux comme lui, montre-lui, montre-moi, humilie-le-moi, mets la main sur lui comme il l'a mise sur moi.

— Jamais ! J'aimerais mieux que vous me passiez sur le corps ! Toutes autant que vous êtes ! »

J'y ai mis le temps, mais j'y suis. Et elle est contente de m'y avoir amené, de me témoigner de vive viande tout ce qu'elle gagne en me rendant maître du jeu de frustrations où elle m'a enfermé. Elle me veut là, en position de force, de fanatiser ses envies en lui résistant. Elle a le bassin qui broie, les dents qui coupent, les joues qui se raclent sur ma barbe ; elle a toutes ses ressources sans emploi qui travaillent, qui se chargent de sens... Tiens tiens je te tiens, tiens tiens c'est toi qui t'accroches à la perche et c'est moi qui la tiens. Je veux voir ça sur ton visage, que je saisis entre mes mains, mais il est si puissant avec ces yeux qui vont prendre feu, ces lèvres qui vont saigner, que c'est moi qui suis capturé. Même avec mon armée, la porte se referme sur moi quand j'entre dans ton visage. Même quand je ne t'ai plus dans la peau, tu m'as dans ton visage. C'est lui ton cœur, lui qui me tient, qui a mon portrait, qui jette la lumière qui me reconnaît, qui me cherche et qui me trouve au fond de la nuit où les populations se confondent, lui où rien ne se perd, où tout s'imprime, lui mes images, les pages de l'histoire dont l'auteur m'a pris comme personnage... Je me reprends à m'émouvoir. Mais aussitôt que je m'anime dans sa bouche, elle me repousse. Aussitôt que ça vous a rattrapé, ça se redistancie, tout essoufflé.

« Ah ouf qu'il faut aller te chercher loin !... »

Elle me prend la main, pour me garder, ne plus me lâcher. Elle poursuit son voyage au bout du champagne en me la tenant tout le temps. Elle me la serre de temps en temps, quand elle a peur que la tension tombe. Elle répond aux questions de son pingouin en m'allongeant des coups de langue sur la figure. A la fin, pour bien clouer le spectacle, elle s'assoit à califourchon sur moi et me fait, entre quelques éclats de rire, une toilette complète. Le menton, le nez, tout y passe, même les angles calvitiés...

« C'est comme ça qu'on se tient propre dans la famille. Il y a pas de crasse qui prenne sur nous. »

Puis elle s'est retroussée pour faire reluire de propreté sur sa peau de caramel sa culotte bleu ciel.

Elle m'entraîne par la main au hasard des embranchements du couloir, en souhaitant qu'ils se combinent et se multiplient jusqu'à ce qu'on ne trouve plus la sortie et qu'on soit condamnés à y terminer notre vie, bien au chaud, comme des termites dans leurs galeries. On servirait de guides, passeurs. On montrerait le chemin aux pauvres malheureux qui cherchent à se perdre, aux voyageurs qui veulent rester partis. Elle a ôté ses souliers pour se régaler, se chatouiller les papilles des pieds aux riches laines, les croquer avec les orteils. On aboutit soudain au pied d'une serre, un petit bois suspendu, une carlingue claire où des bouleaux pleureurs tombés en panne retiennent leurs larmes... Ce n'est pas ce qu'elle cherchait mais c'est toujours ça. Elle s'appuie sur moi pour se rechausser, mais elle a trop bu, la tête lui tourne et la fait chavirer. Je la rattrape de justesse.

« Tu vois, tu m'as pas laissée tomber...
— Une fois n'est pas coutume. »

Elle est contente, son singe fonctionne, il lui a fait une grimace. Quand il la fait rire, il se trouve fin et ça lui rend les yeux brillants. Elle lui donnerait la lune. Elle lui redonne sa bouche. Il en prend un petit peu, pour faire son difficile, lui fournir un frein à ronger, à s'enthousiasmer, comme elle lui a appris à le faire avec bien des manières.

« M'aimes-tu ? Gros comment ?... Comme un wapiti qui se roule dans sa pisse ? »

Elle me renvoie là aux excès de ma lettre de résipiscence.

« L'amour c'est chacun son tour. C'est à ton tour.

— Moi je t'aime toujours pareil.

— C'est facile par personnes interposées... »

Ça la fait réfléchir. Ou quelque chose comme ça.

« Viens un peu ici, toi. »

Quelqu'un peut surgir. Elle s'enveloppe dans les pans de la cape, pour que ça reste bien entre nous. Elle me saisit une main et me la plonge sous sa robe, jusqu'à l'intérieur de ce qui ne se dit pas, jusque dans l'encre qui l'exprime. Mais elle déloge aussi vite mes doigts aussitôt poétisés, glorifiés, pour chercher dans mes yeux, avec un regard de la même encre, ce que ça change, que ça casse, ça produit comme cataclysme.

« C'est tout ?

— Oui, c'est tout. J'ai envie de toi, ça me fait mal au ventre, mais c'est tout. Je suis pas si fausse et si truquée que tu crois, c'est tout. »

C'est la preuve de sainte Thérèse d'Avila quoi, où tout le reste n'est bon qu'à jeter aux pourceaux. Les autres pourceaux naturellement. Peut-être. Si je suis assez bête pour le prendre comme ça. Je ne le suis pas mais je suis à la limite. La même qu'elle... Ça ne sert à rien de continuer, on ne peut plus avancer sans aller moins loin ; je me laisse tomber par terre sous la châsse de l'alarme d'incendie, avec sa hache dressée et son boyau lové. Elle se serre à mes côtés, sa jambe bien allongée contre la mienne. C'est ça qu'elle aime le mieux : mettre le courant et s'installer pour le sentir passer. C'est ce petit frisson de chaleur et de sécurité, d'appartenance, que Bruno lui a toujours refusé. Il se prend pour Jupiter. Il fait dans la foudre, les courts-circuits.

228

« On faisait l'amour à feu et à sang. Je pouvais pas le regarder sans tomber sur le dos. On se réveillait la nuit pour recommencer, comme des fantômes qui se cherchent un corps. Qu'est-ce qui reste ? On a édifié quoi là-dessus ?... Une montagne de déchets, que je vivrai jamais assez vieille pour éliminer... On ne m'y reprendra plus. Jamais !... J'aime mieux putasser. C'est pas propre mais d'une fois à l'autre le ménage est plus vite fait...

— C'est tout ce que vous savez faire, le ménage... Regarde-moi ce que je sais faire. »

Je sais ouvrir les bouteilles sans ouvre-bouteilles, en faisant jouer la capsule de l'une comme levier sur la capsule de l'autre. Mais quelques essais infructueux secouent la bière, que le succès obtenu expulse en écume à la grandeur de notre installation. Encore un cas de ménage.

« Moi, je sais une chanson que je sais pas ce qu'elle veut dire : *Nigun weh kuth.* »

Elle l'a apprise au son en la chantant avec sa tante Ottla, qui connaît tout le répertoire de sa Galicie. Quand il était étudiant, Leonard Cohen venait souvent l'écouter. Elle se plaint pour se vanter qu'il l'a pillée, que c'est avec sa petite klezmer-musique d'expiation qu'il accumule ses millions. Tout bas, pour ne pas ameuter les forces d'occupation, elle débobine quelque chose comme tanztihrschweineweiterwashabeichdamitzutun. Comme elle ne suscite aucune réaction, elle s'enhardit, élevant la voix pour voir jusqu'où elle peut aller, poussant jusqu'à ce qu'une porte s'ouvre, sur quoi je prends mes jambes à mon cou. Entravée par ses escarpins, elle pique une tête, puis elle me les lance à la tête, ravie que je me paie sa tête.

« Jaune !... Judas !... »

On essaie de copiner avec le perroquet, qui ne veut rien savoir même si on est du même bord à regarder les animaux évolués ne pas s'embêter : pour qu'ils n'aient pas à descendre, à se baisser, on leur a creusé une piscine dans le toit ; pour que l'hiver ne prenne pas sur eux, on la leur chauffe, à la température de leur caca ; ils détournent des rivières pour ça. On rit mais ça me replonge dans le cul-de-sac de mes réflexions sur ma condition. Il n'y aura pas de justice tant que tout le monde ne souffrira pas comme tout le monde, c'est-à-dire comme moi, ce qui suppose un système où tout le monde se veut du mal et se dénonce. Mais s'il n'y a rien à espérer de la justice, parce que personne ne mérite pas plus au fond que le plus mal doué, est-ce qu'il n'y a d'espoir que dans ces jeux de hasard où les veinards et les meneurs raflent les mises d'une majorité forcée de les servir ou de périr ?...

« On s'en fout, on les intéresse pas. Ils peuvent prendre tout ce qu'ils veulent ; on a rien à craindre, ils nous prendront pas. On est tout ce qu'il nous faut tous les deux va, tu verras. »

N'importe quoi... On part en ascenseur pour faire si possible naufrage, rester coincés dans les airs, en panne noire. Elle me le pilote comme mon propre avion pendant que je trône dans l'encoignure avec mon biberon. Quand elle n'arrive pas à déjouer la commande d'arrêt en tapant sur tous les boutons, elle déjoue l'usager lui-même. Elle lui bloque l'accès ; elle le repousse en criant au scandale, comme si on faisait irruption dans ses commodités.

« Monsieur !... Vous voyez bien que c'est occupé !... Non mais, vous avez pas honte ?... »

Mais ça montait et ça descendait sans jamais s'emballer, le moindrement manifester combien c'était malmené. A bout de ressources pour faire que ça se détraque, elle a pressé le bouton d'urgence. On s'est fait ramasser et jeter dans la rue de La Gauchetière. A part l'amour, il n'y a rien qu'elle ne fera pas pour moi, même boire, même se soûler tous les soirs. On se pompe quatre bouteilles qu'on fracasse sur les lampadaires en se traînant jusqu'à l'hôtel Champlain. Il est si haut qu'à son pied on ne peut pas lever la tête jusqu'au sommet sans le faire chavirer.

« Imagine l'ascenseur !... Que la ficelle casse, qu'on s'échappe en chute libre !... Quel voyage de noces en Australie !... »

Mes résistances tombent quand elle me prend par la main. Je redeviens tout petit. Je me laisse mener.

« Viens, on va s'illustrer, on va se graver des souvenirs. »

Si je m'en souviens, je me souviendrai qu'il ne s'est rien passé. Le chasseur en tunique d'opérette et haut-de-forme galonné nous a chassés, rejetés dans l'inconscient collectif. Elle a résisté un peu pour sauver la face. J'ai reculé un peu pour sauver ma peau.

Personne ne sait ce qu'il veut. Juba fait toute une cérémonie de bloquer son verrou, rehaussée d'avertissements solennels et tout, puis elle me réveille à toute force, elle me secoue comme un sac de pommes de terre pour m'entraîner dans son lit.

« Viens, je me sens pas bien. »

Elle fait une mauvaise descente de champagne. Elle sort d'un cauchemar où il arrivait quelque chose à Bruno et elle a peur que je me détraque aussi si elle ne prend pas bien soin de moi, si elle me laisse geler comme ça sur le canapé, tout seul et tout recroquevillé. Je veux bien mais je suis tout nu, si je me lève elle va voir mon cul.

« J'aurai tout vu. »

Elle ne minaude pas ; elle ne fera plus ça. Elle se cale tout droit sur moi, la tête au creux de mon épaule,

231

s'enveloppant autour de mon bras pour se donner tout de suite un maximum de confort.

« Ça va comme ça ?

— Ça va où ? »

On se le demande un peu dans le parfum d'orange qu'elle exhale encore depuis la nuit où elle en dévorait et qu'elle s'amusait, entre mes premières joies de l'embrasser, à faire gicler en étincelles sur la flamme d'une bougie le jus des pelures. Mais cet encens qui ressuscite rend offensants les relents de lessive de son pyjama. Elle trouve que j'ai raison, et comme c'est une nuit où il faut qu'il n'arrive rien à personne à cause d'elle, elle se déboutonne et s'épluche, vite, pour reprendre au plus vite sa place exacte, recommencer en chair et en os à grappiller dans mes poils.

« Regarde comme on serait bien, singe et sœur... »

Ça a l'air fragile tout ça mais c'est costaud, ça peut servir plusieurs fois.

*

Juba remonte l'escalier, le pied lourd et la tête basse. Bruno n'est pas venu. Les boîtes empilées sur le perron n'ont pas bougé, sont restées muettes, n'ont rien communiqué de leur discours, sinon en se laissant neiger dessus. Ça n'arrange pas une gueule de bois.

« Je suis contente que tu sois là.

— On est tous là pour ça, que tu sois contente qu'on soit là. »

Mon ton dégagé la fait replonger sous les couvertures, tout habillée, toute chaussée, tout le dos tourné.

232

Je suis trop tronc. Je m'amende en lui faisant cuire un œuf envers et contre tout : le bordel qui règne sur le comptoir, le graillon qui nage dans le poêlon qui coiffe les ruines accumulées dans l'évier.

« Il faut que tu fasses le larbin, tu peux pas te retenir... C'est dégoûtant ! »

Puis elle extrait ta lettre de son corsage, où elle me l'avait cachée. Par méchanceté.

« Tiens, c'est tout ce que tu mérites. »

Elle me la jette, en m'annonçant que ça y est : les mongols sont revenus, l'Oldsmobile est disparue. Je ne voulais pas te lire avant d'être seul avec toi dans un lit. J'ai attendu l'heure que Juba consacre au téléphone avec Auntie Ottla. Yes, en anglais. Pour apprendre la langue. Et devenir hôtesse au Ritz si elle ne s'illustre pas comme illustratrice.

« Bottom... »

C'est moi, puisque c'est toi qui le dis.

« Je sais que tu n'attendais qu'une sorte d'invitation pour rapporter la voiture... Mais tu ne peux pas me demander d'intervenir, de cette façon ou d'une autre, dans les choix difficiles que tu fais. D'autant que j'ai besoin, pour mes propres fins, de distance... Francine dit que tu vas te pousser si on te prévient. Elle tient à opérer en tapinois avec le double des clés, à te traiter comme un aigrefin et un escarpe... On essaie de lui apprendre à vivre mais ce n'est pas de la tarte. *Vous êtes tellement naïve !*... Puis elle se mêle de me déniaiser, avec ses histoires à faire dresser les cheveux sur la tête. Une mère névrosée qui se suicide d'un mari alcoolique. Puis le père et le frère qui l'agressent, qui se disputent la possession d'une enfant qui cherche à les réconcilier en se sacrifiant. Mais là c'est correct ; elle les a placés. C'est elle qui mène et ils filent doux... Je te raconte pour ta gouverne, pour t'aider à raisonner le rôle que tu as joué dans son cinéma d'horreur. »

233

Tu ne sais pas si tu vas continuer. Tu commences à signer puis tu ratures, bien dru, pour que je ne voie pas ce que tu allais mettre.

« Francine a trouvé la demoiselle assez gentille, assez jolie, mais que c'est une hippie... Je ne te souhaiterai pas de succès dans tes amours. Tu n'en veux pas. Il convient trop qu'elles finissent mal à un monstre comme tu es, qui a déshonoré son père, abandonné sa mère et dégoûté Dulcinée... »

Tu as mis le doigt dessus. J'aime ça quand tu me touches, laisse-le dessus.

« Brusquement, brutalement, mes affaires se règlent. Je ne sais pas comment te dire... Mon refus rancunier de guérir a diffusé dans mon organisme, jusqu'au fond des cellules, un signal dont les dégâts exonèrent les docteurs et les assureurs. Je ne me laisse pas abattre, ça n'arrangerait rien, mais ce n'est pas de la tarte. Mais c'est une autre histoire. Je te raconte pour qu'il n'y ait pas d'erreur sur la personne, que tu aies bien affaire à moi... »

Qu'est-ce que tu veux dire ?... Ça me donne froid dans le dos mais je ne comprends pas ! A quoi ça rime ?... Qu'est-ce qu'ils t'ont raconté, qu'est-ce qu'ils ont encore inventé, qu'est-ce qu'ils t'ont encore fait ?... Une vacherie encore pire que tout ce que tu laisses entendre, sûrement, sinon, je te connais, tu ne te plains jamais, tu n'en parlerais même pas, tais-toi, tu dis n'importe quoi, c'est une fumisterie, une supercherie, quoi que ce soit comme piège, je n'y tomberai pas, je n'en ai pas les moyens, tant pis si c'est le plus grand danger qui te menace et la plus grande lâcheté qu'il m'inspire... Je porterai l'odieux comme on dit quand on parle de ce qu'il y a de plus dégueulasse comme croix.

« J'attends maître Housquier, qui m'apportera ses consolations et qui repartira avec mon *Fou de forêt*.

C'est un brave garçon, mais il ne va pas se gêner avec ce plafond de frais qu'il vante d'avoir crevé dans son langage imagé. »

Je te vois sourire. Tu vois, ce n'est pas si pire.

« Prends garde, je t'aime beaucoup, si ça peut te faire de la peine, puisque c'est absolument ce qu'il faut te faire pour te réconcilier avec toi-même. »

Tu rigoles. Rigole. J'aime ça quand tu rigoles.

« P.-S. Mon ange gardien, à ma demande expresse, passera le jour de l'an dans sa charmante famille. Tu téléphoneras. On verra si je peux me défendre toute seule. Mais je ne suis pas sûre que tu n'aies pas plus besoin de renfort que moi... »

Je ne garderai de ta lettre que le bien qu'elle me fait, que l'amour, j'ai besoin de ce miracle pour réaliser mes vœux de te laisser t'organiser tranquille, en pleine possession de tes forces, prodigieuses quand on ne te les mine pas. Je suis content de moi, délivré moi-même de moi, quand je sens que c'est fait, que je me suis arraché de toi, que je ne te cancérise plus, tu comprends ?


J'ai les cris d'Eurydice plein la tête, les fourmis d'Orphée plein les jambes ; je ne tiens plus sur le siège de mon opéra de mutation. Il s'agit de se replonger dans la réalité. N'importe laquelle. Je lave la vaisselle, je récure à fond la rôtissoire, je me jette sur le frigidaire à coups de torchon. Ça n'agit pas. Ça n'enraye en rien les rouages de mon enchantement, plus perméable au pas de Nicole, qui bat au plafond le tambour feutré de son train-train. Je vais monter me la farcir tiens, lui replanter ses aiguilles dans le ventre. C'est pécher dans le désert mais ça va me reconnecter, me ramener à un niveau d'amour à ma portée.

« T'as l'air fatiguée, trésor, ça te tenterait pas de t'étendre ? »

235

Elle rapaille ses guenilles pour aller faire son lavage. Elle en a deux pleins sacs à déchets. Elle pourrait toujours se les coltiner, elle est habituée, mais je pourrais bien lui donner un coup de main.

« Un coup de ça ou d'autre chose. »

Elle s'informe de ma santé, l'air de rien.

« Comment qu'il va, ton petit Adé ? »

Elle appelle ça comme ça parce que ça lui rend ça plus sympa ; on ne peut pas lui en vouloir, on est les premiers à en profiter. Je la suis ; puis tant qu'à être à sa disposition, j'y reste ; j'ai ça dans le sang. Elle est contente ; elle a des tas de draps et c'est un calvaire acrobatique de les plier toute seule. De toute façon, elle est de bonne humeur. Au rythme saccadé des machines, qui mettent le plancher en branle à leur vitesse d'essorage, elle se bricole à coups de pied, en battant des mains, un petit flamenco.

« Quand j'étais petite, je voulais étudier pour devenir gitane... »

Elle a tous les disques de Manitas de Plata.

« Il est *né* gitan, tu te rends compte !

— Ouais, ça a dû lui faire vachement plaisir de pas se ramasser rada... »

Elle ne sait pas ce que ça veut dire.

« Minable, miteux. Riquiqui comme moi quoi.

— Dis pas ça. Je trouve que tu lui ressembles. »

Je ressemble à n'importe quoi, quoi. Elle m'assure que non, en m'absorbant dans ses beaux yeux de fumée sans feu, fondants mais pétrifiés en pleine fusion. Vraiment en train, ou la tête seulement recombinée en voyage, elle veut absolument savoir en quoi j'aimerais me réincarner... En vieux dégoûtant. Comme tout le monde. Pour bien expier. Mais je garde ça pour moi.

« En *barbträb*. L'arbre gardien de quelqu'un... Avec mon stock de bébites, je lui attirerais des oiseaux.

Des rares et des gros. Des pycargues. Des urubus. »

Ça lui plaît. Pour peu que ça ressemble à n'importe quoi ça tombe dans ses goûts. Les autres clients n'ont pas aimé qu'elle danse, qu'elle leur impose son art comme s'ils avaient payé pour. Ils n'aiment pas non plus qu'elle me donne un bec chaque fois que nous joignons les extrémités des draps, comme le veut la vieille coutume exploitée par une publicité télévisée.

« Ce qu'ils aiment finalement, c'est les incendies, les accidents, les arrestations. Le mal.

— Si c'était vrai ça se saurait ; il y en aurait qui en profiteraient... »

Comme si ça se pouvait, elle me fait des encore plus beaux yeux que tout à l'heure.

Je suis ressorti chercher de la bière ; elle m'a dit à tantôt mais je n'étais pas assez tenté. Juba est rentrée en arrosant de ses larmes les frites froides et les sandwiches au pastrami qu'elle avait pris au Pallas en passant. Je les ai mis au four sur une plaque. Elle pleurait encore, affalée sur le canapé. Ça lui a pris dans l'escalier après la claque qu'elle a reçue en se ramassant face à face avec les boîtes, où les trésors de Bruno se racornissent, de plus en plus dérisoires, poignants.

« C'est horrible. On est devenus des monstres !... »

Il n'y a qu'à les rentrer. C'est vrai, elles feraient moins pitié à l'abri.

« Comme c'est gentil, il se met à leur place ! »

Son sarcasme la secoue. Son coup de trompette dans son kleenex lui fait péter le feu.

« Tu vas laisser ça là !... Je me rendrai malade, j'en crèverai, je me dégonflerai pas ! »

Puis elle se débouche une bière et elle brasse mes affaires. Elle m'a trouvé un emploi.

« Tu as fait la vaisselle, c'est sensationnel, c'est

même providentiel, ils demandent un plongeur au Pallas. »

Elle m'en a même trouvé deux.

« Tu parles l'anglais, ça te plairait jockey dans un parking élévateur ?... J'ai donné ton nom mais tu as la tête trop enflée, on peut pas te demander de ramasser des pourboires... »

Ça frise un peu la comédie domestique mais elle garde tout son sérieux. Elle a eu son quota de chiffes molles, de lavettes et de traîne-savates. Ça manque d'hommes. Et un homme, ça travaille.

« Ça grouille, ou ça caille et ça surit. »

Sexiste avec ça. Mais je ne ferai pas un plat de ce qui me fait partager le lot masculin. Ce sont les traitements de faveur qui me mortifient. Je veux en profiter, comme les autres ! Tous autant qu'ils ont été. Restaurés, abreuvés et lavés, mouchés et baisés, puis lâchés en liberté. Elle se plisse les yeux en boutonnières, pour ressembler à une sorcière, à l'incarnation du tort irréparable qu'elle s'accuse malgré tout d'avoir fait à Bruno.

« Ça m'amusait peut-être de les regarder foirer... Tente pas le diable. »

Elle parle de celui qui tourne encore le fer dans son vieux bobo : son bébé raté, son instinct désemparé, dévoyé. Toutes ses histoires d'amour racontent l'échec de son besoin de nourrir, faire grandir, donner des forces qui rompent les liens, comme celles qui délivrent l'enfant du ventre, du lit, de la maison.

« Mais j'ai compris, j'ai changé. Je n'ai plus envie de gâter personne. Et avec toi, pas de danger, j'aime trop ton malheur comme il est. »

Il la sécurise. Elle y retrouve, comme une patrie, le désespoir des hommes de sa famille, dépossédés, déracinés, tordus ; elle y reconnaît la drôle de fièvre dans leurs yeux, la disgrâce dans leurs visages trop vite vieux. Je n'ai pas à craindre de me diminuer en devenant plongeur. Ça me met au contraire sur un pied d'égalité d'honneur avec son père, mort livreur de poulets frits.

« Je déconne, je vais avoir mes règles, ça presse ! »

Elle a eu ses premières sur les genoux de l'oncle qui la pelotait en douce depuis sa tendre enfance. Il ne l'a plus retouchée, complètement dégoûté. Elle s'en est longtemps voulu... J'ai hâte au jour de l'an. Je veux me coucher tout de suite pour que le temps passe plus vite. Elle me le recommande : pour impressionner quand on postule un emploi, il faut se présenter tôt, l'air frais et dispos. Je veux dormir avec toi, tout seul avec ta lettre, encadrer ce baccalauréat d'identité dans tête, serrer sous mon coussin le plan de mon territoire souverain. Je suis bien intentionné mais ça ne veut pas fonctionner. Ma bonne conscience n'a pas le confort des fesses de princesse pressées contre mon ventre. Si je continue de m'irriter en me rappelant comment c'était dormir avec quelqu'un, comment nos corps, portés ensemble et caressés ensemble par la montée du sommeil, se détachaient de nos sens et partaient, je ne fermerai pas l'œil de la nuit. Tant mieux, ça me sera compté. Mais la beauté du devoir de n'appartenir qu'à ce qui me grandit me retient moins que le danger de me faire piéger, de m'offrir un luxe dont je ne pourrai plus me passer et que je ne pourrai plus me payer. Je tiens à l'habitude que j'ai de ma pauvreté ; elle est tout ce que j'ai pour me la faire supporter... J'ai dormi trente ans tout seul ; c'est un trop grand trou à creuser pour que je n'aime pas mieux le garder que le jeter. Du fond de l'oreille, sensible au moindrement grincement de son matelas, je l'observe, qui tousse et qui remue. Si elle me veut, qu'elle vienne me chercher, qu'elle se traîne à mes pieds sur le plancher.

« Je sais pas à quoi tu joues et je m'en contrefous, j'ai mes nerfs, viens te coucher. »

Elle a accroché par un doigt ma petite chaîne d'alliance et elle tire comme si elle allait me la casser. Elle aussi. L'allumeuse comme la baveuse, qui font trois avec la flotteuse, comme les filles du bedonnant Mara, chargées de tenter Bouddha : Frustration, Soif et Jouissance.

« Viens me faire comme hier...

— Rien ?

— Oui. Il y a que toi pour me le faire si bien... Et puis il y a rien et rien, et tu m'as pas fait tout ce qui m'aurait rien fait... Mais on n'a rien pour rien, et j'avais des idées de te servir le petit déjeuner au lit demain matin... »

C'est à prendre ou à laisser, et en proférant des menaces qu'elle regagne sa chambre.

« Si tu viens pas, je m'habille, je descends dans la rue chercher quelqu'un. »

J'aurai tout entendu. Et tout confondu. Elle me reçoit en se sauvant de l'autre côté du lit avec son oreiller. Je me dévoue pour l'envelopper dans mes bras. Elle me flanque un coup de coude pour me remercier.

« Ça va ça va, je me débrouillerai bien toute seule. »

Je m'en retourne ; elle se retourne, d'un coup de tête qui me plante son nez dans la figure, pour me retenir.

« Christ, on patauge encore dans les luttes de pouvoir !

— Je me défends comme je peux.

— Je te veux pas de mal moi !...

— Tu le sais pas, ce que tu veux...

— Le sais-tu, toi, ce que tu veux ?

— Oui, je le sais.

— Quoi ?

— Cherche. »

Je cherche dans son pyjama, dans son nid d'oiseaux qui dressent le bec quand on les brutalise, qui ne se sauvent pas parce qu'ils n'ont pas d'ailes, ni de pattes, juste un ventre chaud. Elle a levé haut les mains, elle se laisse détrousser, sarcasmante. J'ai perdu le dessus, je l'aurai voulu !

« Tu vois, tu as tout de suite trouvé.

— C'est pas vrai ! Tu m'as pas tout fait faire ça pour me niaiser ?... Toi aussi ?...

— Si tu veux pas que je te niaise, niaise pas... Je comprends pas, on était si bien hier, pourquoi qu'on fait pas comme hier ?

— Parce qu'à partir d'aujourd'hui on fait comme je veux, même si je trouve pas que c'est une bonne idée ! »

Je m'y prends mal mais elle ne me dit pas pourquoi, sinon à même la bouche. Pas comme ça, je me suis faite si petite que Dieu seul me voit, tu ne me trouveras pas si tu ne grattes pas... Elle tient sur le bout de mon doigt. Elle se lamente quand je la perds, plus fort quand je la regagne, tout en mots mangés, en mots ravalés qu'elle accumule jusqu'à ce qu'elle éclate sous la pression de leur accumulation. Elle s'échappe, comme en me criant de lui courir après. Mais c'est ma main qui est attrapée à la fin, et ma gorge qui est serrée le plus par ses angoisses. Merci mon Intelligence, je ne serai pas mort d'avoir pris Connaissance... Mais ça m'a sonné trop fort pour finir si vite, je ne peux plus m'arrêter. Et elle ne veut plus qu'on recommence, plus jamais !... Si le petit train sort de ses rails, c'est un tas de ferraille.

« Je le savais, je le savais, t'es jamais content... »

Avec ses roues qui font encore des étincelles, elle me fonce dessus ! On se ramasse où on s'est menés : en pleine incohérence. Et tant qu'à y être, aussi bien s'y enfoncer, pour qu'on ne s'en remette pas. Qu'on en

241

crève, comme des malades !... A force, elle ne repousse plus mes sévices. Elle me demande de les adoucir, c'est tout, puis elle ferme les yeux dessus, pour dormir. A force de ne plus trouver personne, je finirai bien par sentir que je l'ai délogée, extirpée, chassée du meilleur d'elle-même, qu'elle ne sait pas plus me donner que je ne sais le prendre... Mais ça ne fait qu'aigrir ma mauvaise volonté, exaspérer ma souffrance impérieuse. Elle éclate ; elle hurle.

« Lâche-moi, merde, connerie de bordel de merde ! »

Ça devait finir par finir mal, mais pas faire si mal. Je suis foudroyé, atteint au plus vif. Mais je prends sur moi, sur ce que je peux rattraper en rentrant mon souffle.

« Princesse, explique-toi, excuse-toi, mets-toi à genoux, prie, fais de quoi, je réponds plus de moi, je te démolis !...

— Bon, ça y est. Je le savais, je le savais. »

Elle fait son possible. Elle me touche. Elle m'embrasse. Elle essaie. Je ne la laisse pas.

« Juba, pourquoi tu m'humilies, toi, toi surtout, moi, moi qui ai toujours couru ici pour me mettre à l'abri de ça, tout risqué, tout gâché pour toi parce que tu me donnais ça, parce que tu me ferais jamais ça, pourquoi, pourquoi ?...

— Parce que t'es jamais content !...

— Princesse, ôte-toi, sors, fous le camp, puis réponds-moi pas que tu es zici chez toi, je te croirai pas, c'est fini, je te crois plus, je croirai plus jamais un mot de ce que tu dis !... »

Elle a compris. Enveloppée dans son drap comme un fantôme de la mi-carême, elle est montée se coucher tranquille entre les bras sans profondeur de l'abondante Nicole (ça ne vaut pas cher mais il y en a pour tout le monde). Il ne me reste même plus de

242

cigarettes. Je me défrustre sur les antibiotiques. Je ne les avale pas tout ronds. Je les croque et je les mâche. Ça goûte la mort-aux-rats. C'est bon pour ce que j'ai.

*

Juba n'a qu'une parole. Elle me réveille avec un plateau où le café bien tassé parfume les œufs au bacon.

« Ah qu'il est laid !... Ah quelle horreur, quel portrait tout craché des ravages du péché !... Allons allez va, ça va quoi, regarde bibi, regarde la belle pépée toute péppée ! »

Elle a tout effacé, nettoyé, ses yeux sont étincelants de propreté. Ça a la tête cassée, le cœur arraché, c'est tout mangé par les cochons, mais ça ne lâche pas. Pendant que je prends mon bain, elle siffle, mettons sifflote. Elle donne un coup de fer à mes corduroys et me fait cirer mes bottes. Après inspection, elle me taille et me lime les ongles ; c'est la première chose qu'ils regardent dans la restauration. Même si je ne me sens pas coupable (elle n'a donc pas le don de me faire sentir coupable), je lui demande pardon de ma conduite inqualifiable. Bof, qu'elle me dit.

« Je sers trop à rien, ça me rend masochiste. Te gêne pas pour me maltraiter, ça me stabilise. Pauvre petite, que je me dis après coup, tu mérites mieux que ça après tout... »

Notre société est vraiment malade mais je trouve, une fois tout bien pomponné, que je ne m'en tire pas si mal ; je reluis, comme toi, avec toi. Pour que je ne risque pas de me perdre en chemin, Juba m'accompagne jusqu'à la porte du Pallas. Elle s'en retourne en laissant le bout de sa langue entre mes dents. Ça me contrarie de penser que les gens qui nous ont vus passer bras dessus bras dessous nous ont pris pour des amoureux. Je préfère qu'il n'y ait pas encore de mots pour ce que je suis. Ça ne valait pas la peine que je me mette sur mon trente-six, Nick est trop occupé à vérifier sa caisse pour m'admirer.

« Do you have experience ? »

Comme colle c'est quelqu'un. Si je réponds oui, je suis fourbe ; non, je suis foutu. Je ne dis rien, avec un maximum d'expression : amenez-en de la vaisselle !

« OK ! »

Je me ramasse au fond d'une marmite monstrueuse où un vieux pot-au-feu a pris. Je n'ai pas le feu sacré mais quelque chose de chaud comme ça, que m'a donné la poignée des deux mains débordées du petit aide-cuisinier, Jorge, dont je deviens le subalterne. Rétrogradé depuis trois jours aux éviers, il m'accueille en sauveur. Il ne se contente pas de trouver very good la toilette faite à ses casseroles, il la rit, comme si elle était démente, irrésistible. Il s'assure que je m'appelle bien Bottom, et je lui fais répéter son drôle de patronyme.

« Va-le-va-no-cu. Jorge Valevanocu. »

Je me montre impressionné. Il me montre, avec le majeur, comment ça se traduit en italien et en anglais : up your ass, fanculo. Il m'a bien eu. Il est plié en deux. Décidément je suis dans mes prix : comme chez moi échoué dans ce fond de cale avec ce marin des Açores qui a perdu lui aussi quelques cheveux, quelques dents, et à qui ça n'a rien appris sinon va te faire enculer en plusieurs langues. Le temps a filé. La journée était déjà passée quand Nick s'est rappelé mon existence.

« OK ? »

Jorge lui a fait un rapport trois étoiles : trois secousses d'une main où l'index presse le pouce.

« OK ! »

Nick me fait coucher mes coordonnées dans son calepin, sous la rubrique *dishwashers*. La boîte est fermée au jour de l'an. Il m'attend après-demain, à quatre heures. Je ferai partie de la même équipe que Jorge, le *nightshift*. Je débarrasserai les tables pendant le *rush* ; je serai payé au salaire minimum mais je serai nourri. Depuis que j'ai été reçu avec Grande Distinction au certificat de douzième année, je ne me suis jamais senti aussi valorisé.

Pressé de me faire féliciter, je trouve la maison vide, Juba encore partie, Nicole encore en train de méditer, flotter sur sa natte, les bras en croix et les jambes écartées comme l'Étranger de Leonardo da Vinci. Elle en a encore pour deux pleines mains suppliantes de minutes. C'est-à-dire dix : le temps de relire ta lettre en pompant deux bières à ta santé, puis de ne plus vouloir trompeter qu'à toi la bonne nouvelle. J'ai un emploi ; je suis libre, comme tu me l'as si souvent souhaité. C'est un cas de force majeure, qui m'autorise à rompre la trêve.

« Résidence Dunoyer. Francine à l'appareil.

— Veux-tu dire tout l'appareil ? La machine et les instruments ? Le vaisseau cosmique au complet ?... C'est bien ce que je pensais !... »

Tu sors le chat, tu chauffes le char, tu bosses mon boss, Dieu m'avait tout donné, tu me l'as tout ôté avec tes gros tétons ; je ne le lui dis pas tel quel mais ça se sent dans mon ton.

« Correct, Bobbie... OK... Oublie pas de faire dégeler le steak haché ! »

Ah la ratoureuse, elle m'escamote. Elle neutralise mon effet nocif sur sa protégée en feignant de s'adresser à Robert, son frère incestueux. Je n'aurai pas le dessus. Je prends le dessous.

« Ce que tu fais pour elle, tu le fais pour moi... Tu sauras ça, petite peste va. »

Je le dis comme je le pense. Descendue se rendre disponible, Nicole me trouve en pleine forme.

« En pleine phase terminale de réinsertion sociale, trésor... Je travaille !

— Tu vas avoir du fric, vas-tu nous faire des cadeaux ? »

Je la prends à califourchon sur mon genou et je la fais sauter, pour lui donner des sensations, qui se traduisent en stupeur.

« Je vais vous gâter jusqu'au trognon, vous rendre complètement impropres à la consommation. »

Ça ne pénètre pas dans ses yeux de morue surgelée. Elle peut faire une croix, j'ai fini de me crever pour la faire rigoler.

« Vas-tu nous emmener danser pour enterrer l'année ? »

Elle ne m'a pas regardé. Danser ! Moi qui ne suis pas foutu de marcher droit. Parlant de foutre, je me demande ce que Juba fiche.

« Elle drague... »

Étonnée que je m'étonne (mais c'est sa rosserie qui m'étonne), Nicole trouve que je connais ma princesse assez superficiellement finalement. Elle est réglée comme un fonctionnaire. Elle sort à une heure, jamais plus tard qu'une heure et quart ; elle rentre entre cinq heures et cinq heures et demie, quand elle n'a rien attrapé. Elle a le don de repérer ceux qui paient un drink puis le taxi pour rentrer. Et elle peut se laisser tenter par une bonne bouffe entraînant une partie de jambes en l'air. Mais elle est difficile. Elle cherche un cardiaque en Cadillac, qu'elle pourra dépocher sans se coucher. Déçue par l'amour, les valeurs morales, elle

ne croit plus qu'aux valeurs culturelles, au raffine-
ment des mœurs, à cette dignité où l'on est élevé par
une économie prospère.

« Et toi, qu'est-ce que tu fais toute la journée ? »

Rien, qu'elle me répond, tout étonnée encore.
Comme si c'était public, comme si tout le monde
savait que c'est ce qui se fait de mieux. Je sens que si je
ne lui ôte pas les mots de la bouche en l'embrassant
(comme un porc, il n'y a pas d'autre mot), elle va
m'accuser de faire fonctionner le système « comme tel
quelque part à un moment donné ». Mais elle, elle ne
joue pas avec le désir. Elle est tout de suite prête,
pressée, pratique.

« C'est trop risqué, viens en haut, j'ai des préserva-
tifs. »

Le temps que je me demande pourquoi je ne la suis
pas, que tu n'en profites pas crétin pour une fois qu'on
y met du sien, je suis sauvé, façon de parler, par les
pas de Juba dans l'escalier. Elle savait que je réussi-
rais avec toutes les pensées positives qu'elle me
télégraphiait ; elle apporte un gigot et deux petits
rosés Du Barry pour solenniser ça. Mais elle a le
caquet bas.

« La chasse a pas été bonne ? »

Elle n'a pas pu s'empêcher, elle a cherché Bruno
toute la journée, sans résultat, personne ne l'a revu.
Pour lui remonter le moral, je lui rapporte en ironi-
sant les théories de sa sous-locataire sur son emploi du
temps.

« Sacrée Cocolle... Bah on est bien obligé de l'aimer... Qui c'est qui le ferait si on s'en occupait pas ?...
Le shmok qui la bourre d'euphorisants pour s'imaginer que c'est en faisant le pont volant qu'il lui fait tout
cet effet ?... L'autre shmok, qu'elle a hébergé au-delà
de ses forces et qui la remercie en ce moment en la
mouchardant ?... Je devrais peut-être lui arracher la

gueule, je le ferai peut-être pour te faire plaisir... »

Je continue, et j'obtiens le même succès, en me vantant d'avoir bouché Francine au téléphone.

« Tu la violes à distance maintenant, pour qu'elle risque pas de se défendre. Le viol, tu sauras mon comique, c'est une tentative de meurtre. Vous éventrez votre prochain. »

Et puis elle ne supporte personne autour d'elle quand elle apprête un gigot. Elle ne le fait pas cuire au poids comme les barbares, mais au flair, au fumet que ça jette quand ça mijote, et ça nécessite toute sa concentration. Elle veut jouir de son cafard tranquille quoi. Elle m'envoie en haut inviter Chose et emprunter son pick-up.

« Juba a la baboune.

— Il y a qu'à l'emmener au Kakon, ça la requinque. Moi aussi ça me requinquerait finalement. »

Le cafard de Juba fait tourner Leonard Cohen toujours plus fort, toujours du même bord, où *Suzanne* joue dans l'eau polluée, revêtue d'oripeaux « *from the Salvation Army counter* », les mots qu'elle aime le mieux, les seuls qu'elle comprenne et qu'elle chante ; les autres, elle les marmonne, sifflote, renifle dans les feuilles de la laitue qu'elle arrose et qu'elle éponge en attendant, en guettant le retour de cette crête de vibrations, de syntonisation. Elle s'en fait accroire, comme dirait ma mère, assez pour se mettre à pleurer, tout lâcher et venir se jeter sur moi, comme un déchet. Le reflet dans les vitres ternies du faux bow-window nous représente comme dans un album. On se ressemble un maximum enfermés dans les bras l'un de l'autre, se serrant de plus en plus fort, dans une espèce d'effort pour avancer l'un dans l'autre. Mais on ne progresse ni l'un ni l'autre. On ne va nulle part.

« Si on se tient, vieux machin, on va tenir, ça ne fera pas un pli... »

On s'est empiffrés. Les filles ont consacré 1972 Année du Plongeur puis elles se sont mises à se raconter, en surenchérissant, comment, chaque fois qu'il a promis de les sortir, Bruno s'est débrouillé pour leur poser un lapin. Je leur ai fait un peu de cinéma d'occasion en buvant une gorgée de vin dans chacun de leurs souliers, puis je n'ai plus pensé qu'à tous ces pieds nus qui se perdaient sous la table, et je leur ai piqué une jasette avec mes vieilles chaussettes. Elles se sont doutées en même temps de ma duplicité et penchées du même coup, en parfait accord spontané, pour enquêter. On s'est tordus devant la réaction de Nicole. Nulle. Elle cherchait ce qui pouvait bien clocher dans sa grande toilette fripée.

« Qu'est-ce qui se passe?... Pour une fois qu'il se passe quelque chose, vous pourriez pas me dire ce qui se passe?... »

Le Callon Kakon (le Bon Mal, la femme), c'est l'underground grec, en cravate voyante et chaussures trop élégantes. Tous ces mâles pris par le cou en grande pâmoison grégaire, ça me rend tout chose... Mais les filles se régalent, et même se distinguent sur la piste en estrade où elles ont commencé par se secouer l'une l'autre, coupées toutes seules dans leur coin. Sensibles à leur enthousiasme, un groupe de danseurs puis un autre, où aucun jupon ne se hasarde, rompent leur chaîne pour les incorporer, initier aux glissades, fions de jambe, bonds subits et drôles de tours qu'ils jouent au sirtaki. Coincé entre le mur et la table où m'épient trois bourrus, je garde les drinks et les sacs, je me rends antipathique avec mon blouson rogné et ma rogne, comme tout bon déviant stigmatisé qui se respecte, qui refuse d'intérioriser les normes qui le disqualifient ; j'ai l'air caduc comme ça mais je me suis déjà tapé tout le digest de psychologie à l'usage des détenus. Je ne reconnais pas les miens dans cet attroupement pour rire, cette fête unanime, humiliante, mais je repère quelques nôtres, des genres cinéma de répertoire qui applaudissent plus fort que les autres les joueurs de bouzouki, des vrais de vrais musiciens, pas médiatisés du tout avec leurs têtes d'origine, leurs bedaines authentiques et tout. Je n'irai plus jamais nulle part, je me sens trop de trop. Je vais me louer une chambre quelque part, pas garnie, pour ne pas que les meubles me fassent sentir de trop, en se groupant ou autrement. Tout bien considéré, avec ma meilleure volonté de ne gâcher la soirée de personne, je n'en ai plus pu. J'ai planté mes gigoteuses là, en pleine gloire, en faisant cul sec à leur ouzo. Débrouillardes comme elles sont, elles auront vite fait de trouver un autre tronc pour s'occuper de leurs petites affaires, confiées d'office à mes commensaux de plus en plus compassés, complètement dépassés et démoralisés par mes succès féminins, je suppose, je ne vois pas autre chose. Je coucherais bien sur le canapé, pour dormir comme je me sens, mais c'est des plans pour que Juba s'emballe encore et en fasse une autre affaire d'état glandulaire. Je garde mon T-shirt et je m'installe au fond, de son côté du lit, pour ne pas prendre toute sa place à Bruno, garder mieux mes distances que le chat qui finit par se noyer dans le bac du poisson rouge. Avec tout le mal que je me donne pour m'endormir, espérons qu'elles feront attention en rentrant. Qu'elles ne me taperont pas trop sur la tête en montant, puis en se livrant à leur orgie, qui sait avec qui. Mes trois bourrus, s'ils ne se font pas trop tordre le bras. Ils leur poissent la figure avec leurs règles, pris dans le souffle d'une passion longtemps réprimée qui fait voler en nuée les plumes d'oreiller, poissées aussi, et qui se collent aux murs, où les cancrelats accourus pour les grignoter se bécotent aussi, et se multiplient. Mais je ne pense pas à ça. Je ne pense qu'à toi, ma nette et ma lumineuse. Bonne et heureuse année.

*

Je me réveille pris par la main par Juba. Elle m'a emmené avec elle, elle avait peur qu'il lui arrive quelque chose dans son sommeil, elle abuse de ma facilité à verser dans la sentimentalité. Mais sa poigne est solide et, dans le mal inutile que je me donne pour me dégager sans la déranger, je comprends combien, pour une raison ou pour une autre, elle tient à moi. Je ne sais pas ce que ça me fait.

« J'ai passé une soirée épatante, terrible. Rien qui a cloché excepté toi. »

La diaspora crétoise l'a adoptée. Elle est leur enfant chérie. Elle s'est excitée à fond de train sans avoir à se défendre, pas même de se faire raccompagner. Personne ne l'a harcelée et tout le monde l'a draguée, mais pas trop, juste ce qu'il faut pour faire plaisir.

« Les machos c'est tout des tapettes, ils ont pas de mérite. »

Elle a un gros mal de bloc. Je la rendors en la caressant proprement pour me concentrer sur ce que j'ai à faire ; moi, c'est aujourd'hui mon grand jour. Mais je ne sais pas par quel bout le prendre. La patronne a rendu cet appel trop important pour que je le fasse retentir au plus vite, n'importe comment. Il ne faut pas qu'on s'énerve mais qu'on se prépare, qu'on

251

s'organise, qu'on combine comme il faut le coup. On commence par se demander ce qu'on attend d'elle puis on y renonce, on fait le vide, pour lui laisser toute la place, pour qu'elle en fasse ce qu'elle veut. Oui, je l'ai, c'est la bonne façon de se disposer pour l'aborder. Et c'est tout ce dont il s'agit : l'aborder, me mettre à sa portée, à la distance de son choix, pour lui jeter mon fil et qu'elle me le rattache, qu'elle me rebranche sur son secteur... J'ai attendu ce moment avec anxiété, elle le sait ; c'est parce qu'elle me trouvait trop pressé qu'elle m'a un peu repoussé. Et le téléphone n'a pas encore sonné. Elle se demande ce que je fabrique et ça commence à l'inquiéter... C'est bon, un autre filon à exploiter : la déstabiliser. Je ne veux pas la manipuler mais sa position est trop forte ; je ne vais pas plonger les yeux fermés, il n'y a pas de raison. D'ailleurs il est trop tard pour que je l'appelle avant midi, l'heure de son seul repas, qu'elle sera longue à préparer. Puis elle aura à débarrasser la table, laver sa vaisselle, observer ses mésanges en sirotant sa tisane, ce qui me reporte à une heure et demie, mettons, si le Grand Pic ne s'est pas pointé. Je fais tourner le dreidel et il tombe deux fois sur deux sous le *hey*, qui a deux pattes : le sort en est jeté. Je tue le temps en engloutissant du café fadasse : six sept tasses. Je prolonge ma toilette en changeant l'eau jusqu'à ce qu'elle reste propre, et conjurant avec des vœux de chasteté les signes du retour de mon absurde santé. J'empoche le réveil à Juba, pour bien avoir ton heure. et je sors. Je me jette dans le vide où baigne la ville, et je marche. Je passe par la rue Saint-Denis, et j'entre partout où c'est ouvert pour voir si Bruno ne m'apparaîtra pas, dans toute sa gloire de dragueur de mines... Le silence tombé sur les grands carrefours évacués me saisit comme un écho de lui. On dirait que c'est lui qui ne fait plus de bruit, et je n'aime pas ça. J'ai écoulé les quarante-cinq dernières minutes accoudé au comptoir du Sélect. La patronne a répondu au septième grelottement.

« Écoute, j'ai quelqu'un. Peux-tu me rappeler ?... Ce soir dans la soirée ? »

Au-dessus de ses affaires, on dirait, la mère Diminou. Elle m'a flanqué un sacré coup, je me suis ramassé à l'autre bout de l'avenue du Parc sans ravoir touché terre. Tout ce que j'ai à quoi me raccrocher, c'est un pléonasme. En pleine possession de tous ses moyens, elle n'aurait jamais dit *ce soir dans la soirée* fédéraliste comme elle est, fière de montrer qu'on n'a pas besoin de se séparer pour garder notre langue. Juba est partie chez sa tante et Nicole occupée à se transcender. Vivement que je m'organise moi aussi, que je me loue une chambre, toute une, avec une adresse à moi tout seul. J'ai toujours traîné chez l'un puis chez l'autre, débarrassant ma mère avec tous ses soucis pour aller encombrer Bruno et la belle Lucie. « Mon nom c'est Djo Meilleur, si ça fa pas ici ça fra ailleurs. » Je mettais tout mon orgueil à devenir le plus grand parasite que la terre ait jamais porté, le crampon total. Tout change, même la pierre qui n'a pas amassé de mousse. Je serai bien dans mon petit coin particulier avec mon petit matelas par terre, mon petit téléphone pour faire la paix avec la patronne, un petit peu tous les jours, jusqu'à ce qu'elle soit toute faite, que nous ne manquions plus de rien, pas même l'un de l'autre, puisque aimer c'est vouloir le bien, qui délivre du besoin... Je m'enfle trop la tête ; j'ai un voyant qui clignote, un danger qui me guette, intérêt à me changer les idées vite fait. Ça tombe bien : sa journée faite, Nicole descend et me demande à tout hasard ce que je fais finalement.

« Je te paie un club sandwich au Sélect si tu m'emmènes voir les gogo girls en 434. »

C'est dans le même voisinage. En passant tout à l'heure, j'ai vu que ce serait ouvert à quatre heures. Ça m'a fait envie mais je ne me sens pas assez costaud pour affronter tout seul « vingt danseuses topless ». Elle me scrute en dressant ses petits seins offusqués.

« T'es pas sérieux ?... On pourrait pas faire autre chose ?

— On l'a déjà fait, trésor. »

Nicole a étudié la tête des clients, et c'est elle qui s'est le plus cultivée finalement. Dans l'encoignure où le videur nous a chassés parce que je ne lui avais pas bien graissé la patte, on ne pouvait pas voir, même en se forçant, grand-chose de plus édifiant. Les plus très jeunes malheureuses qui plastronnent sur la tribune étroite ont le torse rebombé au silicone, et le vif du sujet masqué, comme un œil crevé, par une coquille au cordon coincé entre les fesses. Elles passent des heures devant la glace à épiler tout ce qui pourrait dépasser, pour vous frustrer jusqu'au trognon. C'est mon humble opinion.

Je suis installé sur le lit de Juba ; j'ai bloqué le petit verrou doré pour qu'elle ne me dérange pas, ça lui apprendra. Toute mon énergie s'est dissipée en angoisse, en anticipation ; la scène est déjà tout actée, il ne peut plus rien se passer ; c'est mieux comme ça, à froid et à plat : nibbuta. Que je me dis en composant le numéro. Mais la patronne est tout de suite toute là, montagne accouchée par une souris, et le sang dans mes oreilles bout au premier son de sa voix. Elle ne répond pas allô, elle répond *oui*, sans point d'interrogation, sans hésitation, sans condition. Ça me coupe le sifflet.

« Bottom, je ne t'entends pas.

— Excuse, je suis pas habitué à me faire dire oui si vite.

— C'est la fatigue. Maggie m'a épuisée. Pour ne pas risquer de te faire faux bond, je me suis allongée sur ton lit avec le téléphone sur l'oreiller. Elle a lu mes divagations. Elle est dithyrambique. Mais ça manque de sexe... Je vais en mettre. Il faut bien gagner sa vie. Je ne vais pas devenir un poids pour les autres, ça leur ferait trop plaisir.

— Qu'elle se mêle donc de ce qui la regarde ! Pour ces fricardes, on a pas de goût, si on a pas pissé au Ritz, et essuyé la dernière goutte avec le mouchoir du sommelier... »

Elle se tait. Elle ne poursuivra pas une conversation engagée sur ce ton. Je change de ton. Je me rends tout plaintif et tout gazouillant. Comme je me sens.

« Tu vois, je ne sais plus me tenir déjà... Le vois-tu, comme j'ai changé ?... Dis *oui*. Dis-moi *oui*. Dis-moi-le encore... C'est bon pour ce que j'ai, tout ce que j'ai, tous mes bobos sans exception...

— Tu roucoules, ma parole !... Tu casses tout, tu me pousses à bout, puis tu roucoules, comme si tu m'abordais dans un bar... On se demande quelle frousse te fait courir, quelle horreur te porte à te damner ; de crise en crise on se dit ça y est, ça monte à la surface, on va voir ce que c'est ; puis ça se met à roucouler.

— Parce que c'est de l'amour, voyez-vous. Et que l'amour c'est de même que ça marche. Ça roucoule au lieu d'avancer !... On rit mais c'est le fond de ma pensée, tu sais.

— Je sais... Mais si tu me disais quelque chose... Comme comment ça va... T'adaptes-tu, mon petit Bottom ?

— C'est pas le mot, ma bonne patronne. Je suis inséré. J'ai un job !... Sous-aide-cuisinier dans le greasy food.

— Je suis contente, ça te va vachement bien, ça te fait une belle voix...

— Et toi ?... Tu connais mon courage, j'ose pas demander...

— Ça roule...

— Ça marche pas ?...

— J'ai perdu mon pari. Je n'ai pas pu traverser la cuisine.

— Sans témoin, ça compte pas... Tu la traverseras la prochaine fois...

— Quand les poules auront des dents...

— ...en courant, pour pas te faire mordre !... Il est venu, maître Housquier ?

— Et il m'a mordue. Mais il a bien fait ça. Il a pris son dû sans simagrées, comme un gentleman qui craindrait de vous déshonorer en présumant que vous regrettez de tenir votre parole.

— C'est bien fini, l'Italie...

— Ça recommence autrement. Je n'ai plus les mêmes moyens, mais j'en ai encore. Moins on en a plus on y tient, va, mon petit Bottom.

— Ma petite patronne, qu'est-ce qu'ils t'ont fait encore, qu'est-ce qu'ils t'ont encore dit, ces avocats, ces docteurs, ces martiens ?

— Ça ne te dirait rien.

— Je veux savoir. J'en ai besoin, tout ce qui me rapproche de toi m'élève... Qu'est-ce que c'est ?

— Sclérodermie... Mes signaux négatifs ont détraqué mes globules blancs... Les muscles sont atteints... Évolution lente mais irréversible, aux dernières nouvelles, et qui condamne au fauteuil roulant... »

Je le savais : c'est encore pire que je pensais. Je ne sais pas comment elle fait. Je ne sais pas quoi dire pour ne pas toucher aux jeux d'équilibre qui la tiennent. Mais je ne peux pas pleurer non plus. Même pas jurer. Même pas dire non. Son trop grand courage me frappe, comme une exclusion, comme s'il la portait pour toujours à un niveau où je n'ai pas accès. Je n'ai plus grand-chose à offrir à personne. Ça tombe bien, j'ai toujours cherché à me détacher des biens de ce monde.

« Il y a pas de justice !...

— Tant mieux, il y a toute la liberté... Où serait le plaisir de Dieu s'il n'avait pas tous les droits, s'il avait une conscience, s'il était forcé de se culpabiliser, d'expier, de se priver de faire la moitié de ce qui lui plaît ?

— Arrête, tu m'impressionnes.

— Alors disons que j'en garde pour la prochaine fois...

— Demain ?... Demain ?

— Oui... Oui. »

Je n'en pouvais plus. Je suis trop sensible, voyez-vous. Il y a des limites au fond desquelles les mots de notre appartenance, les appels de notre propre voix, deviennent si stridents qu'ils nous cassent les oreilles.

*

Je ne savais pas qu'elle était comme ça. Au milieu de la nuit, tout d'un coup, Juba perd les pédales ; tape des poings, des pieds, secoue le lit jusqu'à ce que je bascule dans ses problèmes.

« Trésor, je dors.

— Pendant que je fais du sang de cochon ? Comment peux-tu ?

— Du sang de cochon ?... Bah, ça tache pas ! »

Elle a qu'elle a fait une folle d'elle. Elle a téléphoné

à Belle-Terre pour alerter la belle-famille sur la disparition de Bruno. Ils lui ont battu froid. Coudon (s'est écriée la petite préfète Lucie, qui ne laisserait pas son mari entrer à la taverne sans sa permission écrite), il est pas majeur ; il est pas maître de ses allées et venues ?... Tout le fiel des humiliations lui est remonté à la gorge : ils ne l'ont jamais invitée, jamais visitée, il n'ont même pas daigné répondre à ses cartes de Noël. Et ça a fait éruption. Elle les a traités de racistes tous autant qu'ils sont, de xénophobes et d'antisémites, de culs-terreux bornés, ignorants et intolérants.

« Je suis pas fière de moi mais je me suis contentée, je les ai pas ratés... Je les ai avertis : s'ils viennent pas chercher son bazar, je vais le balancer sur le trot-toir !... »

Mais elle ne réussit pas à brider la bête féroce qu'elle a lâchée là.

« Retiens-moi, je vais te sauter au visage. »

On fait ce qu'on peut dans des conditions possibles. Plus on l'étreint, plus elle se débat ; plus elle braille, raille, me reproche que nos rapports se détériorent.

« Lâche-moi !... J'aimais mieux avant. Quand j'étais coincée, je pouvais t'appeler. Tu trouvais toujours les bonnes paroles. J'étais tellement sûre que tu les trouverais que je pouvais me passer d'appeler. J'avais qu'à me rappeler : c'était comme si ça se faisait, j'étais aussi rassurée... Tchou, tu ne sais même plus parler. Lâche-moi !... Tout ce qui t'intéresse c'est tripoter, et ça ne t'intéresse même plus assez pour que ça m'excite de te repousser !... »

Je ne le prends pas mal, mais comme si les épreuves de la patronne faisaient enfin un homme de moi. Je lui dis que je la découvre. Plus je cherche en elle, en tripotant ou autrement, plus je trouve la sœur que je n'ai pas eue et dont je vois que je ne pouvais pas m'en passer. Tronc comme je suis, je m'imaginais que ça toucherait sa corde sensible.

« T'éreinte pas, ça colle pas, tu as trop la tête ailleurs. Moi aussi d'ailleurs : tu me manques tellement. »

Sur quoi elle a pris ses cris, ses claques, et été se coucher sur le canapé. C'est complètement ridicule, on a l'air de Rock Hudson et Doris Day dans *Confidences sur l'oreiller*. On ne méritait pas ça.

Les autres vous définissent. Vous êtes un ci, un ça, ça n'arrête pas. Pour peu que ça parle, ça vous dit quoi être : une tache, une lumière, un insolent, une pitié, un rigolo, un porc, une victime de votre *inferego*, un sale type avec une sale tête, un ami, un larbin, une nouille, une planche de salut, un fils unique raté et alcoolique, un gros bébé pris de panique... Le moindre tête-à-tête émotif peut vous refaire ou vous défaire, de fond en comble : « Tu générais de la magie ; tu te délibidines en petit bricoleur. » Je vois de plus en plus ce que la patronne veut dire par *choisis*, le seul vrai ordre qu'elle m'ait jamais donné... Je ne voulais pas faire comme les autres mais c'est raté, je ne m'en tirerai pas autrement que les autres. Ça ne marchera pas si je ne me guide pas sur ce qui me fait du bien, sur ce que je suis content d'avoir fait, si je ne me conforme pas à mon programme, comme une bonne machine. Je ne pourrai pas m'y reconnaître sans me ressembler ni vouloir me ressembler sans que quelqu'un se fasse une idée de moi qui m'inspire, que j'aie envie de « réaliser », au lieu de démolir. On est libre de me dire qui je suis, mais je suis libre aussi, pas forcé de retenir, d'assumer ce qu'il y a de pire, par orgueil, pour leur montrer, comme un petit saint qui se purifie par l'épreuve du mépris... Ça ne tient pas beaucoup debout mais dans la confusion de la lutte que je livre au sommeil pour rattraper la patronne à l'heure où elle se lève, je sens que je brûle...

« Bottom ?... Mais...

— Tu as dit *demain*. On y est...

— Déjà ?... »

Elle n'est pas langoureuse. Elle a le caquet bas. Comme s'il n'y avait pas de quoi, elle se racle la gorge pour le hausser d'un ton... Elle est pressée, elle a une heure pour rassembler ses forces avant que Francine n'envahisse la maison avec sa sollicitude.

« Elle se pointe de plus en plus tôt. Elle traîne... Elle se sème partout... »

Je sais, je lui inflige une irruption dans ses retrouvailles solitaires. Sa messe basse, comme elle l'appelle.

« J'ai oublié de te dire : je travaille jusqu'à minuit, je pourrai pas téléphoner avant ; je te dérange mais c'était pas mal important, tu comprends. »

Elle comprend, et elle est contente que je comprenne qu'il faut que je lui fiche la paix pour le moment.

« Bottom, je t'aide beaucoup.

— Tu dis ça pour me faire plaisir.

— Oui. »

Ah le beau oui. Ah je suis gréé et motorisé pour des années de plonge. Je pelote un peu le téléphone, qui me sonne dans les mains : elle a des scrupules, elle me rappelle pour s'excuser de m'avoir brusqué... Non, c'est Juba, depuis l'autre côté de la porte. Elle m'a entendu marmotter, elle me demande ce que j'ai, mais c'est elle qui a quelque chose.

« J'ai mal aux seins, j'ai mal aux ovaires, j'ai entendu râler en bas dans la chapelle ardente et j'ai reconnu son râle, avoue, dis-moi que tu m'as vue comme je suis et que tu ne veux plus de moi comme amie.

260

— Jamais de la vie !

— C'est tout ce que tu as à me dire ?

— Attends, laisse-moi réfléchir.

— On peut pas venir attendre avec toi ?... »

Pour peut qu'elle bêtifie, elle m'a. Il me monte une bouffée de tendresse, un irrésistible arôme de mélasse.

« Non attends, je vais aller te chercher. »

Je l'ai portée sur le lit comme une incapable, j'aime ça. Elle s'est pelotonnée, elle a sangloté, le nez s'est mis à lui couler, je me suis relevé, j'ai été chercher dans les toilettes du papier pour qu'elle puisse se moucher, je ne me suis pas fait prier, ça m'a fait plaisir, je ne demande pas mieux que de me rendre utile, je suis un pauvre type, un chic type.

Comme Jorge. Qui m'aide à revêtir ma tunique caoutchoutée de capitaine des éviers. Qui donne un coup de torchon pour faire luire les manettes puis un coup de lavette pour faire rouler des arcs-en-ciel dans les bulles de savon. Dans la ruelle, il me présente, à coups de pied, son monstre préféré : la grosse benne rouillée à roulettes hurlantes où j'aurai à jeter les ordures tous les soirs en partant, very important. La négligence des clochards qui les écument y fait pénétrer des rats équipés pour faire une bouchée d'un nez ; il faut soulever le couvercle avec précaution, very important. Il faut aussi se méfier de la petite Mado : elle a la moue engageante mais le grief rapide, et Nick ne supporte aucune tentative d'attentat à ses propriétés... Il me la montre qui agace un café au comptoir en attendant de prendre son service. Je l'ai déjà repérée : la face ronde, la fesse aussi, toute en fruits qui se mangent à même l'arbre. Mais j'ai bien vu qu'elle me prendrait de vitesse avec son museau pointu et ses petites dents assorties.

« Don't worry Jorge, je suis vacciné. »

261

Mais les autres serveuses sont OK. Toutes des pauvres crétines qui n'oseraient pas faire de peine à deux pauvres crétins. Même si elles sont nos supérieures hiérarchiques, on peut leur sourire sans risquer de se faire arracher la gueule quand elles apparaissent en gros plan à l'écran de notre hublot, avec leurs plateaux chargés d'assiettes et retentissants d'ustensiles, trousseau de clés d'un royaume qui en vaut bien d'autres, en sueur en tout cas.

« Thanks, Jorge. »

Il me fait lâcher le *Horgué* aspiré. Djordj, call me George. Je suis un peu vexé mais après tout on s'en fout, call me George too. Sclérodermie. Ça ne colle pas. J'ai regardé dans le dictionnaire. Ils disent que ce n'est rien. Une maladie de peau. « Affection cutanée caractérisée par une sclérose des couches profondes... » A moins que je ne sache pas lire. Mais c'est justement sur ce sentiment qu'on a de ne rien comprendre que les fricards comptent. Ça me dit qu'elle s'est fait arnaquer. C'est un pet pour une grosse société d'assurances de corrompre un maître Housquier, qui mène un train de vie prétentieux, ou de s'assurer les services du spécialiste éminent qui voit de la sclérodermie partout, qui a des théories pour la rendre responsable de tout, même l'infirmité d'une réclamante qui n'a plus que des bouts de genoux. Fietoi à mon diagnostic. Tu marcheras, ma magnifique. Tu seras pauvre mais tu leur montreras. Tu y iras à pied, en Italie...

« Thanks, Nick. Thank you very much. »

Comme je n'osais pas, il a commandé lui-même mon repas : une entrecôte avec des frites et des petits pois. Ce n'est pas rien. Il aurait pu me refiler de ses vieux cigares au chou. Pas du tout !... Juba n'est pas une bien bonne fille mais c'est un sacré bon soldat. Elle s'est dit que j'avais besoin de soutien. Elle m'apporte le sien. Je l'aperçois par le passe-plat, juchée sur le dernier tabouret du comptoir, pour que je ne la rate pas. L'air de rien, elle s'est installée de côté, les jambes croisées jusqu'à l'accroc qu'elle s'est encore fait, ou fait faire, dans ma zone érogène préférée. Ah la vache, c'est une grue. Je me défais mal de l'effet qu'elle m'a fait dans la seconde que j'ai prise à la replacer. Plus je la regarde plus je vois que j'ai vu juste. Elle était voluptueuse, langoureuse, surtout pas vulgaire. Elle l'est devenue, pour faire plaisir à Bruno. Elle s'est peu à peu donné l'allure et la structure des filles qu'il a toujours recherchées, qu'il passait ses nuits à lui préférer. Nicole a raison, je n'ai pas bien regardé ma princesse, je l'ai laissée les yeux fermés manger les coups qui l'ont changée. Mais je me remets d'autant mieux du petit choc que je gagne au change. Elle est encore plus belle, comme une enfant après qu'elle a bien couru, qu'elle s'est bien battue, qu'elle a bien pleuré, qu'elle s'est bien salie. Jorge, à qui je la désigne innocemment pour voir, est bien de mon avis. Vamos la !... Qu'il s'écrie, si ça se trouve. Mais est-ce qu'on s'est bien regardés ? Qu'est-ce que peut bien valoir notre avis ?

Le dur labeur de cette journée ne peut pas ne pas porter fruit, tout de suite. A minuit, je me bourre les poches de monnaie et je me précipite dans la cabine téléphonique du coin de la rue. J'ai de la chance, la patronne vient de raccrocher. Si Maggie ne l'avait pas tenue deux heures au bout du fil, elle serait montée se coucher.

« Ce n'est pas facile, tu sais. Et Francine ne m'aide pas... Alors je me suis un peu rabattue sur Maggie, qui s'apitoie, ce qui ne m'aide pas non plus.

— Heureusement que je suis là...

— Oui. Et tu es bien là. Tu y resteras. J'y veillerai.

— Qu'est-ce que ça veut dire ça ?...

— Tu le prends comme tu veux. Mais c'est du fond du cœur. Comme dirait Francine... Pauvre Francine.

— Qu'est-ce qu'elle a que je n'ai pas ?

— Des problèmes que je ne peux pas régler parce qu'ils ne viennent pas de moi... Elle m'a fait une déclaration d'amour... Atroce. »

Elle faisait ses exercices de marche. Elle s'entêtait à dépasser sa limite de sept pas. Elle n'y arrivait pas. Elle est mal tombée, elle s'est fait mal, elle a perdu patience, elle a fait une petite crise de nerfs. Exaltée par sa détresse, Francine s'est jetée sur elle, répandue sur elle, embrassant ses cheveux et la berçant, pleurant et délirant comme l'enfant violée qu'elle est restée. Je vous aime, je vous aime, je ne suis plus capable de me retenir de vous le dire. Elle ne veut rien d'elle, rien que se donner à elle comme ça se faisait avant dans les familles qui avaient trop d'enfants. Elle ne lui demande surtout pas de tout prendre, elle n'a qu'à trier, choisir dans le tas qu'elle roule à ses pieds. Qu'elle jette son cœur s'il ne l'intéresse pas. Qu'elle prenne plutôt ses bras, pour tenir la maison, et soulever des montagnes. Elle a une bonne paire de jambes, qu'elle les prenne pour remplacer les siennes, pour aller chercher tout ce qui lui manque et ne plus dépendre de personne... Je ne vous dérangerais pas, je n'existerais pas ; on vivrait ensemble mais à une seule personne, vous.

« Elle me forçait à entrer dans son jeu, à tenir le rôle défensif. Je me suis sentie agressée, ridicule. J'ai été brutale... Elle a du cran, elle s'en remettra. Mieux que moi... Elle a tout fichu par terre, je ne sais plus quoi faire... Mon fardeau est assez lourd, je ne la prendrai pas sur moi, je ne supporte même plus ses yeux sur moi... Qu'est-ce qu'elle croit, que je vais me laisser tyranniser parce que je suis malade, que je ne peux plus me passer d'elle ?... Je vais me passer d'elle ! »

Malgré moi, je jubile un peu. D'ailleurs, pourquoi je me priverais ?

« Tout s'explique, c'est une gougnotte !

— Comme tu dis ça !... Comme si elle savait ce que c'est, à l'âge qu'elle a encore... C'est de la magie pour elle : je t'aime, tu me sauves... Et je te prends tout pour te remercier : les comptes, la maison, la vie. C'est tout naturel sur le plan surnaturel... C'est triste mais elle s'est trompée de sorcière... »

Pour l'instant, c'est elle qui se débat comme si elle était ensorcelée....

« Qu'est-ce que tu crois, que je ne suis pas aussi bête que toi, aussi coupable ?... Je suis épouvantée de l'avoir si affreusement déçue. Personne ne veut crever le cœur de personne. »

Mais elle trouve que j'ai raison : elle se sent assez coincée sans se mettre à se lamenter, se tortiller dans le piège. Ça n'exclut pas un petit coup de sonde.

« Moi aussi j'ai joué du cœur, hein ?... Moi aussi j'ai tout fichu par terre, hein ?...

— Que veux-tu que je te dise ?

— Autre chose... N'importe quoi. »

Entre le drame de Francine et les consolations de Maggie, elle a regardé *Vertigo*, un film d'Hitchcock sur l'acrophobie, la peur des hauteurs. La notion la fait rêver. Elle se demande où se situe, pour chacun, le niveau d'élévation où il perd l'équilibre.

« Moi, c'est au niveau du sol. Il faut que je m'enfonce pour tenir debout...

— Comme c'est intéressant, comme c'est encourageant, comme ça m'aide.

— Oui, ça t'*aide*... J'ai hâte de toucher ma paie pour me louer une chambre.

— Je le sais, tu me l'as dit tout à l'heure. »

Elle est claquée. Quand elle ferme les yeux, elle se

sent partir. Elle a envie de se laisser sombrer là, étendue tout habillée sur les couvertures... Je l'imagine endormie dans mon lit, serrant dans ses bras l'appareil qui respire encore, que j'imprègne encore... Quel honneur !... Mais je me dis que ça ne se dit pas. Surtout pas à une chochotte entichée de Saint-John Perse, dont je ne comprends même pas le nom. Encore moins à une bonne personne si malmenée, à qui j'ai donné une gonorrhée, asymptomatique par-dessus le marché... Je n'ose pas y penser !

Juba est dans tous ses états ordinaires. Elle a encore fait une folle d'elle. Elle a été au poste de police porter Bruno disparu. Ils ont ri d'elle. Ils ne font pas de bricolage, ils ne réparent pas les collages... Pour les forcer à ouvrir un dossier, et que quelqu'un s'occupe enfin de ce pauvre con, elle a déposé une plainte pour vol. Elle a passé la soirée à chercher sa facture, produire une description détaillée de sa chaîne stéréo, et préciser la nature de ses rapports avec le suspect.

« Tu couchais-tu avec sur une base régulière ?... Tu couchais-tu avec d'autres sur une base régulière ?... »

Elle a cru bien faire. Elle savait qu'elle ne se le pardonnerait pas, qu'elle s'en repentira toute sa vie ; elle l'a fait pareil, pour lui. Humiliée, traquée, elle tremble, elle s'agrippe. Elle a peur qu'ils l'attrapent, qu'ils le maltraitent, qu'il se pende avec sa ceinture aux barreaux de son cachot, que ce soit de sa faute. J'en ai plein les bras, mais c'est là pour ça...

\*

« Non !... »

Ce n'est pas vrai et ce n'est pas un rêve. C'est autre chose. Un film où les acteurs m'auraient piégé, recruté de force. Pourtant, je suis bien en retrait, bien caché derrière le rideau dans le coin du faux bow-window. Son bébé sanglé sur la poitrine, Lucie aide Hugo, son mari, à charger les dépouilles dans leur vieille familiale. Elle lui soulève le hayon, que les ressorts ne tiennent plus. Elle attend la dernière boîte en pressant la terriblement petite tête comme pour l'abriter de ce qui se passe. Lucie a sonné pour demander si c'était tout ce qu'il y avait « comme bazar ». Juba descendait, allait se jeter à son cou, à ses genoux, n'importe où. Lucie lui a crié de ne pas se déranger. Puis elle l'a attendue. Pour la faucher. En lui fermant la porte en pleine figure... A part la honte de ne rien sentir, je ne sens rien. J'envie Juba, sa rayonnante horreur, cette force qui la happe et qu'elle fuit à grands pas de folle : elle s'élance pour défoncer la résistance, elle s'arrête impuissante, elle recommence dans l'autre sens. Je la rejoins dans la cuisine, elle se sauve dans sa chambre, je la suis, elle ressort, elle y rentre, je la saisis avant qu'elle s'y verrouille. Elle ne lutte plus, elle crache. Elle a ravalé ses larmes et elle les crache sur moi. Ou sur elle, reniée, chassée, baisée : possédée par la shiksa qu'on lui a logée dans le crâne, les mains serrées sur son visage écorché par une mue où elle ne se reconnaît plus. Je sais ce que c'est mais je ne sais pas quoi dire sinon que je suis dedans avec elle, mais je suis justement le dernier avec qui elle voudrait s'y trouver. J'ai un flash-back qui ne me lâche pas, atroce. En Chevrolet Biscayne 62, en pleine nuit, on s'en va aux noces à Lucie, soûls. Juba n'a jamais conduit. Elle se cramponne à deux mains au volant, que Bruno cherche à lui faire lâcher en la lutinant outrageusement. Je suis blotti derrière eux, les bras croisés sur le dossier, entre leurs têtes, accueilli, attendri par la faveur d'ami qu'on me fait d'entrouvrir la porte qui me tient enfermé à l'extérieur... Je faisais mon affranchi. J'y mettais tout l'esprit qui donne le ton à ma vie.

« Eh bien docteur comment qu'elle se présente ?

— Un vrai glaçon !... Elle fond dans la main !... Tiens !... »

Il m'a sorti ça de sous sa robe et essuyé ça sur la figure, en faisant la grimace comme si c'était dégueulasse. Après ce baptême et cette onction extrême, ça s'est dégradé.

« C'est de ta faute !... »

C'est Juba qui le crie, plantée là mais plus du tout là, blanche comme le sel des statues sous ses cheveux mouillés, qu'elle racle avec une main pendant que l'autre accuse, frappe au cœur et au ventre.

« T'as rien là ! Ni là !... C'est de ta faute !... »

Ça me regarde. Bruno est mort, laissant son prénom tout déformé, qui était son seul bien, à l'enfant de sa seule vraie sœur. Il s'est fait tuer pour sa *Panic* dans une bagarre de bar. A deux pas d'ici. Un coup de couteau à la rate pour un raté. Si on veut. Si on ne se demande pas trop ce qu'il a tant raté. Tout le monde l'aimait et lui donnait tout ce qu'il voulait. Mais il passait toujours un peu tout droit. Il continuait sans trop s'arrêter jusqu'au bout de chemin où je l'avais suivi jusqu'en Floride, en passant par l'Illinois et l'Iowa, le Colorado, l'Idaho, la Californie. Il m'a distancé en comprenant que ce qu'il cherchait ce n'était pas vraiment les filles, toutes les filles, mais la grâce, les Trois Grâces : la Gratuite, la Gracieuse et Celle qui Gracie. Il ne voulait pas payer. Ce qu'il a raté, c'est tout ce qui se gagne, la pacotille, suante, souffrante et moche, qu'on s'arrache en arrachant la peau avec. Je ne pleurerai pas, parce que je n'ai pas de larmes et qu'il n'y a pas de quoi. Mais je marcherais bien, au hasard. J'entrerais bien quelque part pour acheter un brassard noir, et je le porterais bien, pour fanfaronner... Nicole me rattrape au trot de ses flip-flop. Juba frappée de repentir me l'envoie.

« Elle veut pas être inquiète de toi...

— Je suis en pleine forme ! »

C'est vrai, même si tout ça m'a de plus en plus l'air d'une maladie vénérienne totale, soignée de plus en plus mal, c'est fou ce que je me paie comme santé, moi.

« Qu'est-ce que tu fais ?... Où tu t'en vas ?

— Faire de l'exercice, Christ. »

Ça la tente. Les yeux frileux pour une fois, elle insiste, elle veut venir.

« Derrière... Que je te voie pas, que je t'entende pas ! »

C'est parti tout seul, sous le coup d'une colère qui ne lui est pas adressée. Elle me prend au sérieux. Elle me suit à dix pas, comme si on ne se connaissait pas. Même aux intersections, pour attendre le feu vert, elle garde la distance. On n'en sortira pas. Je ne me suis jamais senti si tronc. Mieux vaut tard que jamais. Je m'arrête à la Fontaine de Johannie et je lui crie, violemment encore, pour rien encore, que je lui paie une croûte. Elle passe devant. Elle a toujours faim. Elle ne se fait pas à manger. Si personne ne la nourrissait de temps en temps, elle s'en passerait, elle s'éteindrait doucement, sans trop s'en apercevoir. Comme deux vrais durs de durs, on croque nos toasts sans se regarder, pour ne pas que ça accroche, que ça déchire...

« J'aurais affaire à la pharmacie. On peut y aller si tu sais pas où aller... C'est loin... »

Je croyais qu'on avait assez rigolé, qu'elle se remettrait à côté. Elle ne veut rien savoir. Elle préfère rester derrière finalement, se débrouiller tranquille avec tout ce qu'elle sait déjà bien assez. Sur le viaduc de la rue de la Montagne, on est transporté au royaume de ce qui ne se fait plus. Les trains sont redescendus en enfer, se faire déforger. La gare Bonaventure, qu'ils nourrissaient, a mangé ses pierres, jusqu'à la dernière. Le bassin est vide où les courants confluaient en enchevêtrements de rails, et la neige ensevelit sans se rider le lit creusé par leurs élans. Pour arriver là-bas, entre les clochers perchés au bout du doigt de Nicole, on longera ce qui reste des quais, une idée, figurée par les feux allumés dans la brume aux fenêtres des derniers réfugiés irlandais...

Pendant qu'elle se ravitaille en démerols, je traverse de l'autre côté, attiré par les soldes aux vitrines de St. Henri Uniforms. Il y a un complet qui me plaît et qui est en plein ce qu'il faut. Une livrée noire, de serviteur, de chauffeur, de fossoyeur. Elle a servi comme réclame et le soleil l'a ternie. Ils la laissent à moitié prix et ils font les retouches sur place. Je marchande. Ils sont accommodants. Avec tout ce que j'ai dans les poches, qui ne fait pas le compte, ils me donnent aussi la chemise et la cravate noire. Nicole rapplique, en plein rembrayage euphorisant. Je l'embarque dans la cabine d'essayage, pour éviter de regarder dans le miroir et ruiner l'image que je me suis faite de ce dont j'aurai l'air. Tragique. Pas ridicule.

« Ça va ? »

Le pantalon tombe sur les talons mais ça se recoud. Il y a du mou dans les épaules mais on s'en fout. A part ça, ça va extra. Mieux que ça.

« T'es beau... »

Elle me dévisage, avec je ne sais quels yeux qui se mouillent, quel souffle qui lui tend les narines.

« T'es pas beau comme tel mais ça te va bien... surtout maintenant, où c'est si important ! »

Elle me fait toucher son cœur, qui se débat contre cette mort qui l'a prise à la gorge et qui lui donne des frissons partout. Même entre ses jambes, où elle mène ma main, à sa grande honte, qui avive encore ses nerfs, l'urgence de rétablir leurs contacts coupés.

« J'ai envie de faire l'amour. Fort fort. Comme lui. Pour lui... Trouves-tu ça truie ? »

Oui. Mais tout le long du chemin, mon cinéma m'a projeté mes jeux dans la baignoire avec la patronne, et il me lui faisait donner, avec son séchoir, de vraies sensations. Comme quoi on est tous des truies, il n'y a personne qui contrôle rien dans ce bordel.

« Grouille chercher le tailleur, je travaille à quatre heures ! »

Ça y est. Je passe encore à côté de quelque chose, comme une barrière levée, un accès rare à mon vrai territoire. Je le sais parce que j'ai une petite sonnerie qui m'avertit, une alarme réglée sur mon aiguille aimantée pour que je me perde, puisque c'est le but, la destination, puisqu'on a tous été bricolés pour ça.

Mon accoutrement crée une petite commotion dans la cuisine. Jorge me reçoit comme un millionnaire, un gros *big shot* qui aurait acheté le restaurant. Mais il ne s'agit plus de rigoler. Il s'agit qu'il y ait des radas, que le système ne les ait pas complètement éliminés, qu'il en reste au moins un qui gigote encore. Je frotte si vite et je récure si bien que je peux en même temps soulager les serveuses de leurs tâches complémentaires. Et mon zèle est tel à débarrasser les tables, les torcher, vider et essuyer les cendriers, ranger la salière, la poivrière, le sucrier, qu'elles le prennent en mauvaise part, comme si je voulais leur donner une leçon... Mado m'apostrophe en me pinçant le coude au détour d'une travée.

« Lâche pas Ti-Pit, si tu roules assez vite, tu vas finir à temps pour nettoyer les chiottes !... »

Ça méprise jusqu'à votre nom et ça se mêle de vous socialiser. Elle frappe un nœud, je suis devenu un personnage trop important, je n'ai plus le droit de tolérer qu'on mette la main sur moi : on ne touche pas au prêtre qui porte le cadavre et l'honneur de l'adolescence, qui était si pressée qu'elle est restée toute nue, qu'elle n'aura eu comme carapace que des planches... Je la modère à son tour, cette effrontée, en la pinçant aussi raide à la même place, en lui coinçant le même nerf. Elle est outrée !... Et moi, comment qu'elle pense qu'elle m'a traité ?...

« Comme le petit crotté que t'es !... Je vais te faire un rapport, petit crotté ! »

Moi qui ne cherchais qu'à rendre service. Jorge se porte à ma défense, mais elle a raison : le service c'est du vice, ça se réprime. Je lui revaudrai ça. Une bonne nuit avant de vider les poubelles, je la guetterai au coin de la ruelle et je la ferai craquer. Mais c'est un dessein que ma conscience supporte si mal que mon châtiment s'incarne déjà. Il est tapi là dans l'ombre du wagon à ordures.

« Sauve-toi pas, c'est rien que moi. »

Nicole tombe bien, j'ai changé d'idée. Je tombe mal ; elle aussi, toute aux complications du message qu'elle porte. Même s'il lui est interdit de monter les escaliers avec sa phlébite, la tante Ottla est venue réconforter Juba. Et elle reste à coucher.

« Tu peux pas dormir chez moi non plus parce que je pouvais pas passer la nuit toute seule non plus. J'ai quelqu'un. »

Quelque copain qui vit dans quelque commune rue Saint-Denis et qui, mis au courant de ma situation, a tout de suite alerté ses amis, qui me font dire que la porte est ouverte.

« Ça me gêne.

— Si tu les regardes pas, ils te verront pas. Ils sont supercool. »

Des soûlons, je ne dis pas. Les brûleurs de gazon, ils ne me reviennent pas. Mais elle a fait son possible, et il faut que ça compte. Alors je ferme ma gueule et j'empoche le bout de papier où elle a griffonné l'adresse.

« T'aurais pas quelques piastres à me passer ? »

Elle me montre le creux de ses mains, comme si ça se trouverait là si elle en avait, et si c'était tout à son honneur qu'il n'y ait rien...

« Il t'a pas payée, ton hippie ?... »

Moi qui étais si content tantôt d'avoir fermé ma gueule.

« Il paie pas plus cher que toi.

— C'est pas donné... Il laboure bien, lui, au moins ? »

N'importe quoi. Bien truie de préférence.

« Il fait attention de pas me faire mal. »

Je vois ce que tu veux dire. Mais quand c'est tout ce qu'on a, mal, c'est tout ce qu'on peut faire, je suppose. Endure. Baisse la tête, montre ta craque, comme disait Bruno à l'instar de mademoiselle Lessard quand elle nous cherchait des poux.

Il y a dix ans, les bas étages de l'hôtel Pennsylvanie avaient des salles de bains communes, libres et faciles d'accès. On s'y verrouillait, Bruno et moi ; en tout confort courbattu et forte odeur de sainteté, on s'y livrait à la magie de transgresser. On y mettait du sport, du devoir, notre l'honneur de passagers clandestins. On avait couché dans les fossés, sous les ponts, sur le toit des maisons ; on était orgueilleux d'avoir la tête assez légère et assez dure pour trouver le sommeil partout où on la posait... Ils ont tout chamboulé. Ils ont repensé le Quaker Bar, et cloisonné la porte où on passait pour se faufiler dans les escaliers. On ne s'est jamais fait pincer. On a eu de la chance. Il n'y a que ça, la chance. Il n'y a pas de justice parce que ce serait trop peu, parce que tout le monde sait ce qu'il mérite et que ça ne nous laisse aucune chance. Ce qui nous tient c'est l'espoir de nous sauver, nous évader, profiter du désordre, de la confusion, de la catastrophe pour échapper à la justice justement... On n'est repêché de la masse où je me noie que par exception, faveur, passe-droit, traitement spécial. Alors j'y ai droit!... Je suis un homme de privilèges. J'ai besoin pour mon ordinaire des plus partiaux, exclusifs, abusifs. Et il me les faut séance tenante. Et je ne vais pas me gêner pour les revendiquer, à frais virés par-dessus le marché... Je n'ai pas de chance avec les femmes mais quelle chance qu'il y en ait tant ! Il y en a partout. Il y en a même une dans la voix qui répond au signal zéro.

« Puis-je vous aider ?

— Dites pas ça, c'est des plans pour que ça m'aille tout droit au cœur. »

Elle pense que c'est une blague. Ça ne me surprendrait pas de ma part. Elle me laisse un peu aller, pour voir si je vais dire des cochonneries.

« Merci beaucoup... Chaque fois que quelqu'un est une femme, j'ai le goût de dire merci beaucoup. J'avais jamais osé. Il a fallu que ça tombe sur vous. »

Elle prend mes coordonnées à travers les crépitements d'un microphone qu'on obstrue pour rigoler à part soi.

« Mademoiselle, j'entends comme quelque chose de fou, quelque chose qui se fêle, qui se fissure... Ça

274

tombe bien, j'ai un problème de communication : ma voix passe pas où il y a pas de craque. »

Ça me reporte à mon mauvais coup de cœur pour Crigne, au mur trop épais dressé entre nous. J'ai eu tort de le subir comme un jugement porté contre moi. Il n'a aucun sens. Il ne dit rien sur rien. Il n'a été voulu, fait exprès par rien, surtout pas elle. Elle s'est trouvée comme ça, toute faite, avec tout le prestige qui la met hors de ma portée. Elle aurait préféré se trouver téléphoniste et se faire asticoter à longueur de journée par des tarés dans mon genre, je suis sûr. C'est ce qu'elles disent toutes en tout cas quand on le leur demande gentiment.

« Laissez sonner. »

Et qu'elle rigole encore un peu, pour élargir la craque ; ça va passer... Ça y est !

« Je loge un appel de la part de Bantam. Acceptez-vous les frais ? »

La patronne répond que oui puis on la perd dans un tintamarre : la cascade de chocs et de retentissements déclenchée par la chute de l'appareil sur le plancher, avec le chat qui se mêle aux opérations à tâtons dans le noir pour le ramasser. Après l'avoir posé sur son ventre pour m'attendre, puis avoir désespéré, elle s'est laissée somnoler, et il a été emporté par l'agitation de son sursaut. Elle est nerveuse ; elle trouve le temps long depuis que Juba lui a annoncé le malheur qui me frappe...

« C'est Bruno qui a tout encaissé... Je suis intact moi. Pas une égratignure... Je suis même à mon meilleur moi quand tu t'inquiètes pour moi, quand tu me parles, avec ta propre voix, ta si propre voix. Si nettoyante. Si délivrante... J'arrête, j'ai peur que tu raccroches... Parle, toi. Parle-moi. Remplis-moi... De n'importe quoi de toi. Qu'est-ce que tu fais ?

— Rien de terrible. Je deviens frileuse, je dors mal,

j'ai le coin des yeux qui se plisse, les coins de la bouche à la baisse. Je vieillis, on dirait.

— Quoi ? Tu aurais cette faiblesse, toi ?... Montre-moi ça que je me régale, que j'en profite pour t'attaquer, t'affaiblir encore, te débiliter jusqu'à moi, ô ma trop parfaite, ô ma graciante, ma gratuite, ma gracieuse... »

Elle est complètement recalée. Elle ne trouve pas un mot dans ses poches. Elle surmonte le malaise en aparté, en interpellant Clarinette. Viens, monte ici, saute, allez, allez, couche-toi, couche là, couche. Je l'entends miauler, l'heureuse bête.

« Elle s'ennuie de toi, je crois.

— Une sur deux, c'est une pas pire moyenne... »

Elle ne mord pas là-dedans non plus. Je me fâche.

« Ma parole, tu comprends rien : je t'aime ! Mais rassure-toi, pas d'amour ni de rien qui rend malade. De joie, je t'aime de joie. Et du peu que j'ai qui fera ton affaire, même si c'est trop peu pour moi, même si tout ce que tu me demandes c'est de t'appeler moins souvent... Je t'aime à ton goût, à tes conditions.

— Toi aussi ? »

Depuis la crise de Francine, son isolement et son détachement se confirment. Et ce n'est pas un malheur. C'est pire. Une satisfaction, profonde et perverse. Elle donne raison à Andrew : elle n'a pas besoin d'amis, mais de personnages dans son théâtre d'échec.

« C'est de ma faute, j'en mets trop. Ça t'attaque, ça te traque...

— Je n'ai rien à craindre, de toi, va. Il n'y a pas de danger que tu me fasses du bien, tu n'es bon à rien... »

Mes fantasmes la font sarcasmer, rire un petit peu par le nez, chercher encore ailleurs, comme en me parlant de la corneille dont les grands couacs sinistres l'ont réveillée ce matin.

« Une vieille. Plus assez forte pour faire le voyage en

276

Caroline ou en Georgie. Elle va crever, toute seule, de faim ou de froid... C'est tarte : elle est là, tout à côté, qui gueule et qui vous crève le cœur, et on ne peut pas s'en mêler. On a tout ce qui lui manque, avec tout le bonheur qu'on aurait à le lui donner, et ça ne sert à rien, ça ne répond pas...

— Je la comprends. Tu la gâterais et puis après, quand elle reprendrait son vol, elle serait plus aussi débrouillarde... Pense à l'autonomie qu'elle perdrait en désapprenant à coucher dehors... Je me suis pas trouvé de chambre. Tu m'en louerais pas une, pas cher ?... Je ferais la navette en Oldsmobile. Je rentrerais travailler tard. Je me lèverais à midi. Je serais jamais dans tes jambes. Ce serait aux pommes... Tu dis rien ?

— Tout de suite ?

— Je te donne dix secondes pour trouver la bonne réponse.

— Tu me tords le bras ?

— Un maximum.

— Tant pis pour toi. Viens-t'en. On t'attend. Toutes les deux. »

Sur ma sale gueule, et malgré l'air que je me donne avec mon habit d'être un gros big shot du Pennsylvanie, les chauffeurs de taxi me débarquent aussi raide, refusant d'entreprendre une si longue course sans enquête de solvabilité. Puis je tombe sur une femme, qui me charge sans hésiter, ni conditions. La régularité de sa conduite et la qualité de son silence les font ressembler à une paix qu'on aurait enfin trouvée. Mais je découvre un écho dans son assurance, sa présence, ce rayonnement qui enveloppe, où je suis contenu, mis en confiance et en repos : le petit souvenir, d'avoir été comme bien reçu sur la terre, que nous aura laissé notre fée du lac Okeechobee. Elle nous a cueillis à une jonction perdue dans la brousse séminole. Elle allait à Belle Glade et il y avait de ça dans son visage métissé, son mystère tranquille. On voulait se baigner dans le grand cœur liquide qu'a la Floride, si circulaire et si bleu sur la carte routière : un cratère météorique où le ciel se serait ensuite versé... On ne pouvait pas venir de si loin, avec notre gros accent, et se contenter de si peu. Ça ne l'a pas impressionnée, elle nous a emmenés. Sans rien dire, ni rien faire que nous offrir des cigarettes, elle nous a pilotés sur le bout de route à moitié abandonné qui longeait les rives sans âme. Elle ralentissait aux meilleurs points de vue, mais elle cherchait mieux, et elle a fini par dénicher, entre les fourrés, un ponton où nous avons pu nous tremper les pieds sans enfoncer jusqu'aux genoux dans la boue de ce qui ne faisait même plus partie de la création, mais d'un aménagement, une masse qui s'accumulait et se canalisait sur cent milles de long pour alimenter les toilettes et les lavabos de Miami... Puis elle nous a ramenés. Elle a tout refait le chemin jusqu'aux abords de la ville, où elle nous a déposés à un carrefour de postes d'essence en nous souhaitant bonne chance. Elle ne nous a rien demandé, même pas de comprendre.

Elle a allumé toutes les lumières. Ça jaillit de partout, même des soupiraux. Je relève le compteur de ma fée parmi d'autres et je lui demande de patienter un peu.

« Sinon vous allez le regretter... »

Il faut toujours que je fasse des farces, c'est plus fort que moi, ça a l'air de quoi ?... Clarinette hésite, figée à mes pieds dans ses muscles contractés pour sauter, comme si quelque chose clochait dans ma tenue, pourtant parfaitement appropriée aux circonstances et à ma condition. Mais elle a raison, je ne suis pas couvert. Je n'ai pas plutôt attrapé mon képi, resté sur le crochet, qu'elle se frotte à mon cou, le dos bombé de caresses.

« Oui ma minoune, oui, oui qu'il l'aime sa vieille guidoune, ton vieux guenillou... »

Pieds nus, debout à l'autre bout du chapelet de semelles, où elle s'arc-boute avant de s'élancer impossiblement vers moi, la patronne n'a jamais été aussi belle dans sa chemise de nuit rose à petites phrases de dentelle.

« Bottom, on ne bouge pas, ça vient !... L'autre fois, on est bien d'accord, ça ne comptait pas. »

Au sixième pas, elle vacille. Au suivant, elle glisse, elle lutte, elle se ressaisit. Mais elle met trop de passion dans son ultime effort pour se dépasser encore, se pousser au-delà des autres victoires, et l'élan trop grand la jette par terre, à plate face. Je m'y jette aussi, à sa tête. Je la lui prends sur mes genoux pour la lui examiner. Je lui manie le nez pour voir s'il tient toujours, si elle ne se l'est pas déboîté. Je le lui tords un peu encore, de plaisir. Puisqu'elle ne saigne pas. Puisqu'elle ne pleure pas. Puisque tout ce que ça lui fait de tomber tout le temps partout, c'est de s'en vouloir, se sentir insultée, souffrir dans son orgueil.

« C'est tout ce que je sais faire : sept pas ! »

Mais ce sont sept pas qui ne se défont pas, des pas magiques dont on ne revient pas, les mêmes par le nombre et par la fragilité que les premiers du petit Bouddha, qui lui ont suffi pour mesurer le monde, le soumettre à sa pensée, son désir, son action.

« C'est bien gentil, petit, mais ce n'est pas ce qu'ils m'ont dit, ceux qui connaissent le tabac...

— Aie pas peur va, tu vas voir, on va tous les enterrer ! Eux autres comme les autres !... »

C'est parti tout seul. A quoi ça ressemble encore ?... Ça ressemble à moi, tiens. Il n'y a pas de quoi fouetter un rat mort, quoi. Tout est bien qui ne finit pas, va.

## DU MÊME AUTEUR

# COLLECTION FOLIO

*Impression Bussière
à Saint-Amand (Cher),
le 17 janvier 2005.
Dépôt légal : janvier 2005.
1ᵉʳ dépôt légal dans la collection : septembre 1992.
Numéro d'imprimeur : 050093/1.*
ISBN 2-07-038547-7./Imprimé en France.